ULLSTEIN

Das Buch

Ein sadistischer Serienmörder vergewaltigt und ermordet in Turin mehrere junge Frauen, bevor er endlich verhaftet und hinter Gitter gebracht wird. Doch ist der Verurteilte wirklich der Täter? Dreißig Jahre später beschließt die Studentin Erica Franzoni, die Details der schrecklichen Bluttaten für ihre Diplomarbeit zu rekonstruieren. Und entdeckt mit Hilfe von Commissario Maffina, dass nicht alle dunklen Schatten der Vergangenheit sich aufgelöst haben ...

Die Autorin

Annamaria Fassio hat lange Zeit in Turin gelebt. Seit zehn Jahren unterrichtet sie in ihrer Geburtsstadt Genua und hat bereits zahlreiche Märchenbücher geschrieben und lange als freie Journalistin gearbeitet. Für *Tödliches Wissen,* ihren ersten Roman, ist Annamaria Fassio mit dem Premio Tedeschi ausgezeichnet worden.

Von Annamaria Fassio sind in unserem Hause bereits erschienen:

Fahrt in den Tod
Das Rote Haus

Annamaria Fassio

Tödliches Wissen

Roman

Aus dem Italienischen von
Esther Hansen

Ullstein

Besuchen Sie uns im Internet:
www.ullstein-taschenbuch.de

Umwelthinweis:
Dieses Buch wurde auf chlor- und säurefreiem Papier gedruckt.

Ullstein Verlag
Ullstein ist ein Verlag der Ullstein Buchverlage GmbH, Berlin.
1. Auflage August 2004

Titel der italienischen Originalausgabe: *Tesi di laurea*
(Arnoldo Mondadori Editore S.p.A., Milano)
Übersetzung: Esther Hansen
Redaktion: Angela Troni, München
Umschlagkonzept: HildenDesign, München – Stefan Hilden
Umschlaggestaltung: Hauptmann und Kampa Werbeagentur, München – Zürich
Titelabbildung: Gerhard P. Müller
Gesetzt aus der Bembo BQ
Druck und Bindearbeiten: Ebner & Spiegel, Ulm
Printed in Germany
ISBN 3-548-25875-1

Für Ed McBain, »Mister Evan«,
meinen Lehrer und nun auch Freund

Die Hauptpersonen:

ANTONIO MAFFINA
Leitender Kommissar des Sondereinsatzkommandos

ETTORE RANDAZZO
Stellvertretender Leiter des Sondereinsatzkommandos

GIOVANNI ROSSI
Leiter der Drogenfahndung

ANSELMO ANSELMI
Pensionierter Polizeibeamter

MARA LUPIS
TEODORA FUMAGALLI
EVANGELINA SCASSI
LUCIA VALRAN
Die Opfer

BRUNO TORRESI
Junger Delinquent

PIERFRANCESCO SABATINI
Fotograf

ERICA FRANZONI
Studentin

ANNALISA BENEVENTI
Universitätsprofessorin

Prolog

Er sah sie die Straße entlangkommen, die sich über den Deich schlängelte. Er sah sie und wartete auf sie, während sein Herz ihm sagte, dass dieser Besuch einmal mehr sein Leben verändern würde.

»Ich hatte Sie älter geschätzt«, stellte er fest, als sie nah genug war, um seine Worte zu verstehen. Er hatte eine tiefe und sanfte Stimme, die einen merkwürdigen Kontrast zu seiner massigen Gestalt bildete. Eine freundliche Stimme, frei von dialektalen Einflüssen. Eine Stimme, die einen Moment lang die lastende Stille um ihn herum durchbrach. Hinter ihm, jenseits des schweren Eisentors, erstreckte sich ein niedriges, längliches Gebäude, das nach Jahren der Vernachlässigung und Verwahrlosung völlig verwandelt war und nun einer von Wind und Vögeln bewohnten Festung glich.

»Da bin ich. Nun bin ich also doch gekommen«, sagte Erica und ließ sich neben ihm nieder.

ERSTER TEIL
1969–1970

Geschichte schreiben ist die einzige
Art und Weise, Geschichte zu machen.
Carr

Kapitel 1: Erica und Maffina

... du drehst mich im Kreis, du drehst mich im Kreis, als ob ich ein Püppchen wär ...

1

»Das waren schwierige Jahre damals für einen Polizisten wie mich«, sagte Maffina und sah die junge Frau an. Dann fügte er leise hinzu: »Schreiben Sie das bitte.«

Sie nickte lächelnd. Ein Lächeln, irgendwo zwischen schüchtern und kess, das ihre unregelmäßigen Gesichtszüge für einen Augenblick aufleuchten ließ. Durch die weit geöffneten Fenster wehte der frische Duft nach Wasser und Wind herein, im Hintergrund erklang das gleichmäßige Rauschen des Meeres.

Die junge Frau mit dem Namen Erica Franzoni schaltete ein kleines Tonbandgerät ein, ein winziges Ding, dessen Technik Maffina faszinierte. Der Commissario zündete sich eine Zigarette an. »Was genau möchten Sie wissen?«, fragte er.

Erica lächelte. »Alles!«, sagte sie mit Nachdruck und fügte dann wie zu ihrer Verteidigung hinzu: »Dottoressa Beneventi meinte, Sie könnten mir behilflich sein. Meine Examensarbeit ist eine Art Experiment ...« Sie schwieg einen Moment und schob sich eine Haarsträhne zurück. »Also?«, hakte sie nach und sah Maffina an. Der erhob sich und trat zur Stereoanlage, um eine CD einzulegen.

»Mögen Sie das?«, fragte er, als die Puccini-Arie *Un bel dì vedremo* den Raum erfüllte und durch die Fenster über den Strand bis zur Mole hinunter schallte, wo die Fähre gerade eine Horde Touristen in Urlaubsmontur an Land spülte, als handele es sich um eine Ölpest.

»Die erste Leiche wurde an einem Januarmorgen gefunden. An einem Sonntag, um genau zu sein. Im Industriegebiet zwischen Lucento und Madonna di Campagna, fast schon auf dem Land … eine heruntergekommene, schmutzige Gegend. Ein trauriger Ort, das können Sie mir glauben!«, begann er.

Die erste Leiche wurde am 17. Januar 1970 gefunden. Es war Sonntag und der Nebel hing in weißen, feuchten Flecken über den Feldern.

Maffina zog seinen Parka fester um sich, stülpte die pelzbesetzte Kapuze auf und zündete sich eine Zigarette an. Der Leichnam lag, halb unter Schrott und Schutt verborgen, in einer Art kleinen Grube im Hof einer verlassenen Fabrik. Er sah ein aufgedunsenes, violett verfärbtes Bein, einen bis auf den Knöchel heruntergerutschten Strumpf, einen Fuß mit schwarzem Lackschuh. Zwei Carabinieri-Gefreite versuchten, den Schutt wegzuräumen, der die kläglichen Überreste bedeckte. Sein Blick fiel auf ein Stück geblümten Stoffs, vielleicht ein Rock, dann auf etwas Helles. Obwohl es nur ein Detail war, fiel Maffina ein Perlmuttknopf auf, der das Unglück unbeschadet überstanden hatte.

»Langsam!«, mahnte eine Stimme. Als die Gefreiten ein großes Stück Feinblech anhoben, tauchte darunter ein von Tod und Verwesung entstelltes Gesicht auf, in dem Würmer sich einen eitrigen Nistplatz gegraben hatten. Einer der Gefreiten übergab sich.

»Das Gesicht war natürlich schrecklich entstellt«, erzählte Maffina. »Dennoch wussten wir sofort, wen wir vor uns hatten …«

»Mara Lupis, Alter siebzehn, wohnhaft in der Strada della Campagna, im Turiner Vorort Olmi. Von zu Hause verschwunden am 1. Januar 1970«, las Erica aus ihren Notizen vor.

»Du drehst mich im Kreis, du drehst mich im Kreis, als ob ich ein Pü-üppchen wär!«, sang Mara mit einem letzten Blick in den Spiegel. Der Spiegel zeigte ihr genau das, was sie sehen wollte. Das glückliche, leicht gerötete Gesicht eines Mädchens, das zu seinem ersten wichtigen Fest ging.

Mara prüfte noch einmal den Sitz ihrer Kleider, während sie sich zum hundertsten Mal fragte, ob sie richtig angezogen war. Sandrina würde im Abendkleid kommen … »Ein kleines Schwarzes, genau so eins, wie ich es letzte Woche in der *Gioia* gesehen habe. Hat mir meine Oma genäht …«, hatte Sandrina ihr am Telefon erzählt. Mara hatte so getan, als ließe sie das völlig kalt. Ein kleines Schwarzes, wie sie es in der *Gioia* gesehen hatte, man stelle sich vor … Aber dann war sie doch nach Turin gefahren, um sich eine weiße Seidenbluse zu kaufen, passend zu ihrem geblümten Rock. Den Rock hatte ihr die Mama zu Weihnachten geschenkt.

Zufrieden machte sie die Perlmuttknöpfe zu, die waren echt schick, dann knöpfte sie die oberen beiden wieder auf, so dass man die Spitze ihres Büstenhalters erahnen konnte, provozierend und keusch zugleich.

»Du drehst mich im Kreis, du drehst mich im Kreis …«, begann sie wieder zu singen. Glücklich, zitternd, die Wangen vor Aufregung gerötet. Sechs Stunden später war sie tot.

Maffina brachte Erica zur Fähre. Die Bucht von San Fruttuoso schillerte grün wie ein Smaragd. Am Strand machte eine englische Touristengruppe Fotos von der Abtei.

»Warum bleiben Sie nicht hier? Annalisa würde sich freuen«, schlug Maffina plötzlich vor.

»Ein andermal«, antwortete Erica. Bevor sie das Schiff bestieg, drückte sie ihm einen leichten Kuss auf die Wange. »Danke für alles«, sagte sie. An Bord stützte sie sich auf die Reling und winkte ihm zu.

Maffina ging zum Haus zurück und die Luft war erfüllt mit dem Geflatter der Möwen. Es war Annalisas Idee gewesen, dieses Bauernhaus zwischen Himmel und Meer oben auf dem befestigten Felsgürtel zu mieten, hoch über den grauen Dächern der Abtei. Um dorthin zu gelangen, musste man zweihundert in den Fels gehauene Treppenstufen überwinden. Der anstrengende Aufstieg hatte Erica Franzoni nicht davon abgehalten, mit ihrem japanischen Aufnahmegerät und einer Tasche voll Notizen und Zeitungsartikeln vorbeizukommen, die sie wie ein Empfehlungsschreiben vor sich hergetragen hatte. Sie nannte Annalisa je nach Laune »Dottoressa Beneventi« oder »Prof«. Die junge Frau arbeitete an einem anspruchsvollen Projekt: eine anthropologisch-soziologische Studie über den ersten Serienmörder Turins. Warum Annalisa als Dozentin für Geschichte des Mittelalters eine Examensarbeit aus dem Bereich der Kriminalanthropologie betreute, war Maffina immer noch rätselhaft. Sie hatte es ihm mindestens zehnmal erklärt, doch ganz offensichtlich war er bestimmten akademischen Feinheiten gegenüber unempfänglich.

Er lächelte, als Annalisa auf dem Pfad auftauchte. »Der Ausflug war wunderschön, Maf. Ich bin drei Stunden am Stück gewandert ... Vielleicht habe ich mir einen Sonnenstich geholt, kann das sein? Wie war das Treffen mit Erica? Hast du gefragt, ob sie bleiben möchte? Lass uns nach Hause gehen, Maf, ich hab noch eine Menge zu erledigen.«

In jener Nacht konnte Maffina nicht einschlafen. Annalisa schlummerte ruhig neben ihm und die Mondsichel warf ihren fahlen Schein über die Bucht. Rundherum nur Dunkelheit und das Zirpen der Grillen.

In jener Nacht konnte Maffina nicht einschlafen, weil die Vergangenheit mit der gleichen Penetranz in die Gegenwart eingedrungen war wie jene rücksichtslosen Touristen, die überall auf ihrem Weg unappetitliche Spuren hinterließen: Müllbeutel und weggeworfene Brotreste. Maffina hasste sie.

Er versuchte, an den kommenden Tag zu denken (ein Bootsausflug mit Annalisas Bruder stand auf dem Programm), doch es war sinnlos. Schließlich erhob er sich leise, darauf bedacht, die Schlafende nicht zu wecken, und ging in die Küche, wo er sich eine Tasse Malzkaffee bereitete.

Der Gefreite, der sich übergeben hatte, entschuldigte sich mit den Worten, das sei ihm noch nie passiert. Maffina machte eine wegwerfende Handbewegung. »Vergessen Sie's … Das war wirklich kein schöner Anblick …« Von der Straße her wurden aufgeregte Stimmen laut, dann ein Kreischen und Jammern. Er sah, wie zwei Beamte versuchten, eine Frau zurückzuhalten, die wie verrückt auf ihn zurannte, die schwarzen Haare feucht vom Morgennebel, den Mantel unachtsam über die Schultern geworfen.

»Ich will sie sehen!«, schrie die Frau im Näherkommen. »Lassen Sie mich durch, ich bin ihre Mutter. Ich bin Maras Mutter.«

Dann erblickte sie die Beine und das Stück Stoff und brach in einen langen, beängstigenden Schrei aus wie ein verwundetes Tier.

Die Leiche hatte einen Namen: Mara Lupis, Alter siebzehn, wohnhaft in der Strada della Campagna, Olmi.

Obwohl es Sonntag war, wurde die Leiche sofort in das gerichtsmedizinische Institut gebracht und eine Autopsie durchgeführt.

Anwesend waren neben dem erlauchten Oberarzt und zwei Assistenten Maffina, sein Stellvertreter Randazzo und der Beamte Anselmi. Letzterer hielt sich ein wenig abseits, noch ungewiss, ob er zusehen sollte (wie es seine morbide Seite wünschte) oder lieber in sicherer Entfernung blieb. Schließlich gewann die Vorsicht die Oberhand und Anselmi zog sich in die hinterste Ecke des Zimmers zurück, setzte sich auf einen Metallstuhl und lauschte, ohne den Blick zu heben, auf das, was der illustre Herr Doktor (dessen Name selbstverständlich am nächsten Morgen in allen Zeitungen stehen würde) dozierte.

»Eine echte Nervensäge, kann man nicht anders sagen«, resümierte Commissario Randazzo gegenüber Maffina. Das Auto schoss durch die sonntäglich leeren Straßen. Kalt und unfreundlich hatte sich der Abend herabgesenkt, so unfreundlich wie der ganze Tag gewesen war.

Maffina plante das weitere Vorgehen. »Die Freunde des Mädchens müssen befragt werden, und zwar alle; sämtliche Alibis und Aktivitäten müssen überprüft werden und ebenso dieser Typ, wie heißt er noch ... der von der Bar in Olmi, der Mara um ein Uhr nachts noch gesehen haben will ... Ein schöner Batzen Arbeit, Randazzo.«

Der Vize zuckte mit den Schultern und zog eine Grimasse. »Das kannst du laut sagen. Dabei haben wir noch Glück, dass ein Großteil der Arbeit schon erledigt wurde, als das Mädchen verschwunden ist ...«

Maffina warf ihm einen strengen Blick zu. »Darauf können wir uns jetzt nicht mehr verlassen. Damals suchten wir nach einem verschwundenen Mädchen, eines unter vielen ...«

»Stattdessen haben wir es nun mit einem Mord zu tun. Du hast dich doch beschwert, dass in Turin nichts los ist. Bist du nun zufrieden?«

Maffina zuckte die Achseln. Im Präsidium machte er sich kurz ein paar Notizen für seinen Bericht, dann ergriff er die Akte, die mit »Mara Lupis« überschrieben war, und rief zu Hause an. Aurora ging nicht ans Telefon. Er ließ es lange klingeln, bis ihm einfiel, dass seine Frau an diesem Sonntag in einer besetzten Fabrik im Lingotto auftrat, dem Arbeiterviertel im Turiner Süden.

2

Applaus hatte Aurora schon immer in Erstaunen versetzt und auch an diesem Nachmittag hielt sie einen Moment unsicher inne, als sich im Zuschauerraum ein einstimmiges, lang anhaltendes, begeistertes Klatschen erhob.

Aurora verbeugte sich leicht und reckte dann die geschlossene Faust in die Höhe. Neuer Applaus brandete auf, bis aus den Lautsprechern die ersten Takte der Internationalen ertönten. Dann verließ sie den Saal. Als Umkleidekabinen hatte man in der Kantine ein paar Sichtwände aufgestellt. Aurora erreichte ihren Winkel in einem Zustand der völligen Euphorie. Ihr war ein bisschen schwindelig und sie hatte Hunger.

Francesco erwartete sie im Sportteil blätternd. Als er sie sah, lächelte er. »Ich bringe dich nach Hause«, sagte er und legte die Zeitung beiseite, dann fügte er hinzu: »Du warst toll, weißt du das? Einfach wunderbar. Wenn du willst, kann ich immer noch Cerini anrufen.« Cerini war ein Regisseur aus Mailand. Francesco hatte in »Ein Mann ist ein Mann« mit ihm zusammengearbeitet. Das Stück war sehr erfolgreich gewesen und Francesco von einem auf den anderen Tag berühmt geworden.

»Ich weiß nicht, ob ich Lust habe, nach Mailand zu ziehen«, erwiderte Aurora, während sie ihr Kostüm auszog. »Ich möchte Antonio nicht verlassen …«

»Klar … dein finsterer Commissario.« Francesco war unerträglich, wenn er versuchte, witzig zu sein.

»Immerhin ist er mein Ehemann.«

Im Auto ließ sie es aber doch zu, dass Francesco ihr den Slip auszog und sie so lange vögelte, bis sie ganz benommen war.

Maffina merkte immer, wenn Aurora, um einen damals gängigen Ausdruck zu verwenden, herumgebumst hatte. Doch an jenem Abend fiel ihm merkwürdigerweise nichts auf. Er war in die Akte Lupis vertieft, die er selbst angelegt hatte, als das Mädchen siebzehn Tage zuvor verschwunden war, und versuchte, das Bild zu revidieren, das er sich von Mara gemacht hatte, als man im Präsidium noch davon ausging, es handele sich um eine Ausreißerin, um das harmlose Abenteuer verliebter Teenager oder Ähnliches.

»Hast du schon gegessen?«, fragte Aurora. »Soll ich was kochen?«

»Warum nicht … Wie war deine Vorstellung?«

»Ich glaube, gut«, antwortete Aurora. »Und du? *Siempre trabajo! Siempre …*«

»Was ist los, Aurora?«

»Como?«

»Wenn du Spanisch redest, heißt das, es ist etwas passiert. Also?«

Aurora schüttelte den Kopf. »Alles in Ordnung, Antonio, es ist alles in Ordnung.«

Als sie ins Bett gingen, sagte sie, sie sei müde, habe ihre Tage, er solle sie in Ruhe lassen. »Ich wollte doch gar nichts von dir«, seufzte Maffina. »Ich bin selbst todmüde.« Er erzählte ihr nicht von Mara Lupis, auch nicht von dem Schrei eines verwundeten Tieres.

Später hörte er Aurora weinen. »Was ist denn bloß los mit dir?«, flüsterte er und zog sie an sich.

»Ich habe Heimweh, Heimweh nach Spanien«, murmelte sie.

»Aurora war als politische Emigrantin nach Italien gekommen, wissen Sie? Als ich sie kennen lernte, war ich erst kurze Zeit in Turin ... Aber jetzt komme ich wohl vom Thema ab?«

»Nein«, sagte Erica und schaltete das Tonbandgerät aus. »Mich interessiert alles über diese Zeit. Immer vorausgesetzt, dass es Ihnen nicht unangenehm ist.«

Maffina lächelte. »Es ist so viel Zeit vergangen. Fast dreißig Jahre ... siebenundzwanzig, um genau zu sein.«

»Machen Sie sich Vorwürfe?«

»Aber nein ... Oder vielleicht doch, vielleicht gibt es eine Sache, die ich mir vorwerfe, aber das hatte nichts mit meinen privaten Problemen zu tun. Davon haben Sie ja sicher gehört.«

Erica saß ihm mit im Schoß gefalteten Händen gegenüber. Seine Worte versetzten ihr einen leichten Stich und sie errötete unmerklich. Dass sie einiges über den Commissario wusste, darunter auch das, was über ihn getratscht wurde, gab ihr ein Gefühl der Verletzbarkeit und der Schuld. »Glauben Sie denn, dass Ihre privaten Probleme den Ermittlungen im Weg standen?«, fragte sie schließlich.

Maffina sah sie gleichmütig an. »*Bon*. Sagen wir es mal so: Ich versuchte, Aurora so gut es ging von meiner Arbeit und den Kollegen fern zu halten, weil ich Angst vor Repressalien hatte. Sie war sehr verletzlich und in jenen Jahren ging die Polizei hart zur Sache. Ich war links, meine Frau hatte gegen Franco gekämpft. Bei jeder Demonstration stand ich Ängste aus, ob man sie festnehmen würde. Es war kein schönes Leben«, schloss er mit einem Seufzer.

Maffina erwachte mit Kopfschmerzen. Es war Montag, der 18. Januar, und die Scheiben waren regennass. Er traf Aurora in der Küche, wo sie sich gerade ein Marmeladenbrot schmierte. Sie war schon angezogen: Jeans, schwarzer Pullover, silberne Armreifen an den Handgelenken. Die glänzend schwarzen Haare hatte sie mit einem indischen Tuch zurückgebunden. Sie war sehr attraktiv, eine auffällige Erscheinung, sehr betont, selbst wenn sie ein Marmeladenbrot aß.

»Heute tritt Melina Mercouri im Universitätstheater auf«, verkündete sie.

Maffina versetzte es einen kleinen Stich. »Gehst du hin?«, fragte er überflüssigerweise.

»Aber selbstverständlich«, antwortete Aurora mit ihrem typischen Akzent. »Vielleicht lade ich sie ja zum Abendessen ein. Was hältst du davon?«

Maffina machte eine gleichgültige Handbewegung. »Sei vorsichtig«, sagte er und küsste sie.

Sie zuckte mit den Achseln, doch dann erwiderte sie den Kuss mit einem Anflug von Leidenschaft.

3

Weder Maffina noch Randazzo stießen auf die erste Spur im Fall Lupis.

Es war der Polizeibeamte Anselmi, der zwei und zwei zusammenzählte, obwohl er bei der Autopsie nicht zugesehen, dafür aber umso genauer den Darlegungen des erlauchten Mediziners gelauscht hatte.

Als Maffina am Morgen des 18. Januar in sein Büro kam, saß dort bereits Anselmi. Wie nicht anders zu erwarten, hatten die Zeitungen sich wie die Aasgeier auf die Nachricht gestürzt. Maras süßes Gesicht prangte überall auf der ersten Seite. Anselmi betrachtete das Foto mit einem unguten Gefühl. Das Mädchen hatte frische, unschuldige Züge, helle Augen und lange schwarze Haare ... Eine kleine Arbeiterin aus Lucento, ohne Grillen im Kopf, aufgewachsen in einer armen und anständigen Familie: der Vater Arbeiter bei Fiat, die Mutter Hausfrau, ein Bruder, Enrico, ging in die sechste Klasse.

Mara Lupis hatte am Abend des 31. Dezember das Haus verlassen und war zum Vereinsheim der Società di Mutuo Soccorso gegangen, einem Arbeiterverband zur gegenseitigen Unterstützung, wo sie mit Freunden ins neue Jahr feiern wollte. Spätestens um 02.00 Uhr sollte sie wieder zu Hause sein. Um 01.00 Uhr trank sie eine Cola an der Bar des Vereins, unterhielt sich ein wenig mit dem Kellner und verließ dann das Lokal. Obwohl ihr Haus kaum hundert Meter entfernt lag, kam sie nie dort an, verschollen in der vom roten Schein des Feuerwerks erhellten Nacht.

Mara wurde noch in derselben Nacht ermordet, so hatte der Arzt festgestellt. Sie wurde vergewaltigt, gefoltert und schließlich erstickt. In der Schamgegend konnten trotz der fortgeschrittenen Verwesung Verletzungen festgestellt werden. Vielleicht Bisse von Tieren, vielleicht auch Schnitte. Unter den Nägeln von Zeige- und kleinem Finger der rechten Hand fand man winzige Hautpartikel. Mara hatte sich gewehrt, bevor sie starb, doch keiner ihrer Freunde, die unmittelbar nach ihrem Verschwinden verhört worden waren, wies Kratzspuren im Gesicht auf. Und natürlich hatte niemand daran gedacht, andere Körperteile zu überprüfen. Nach siebzehn Tagen war es dafür zu spät.

Seufzend klappte Erica ihre Mappe zu.

Der Beamte Anselmi hatte sich nach seiner Pensionierung in ein Landhaus bei Bric Castelet zurückgezogen, wo er aufgewachsen war. Das Haus lag einsam inmitten eines perfekt gepflegten Gartens. Erica lächelte, als sie die unvermeidlichen, blank polierten Gartenzwerge sah, die wie Soldaten in Reih und Glied standen.

Anselmi hatte eine kleine Erfrischung vorbereitet: Eistee und Gebäck.

»Die Törtchen sind sehr gut, ich habe sie bei Morgini gekauft«, verkündete er, als müsse dieser Name Erica etwas sagen. Irgendwo bellte ein Hund und Anselmi rief mechanisch: »Still, Tom! Dem Commissario geht es gut?«, fragte er dann. »Ein feiner Kerl, glauben Sie mir. Aufrecht, ehrlich ...«

Die Studentin hörte schweigend zu. Sie hatte ihren Notizblock hervorgezogen, konnte sich aber noch nicht entschließen, das Tonbandgerät einzuschalten. Tom, ein schwarz-weißer Mischling, schoss zum Gittertor und kehrte dann zu ihnen zurück.

»Brav, Tom!«, lobte der Beamte. Der Hund schnupperte an Ericas Kleid und beruhigte sich schließlich. Anselmi kraulte ihn am Kopf. Als er die junge Frau ansah, lag ein schmerzlicher Ausdruck in seinem Blick.

»Ich weiß nicht, warum mir der Tod dieser Lupis so nahe ging. Vielleicht, weil sie jung war oder weil sie aus meinem eigenen Milieu kam. Mein Vater arbeitete auch bei Fiat und damals lebte ich in Madonna di Campagna, also genau in der Gegend …«

»Es folgten ja noch weitere Verbrechen«, bemerkte Erica.

»Zwei in Turin und eins in Asti. Wussten Sie das nicht?«

Erica sagte, dass sie es wusste. »Bei dem Verbrechen in Asti war man sich allerdings nie so ganz sicher … Das hat zumindest der Commissario gesagt und mir geraten, es aus meiner Arbeit auszuklammern.«

Anselmi nickte. »Es gab Ähnlichkeiten mit den Fällen von Turin, aber sie waren nur marginal und sehr vage, so als hätte sie jemand zum Vorbild genommen, verstehen Sie?«

Erica nickte schweigend.

»Dennoch hat die Anklage ihm auch diesen Mord zur Last gelegt«, fuhr Anselmi fort. Er strich sich mit einer Hand über das trotz seines Alters noch volle Haar. Erica schätzte ihn auf siebzig, obwohl er jünger aussah. Er war stämmig und kräftig gebaut, aber nicht dick.

»Ich versuche, mich fit zu halten. Hin und wieder gehe

ich noch boxen«, erklärte er, als habe er ihre Gedanken erraten.

Erica schaltete das Tonbandgerät ein. »Sie sprachen eben von der Lupis«, sagte sie schnell, um ihre Verlegenheit zu überspielen.

»Jahre zuvor hatte es einen Fall gegeben, der nie gelöst worden war. Eine Prostituierte, eine gewisse Evangelina Scassi, war ermordet worden, erstickt ... Auch erstickt, ja. Commissario D'Angelo, Gott hab ihn selig, war jeder einzelnen Spur nachgegangen, aber ... Der Zuhälter der Prostituierten saß zum Zeitpunkt des Verbrechens wegen Erpressung im Gefängnis, die Scassi hatte keine Stammkundschaft. Sie ging in der Nähe des Bahnhofs Porta Nuova auf den Strich, ich weiß nicht mehr, wo genau ...«

»Corso Monte Vecchio?«

»Ja, genau, ich glaube, Corso Monte Vecchio war's ...«

»Und in welchem Jahr?«

»Lassen Sie mich nachdenken ... 1965 meine ich ... Commissario D'Angelo ist '68 verschieden und dann kam Maffina. Ja, 1965, im Frühling, um genau zu sein ... Der Fall wurde mit dem üblichen Vermerk ›Täter unbekannt‹ zu den Akten gelegt und das war's dann.«

»Waren Sie an den Ermittlungen beteiligt?«

»Natürlich, deshalb erinnere ich mich ja noch an diese eigenartigen Schnittwunden. An der Leiche der Scassi fand man zahlreiche Verletzungen, vor allem in der Becken- und Schamgegend. Einige dieser Verletzungen, die der Frau zugefügt worden waren, als sie schon tot war, hatten eine merkwürdige Form ... Das brachte mich letztlich auch dazu, die beiden Fälle miteinander zu vergleichen. Die arme Mara hatte lange im Regen gelegen, in einer Art Grube, so dass nicht mehr mit Sicherheit festzustellen war, ob es sich um Schnitte, Bisse oder eine andere Teufelei handelte. Ich war bei der Autopsie dabei ... Ich habe nicht hingeguckt, sondern nur zugehört, solche Dinge konnte ich noch nie gut ertragen ...«

»Sie haben also als Erster an einen Serienmörder gedacht?«

»Damals kannte man den Begriff noch gar nicht. Man sprach von dem Monster, dem Verrückten und solchen Sachen. Wenn ich ehrlich sein soll, habe ich an gar nichts gedacht: Ich habe nur eine Verbindung hergestellt, mehr nicht. Maffina war es, der alle Teile zusammenfügte, der hartnäckig die Spur verfolgte ... Im Präsidium haben sie ihn für verrückt erklärt. Ein Monster in Turin? Unvorstellbar ... Und sie haben ihm Steine in den Weg gelegt, wo sie nur konnten.«

»Vielleicht auch wegen seiner politischen Überzeugungen?«

»Auch. Der Commissario war ein Mann, der ... wie soll ich sagen ... in kein Schema passte. Er kam mit der Straßenbahn zur Arbeit, den Dienstwagen benutzte er nur, wenn es gar nicht anders ging, bei Demonstrationen lieferte er die Hitzköpfe in der Kaserne ab ... Ja, sie legten ihm Steine in den Weg, wo sie nur konnten«, wiederholte Anselmi mit einem Kopfschütteln.

Erica blätterte in ihren Notizen. »So auch, als die Sache mit dem Prostitutionsring hervorgekramt wurde?«

Anselmi seufzte. »Sie sind gut informiert, wie ich sehe. Das war wirklich der Gipfel! Als ich von der Scassi anfing, ging ein Seufzer der Erleichterung durchs Präsidium: Die Scassi war eine Nutte, die beiden Fälle wiesen Gemeinsamkeiten auf, also musste der Mord an Mara ähnlich gelagert sein ... So kam der Leiter der Mordkommission, das war damals Alfio Milani, auf die Idee, es könne sich um eine Warnung der Mafia handeln ... Diese Spur stellte sich natürlich als vollkommen abwegig heraus, aber in der Zwischenzeit hatten wir wieder eine Menge Zeit verloren ... ich weiß noch, dass der Commissario vor Wut kochte, aber auch er musste sich unterordnen, wie wir alle!« Anselmi sah Erica mit einem schiefen Lächeln an. »Ist er immer noch so verrückt?«

Die junge Frau lächelte ebenfalls. »Mehr oder weniger«, antwortete sie und fürchtete sofort, schon zu viel gesagt zu haben. Doch Anselmi beachtete sie gar nicht, so versunken schien er in seine Erinnerungen.

»Maffina hat sich niemals richtig eingelebt ... Er behauptete, Turin sei ihm feindlich gesinnt ...«

»Und, war es das?«

Der Mann seufzte und schaute durch den Garten auf die Straße. Der Steinbruch hatte eine breite, weiße Wunde in diese Seite des Berges geschlagen. Er seufzte noch einmal. »Vielleicht«, sagte er fast flüsternd.

4

Maras Freunde und die Leute, die im Vereinsheim mit ihr ins neue Jahr gefeiert hatten, schienen auf den ersten Blick nichts mit der Sache zu tun zu haben. Ihre Alibis korrespondierten perfekt miteinander und es waren nicht viele

Menschen auf dem Fest gewesen: rund zwanzig, darunter vor allem Familien.

Um 01.00 Uhr am Morgen jenes 1. Januars, ungefähr zu der Zeit, als Mara das Lokal verließ, waren alle mit der großen Tombola beschäftigt. DIE BEFRAGTEN ZEUGEN GABEN ÜBEREINSTIMMEND ZU PROTOKOLL, DASS MARA SICH BEI ALLEN PERSÖNLICH VERABSCHIEDET UND DABEI GELASSEN UND HEITER GEWIRKT HATTE.

Ihre Freundin SANDRINA BOFFI war etwa zehn Minuten nach Mitternacht gegangen, um andere Freunde in einem Lokal auf dem Corso Regina zu treffen. Die Boffi traf mit ihrem Motorroller um 12.20 Uhr bei der Bar Diana ein; auch in diesem Fall stimmen die Zeugenaussagen überein.

Der Barmann des Vereinsheims, der seinerzeit als Hauptzeuge gehandelt wurde, hat stets erklärt, dass Mara das Lokal um 01.10 Uhr verlassen habe.

Die Aussage des Barmanns wird von allen Festteilnehmern bestätigt, die genau um diese Zeit nach ihm riefen, um eine Runde Spaghetti zu ordern. Die Spaghetti wurden zwischen 01.10 Uhr und 01.30 Uhr zubereitet, danach machte der Barmann seinen Laden zu und schloss sich der Gruppe an.

Das Fest endete, als um 02.50 Uhr Maras Eltern vorbeikamen und ihre Tochter suchten. Doch niemand, anfangs nicht einmal die Eltern selbst, schien der Verspätung große Bedeutung zuzumessen.

DIE ERMITTLUNGEN WURDEN ERST AM NÄCHSTEN MORGEN AUFGENOMMEN, ALS DIE LUPIS DEM ÖRTLICHEN POLIZEIREVIER DAS VERSCHWINDEN ANZEIGTEN.

... deshalb weiß ich gar nicht, ob es richtig war, zu diesem Treffen zu kommen ... Das ist alles so lange her ... so viel ist passiert in der Zwischenzeit. Mara war ja noch ein Kind, als sie starb, drei Jahre jünger als ich.

Ja, wir haben uns in der Fabrik kennen gelernt: Mara war in der Lehre und ich Facharbeiterin. Ich war jung, aber sehr tüchtig, wissen Sie? Dann hat die Fabrik dichtgemacht und ich hatte keine Arbeit mehr, und so musste ich putzen gehen; wo ich doch immer fürs Feine zuständig war ...

In jenen Jahren habe ich auf der Piazza Stampalia gewohnt und Mara in Olmi, das aber nur aus drei Bruchhütten bestand. Madonna di Campagna ist ein ganz eigenartiges Viertel: Es liegt in der Stadt, ist aber gleichzeitig weit davon entfernt ... In jener Zeit gab's hier ein paar Straßen, das waren eigentlich mehr Feldwege ... Diese Bar hier zum Beispiel, die war früher ein Stall. Ist das nicht lustig? Das stank vielleicht nach Kuh hier ... Na ja, also ich hatte ja den Roller ... Am Morgen holte ich Mara immer ab und wir fuhren zur Arbeit. Was hatten wir für einen Spaß mit diesem Roller! Wir waren immer zusammen, ich, sie und dann unsere Freunde, die auch miteinander befreundet waren.

Mein Marco ... wir haben dann schließlich geheiratet und sogar zwei Kinder bekommen, bis zu unserer Scheidung ... mein Marco also, der war zu jener Zeit beim Militär, ich meine, als es mit Mara dieses böse Ende nahm, Sie wissen schon. Wobei ich mich ja doch frage ... also Sie müssen entschuldigen, aber das würde ich wirklich gerne wissen, warum in aller Welt sich so ein junges Mädchen wie Sie für all diese schlimmen Geschichten interessiert? Denn schrecklich war es allemal, das kann ich nicht anders sagen!

Für das Studium, aha? Also, ich hab ja nie studiert, aber meine Söhne, die schon ... Der älteste ist Arzt und arbeitet in einem Krankenhaus in Moncalieri ...

Maras Verehrer hieß Simone. Nein, den Nachnamen weiß ich nicht mehr. Er war Mechaniker in Madonna di Campagna. Er und Mara passten hervorragend zusammen, auch wenn ihre Eltern überhaupt nicht einverstanden waren. Damals war es anders als heute, wo meine Tochter mich anruft und sagt: »Mama, mach das Zimmer zurecht, ich bringe Davide mit.« Davide ist ihr Verlobter ...

Also, ich war bei Simone. Ihn haben sie damals auch verdächtigt ... Ja, weil es der Polizei komisch vorkam, dass er und Mara an jenem Abend nicht zusammen waren. Aber ich hab den Carabinieri und dann auch dem Commissario von Anfang an gesagt, dass da überhaupt nichts komisch dran war, dass sie bloß den armen Simone aus dem Spiel lassen sollten ...

Warum? Weil, Mara mochte Simone zwar gern, aber sie wollte eben auch ein bisschen das Leben genießen, mit Freunden zusammen sein, Spaß haben, solange sie noch konnte ...

An jenem Abend ging sie zum ersten Mal aus und sie wollte sich den Abend nicht verderben lassen, weil Simone in der Nähe war. Genau das habe ich auch den Carabinieri gesagt: Mara ist allein zu dem Fest gegangen ... nun gut, nicht ganz allein, natürlich nicht, ich war ja dabei und die anderen Mädchen aus unserer Clique, anders hätte ihr Vater sie ja auch gar nicht gehen lassen, klar. Wir waren ja noch Kinder. Aber diese Polizisten haben das einfach nicht glauben wollen und sagten, das wäre unmöglich, vielleicht war Simone doch dabei und wir wollten ihn nur decken ...

Das muss man sich mal vorstellen! Und die Zeitungen setzten immer noch eins drauf und schrieben diese widerlichen Dinge über den armen Jungen ...

Simone war nach dieser Sache am Boden zerstört, das können Sie mir glauben.

Nein, ich weiß nicht, was aus ihm geworden ist. Als sich herausstellte, dass Simone nichts damit zu tun hat, ist er in den Süden zurückgekehrt.

Dann war da noch diese Geschichte mit der Prostituierten ... Irgendjemand fing davon an, Mara wäre das Opfer eines Prostitutionsrings geworden, dass sie ermordet wurde, weil sie nicht auf den Strich gehen wollte, dass das nur eine Warnung war. Kann man sich etwas Dümmeres vorstellen?

Eine Weile haben die Zeitungen auch diese Nachricht ausgeschlachtet, als wäre Lucento wer weiß was für eine Lasterhöhle ...

(Sandrina Boffi: Interview vom 23. 3. 96)

PS: Ich habe die Entwürfe gelesen. Sehr interessant. Meines Erachtens könnten Sie ein noch stärkeres Augenmerk auf das Umfeld legen, aus dem die Verbrechen entstanden sind. Das Studium der Geschichte ist faszinierend ... Versuchen Sie, diese Faszination zu transportieren.

(Annalisa B.)

5

Mein Verhältnis zu Commissario Maffina war nicht immer gut und nur über die gemeinsame Arbeit an diesem Fall haben wir einander schätzen gelernt. Wir sind Freunde geworden, das ja, aber erst später, im Sommer 1970. Davor gab ich ihm immer Kontra und vertraute ihm auch nicht so recht ... So habe ich ihm manchmal auch Steine in den Weg gelegt, habe mich ihm widersetzt, ihn mit irgendwelchen Kleinigkeiten provoziert. Letztlich habe ich mich gewehrt, wo immer ich konnte ... Um ehrlich zu sein, mochte ich meine Arbeit nicht besonders ... In jener Zeit war ich mit anderen Dingen beschäftigt.

Ja, als der Fall abgeschlossen war, bin ich ausgeschieden, gerade als die Beförderung kam und ich auch Kommissar wurde. Komisch, nicht wahr? Ausgerechnet in dem Moment zu kündigen, in dem es mit der Karriere bergauf geht ...

Ich war weiterhin mit Maffina befreundet, warum auch nicht ... Natürlich sieht man sich nicht besonders häufig, er ist ja immer damit beschäftigt, die Welt zu retten, und ich denke nur an mein eigenes Wohlergehen, aber so ist es nun mal ...

(Ettore Randazzo: Interview vom 5. 4. 96)

Die Società di Mutuo Soccorso hatte ihre Räume in einer Art Fertigbau aus Holz und Wellblech, auf dem Deich eines Kanals, der in den Fluss Stura mündete; drum herum einige Nutzgärten und eine Straße, die zur verlassenen Fabrik führte. Zum Berg hin, auf der anderen Seite der Straße, die Olmi mit der Umgehungsstraße verband, reihten sich die Häuser der Arbeitersiedlung, deren frisch gestrichene Fassaden einen bunten Kontrast zum matten Blau des Himmels bildeten. In einem dieser Häuser wohnte die Familie Lupis.

»Ein Katzensprung«, sagte Maffina. »Verständlich, dass niemand daran gedacht hat, die Lupis nach Hause zu begleiten.«

»Ein deprimierender Ort«, meinte Randazzo übellaunig. Er hielt diese Ortsbegehung für nutzlos und überflüssig, da schon achtzehn Tage ohne vorzeigbare Erfolge verstrichen waren. Natürlich, man hatte bisher nicht nach einer Leiche gesucht und irgendetwas war tatsächlich merkwürdig an der ganzen Sache.

Maffina hatte sich auf ein niedriges Mäuerchen gesetzt und starrte mit leerem Blick vor sich hin. Dann murmelte er plötzlich: »Wie ist das bloß möglich? Ich frage mich, ob ...«

»Wie bitte?«

»Nichts, ich meinte nur, wie ist es möglich, dass die Leiche des armen Mädchens die ganze Zeit in nächster Nähe gelegen hat und keiner auf die Idee gekommen ist, nach ihr Ausschau zu halten, sie zu suchen oder so ...« Er blickte Randazzo düster an.

»Na ja, es hat andauernd geregnet, wir haben Winter, es ist kalt ... Außerdem wurde die Leiche ja dann irgendwann gefunden, nicht wahr? War ja auch gut versteckt, nebenbei.«

»Saubere Arbeit war das, Randazzo, saubere Arbeit«, sagte Maffina bitter.

Mara hatte ihren Mörder auf diesen hundert Metern zwischen Fertigbau und Straße getroffen. Kaum Bäume, ein bisschen Röhricht, die Straße in Richtung Fabrik mit Unkraut bewachsen und von Plastikmüll übersät. Vor der Fabrik stand ein einstöckiges Gebäude, eine Art Wachhäuschen, dessen Fenster mit schweren Holzlatten vernagelt waren.

Auf dem Weg zum Wachhaus zählten Maffina und Randazzo die Schritte (es waren fünfundzwanzig). Von dort konnte man sowohl Maras Haus als auch den Hof der verlassenen Fabrik und den Schutthaufen sehen, bei dem jemand einen Blumenstrauß niedergelegt hatte.

»Ein ideales Versteck«, brummte der Commissario.

»Aber wir irrten uns natürlich ... Wäre als Lösung auch zu einfach gewesen, finden Sie nicht? Zu banal und nahe liegend. Nein, Mara hatte nie einen Fuß in dieses Wachhaus gesetzt, nie. Ich kann Ihnen sagen, dass es uns nicht leicht fiel, das zu schlucken«, sagte Maffina mit einem kleinen Lächeln. »Ich erinnere mich an den Tag, als sei es gestern gewesen. Wenn ich die Augen schließe, habe ich noch den Geruch nach Formalin und Lösungsmitteln in der Nase, der in Gualtieris Kittel hing. Er schaute mich an, als sei ich verrückt geworden. In jenen Jahren war die Technik, oder besser die Untersuchungsmethoden des Labors noch nicht so ausgereift wie heute. Heute macht man eine DNA-Analyse und schon hat man eine Menge Probleme weniger ... *Bon*, Gualtieri kauert also auf seinem Drehstuhl und schaut mich befremdet an. Dann geht er hinaus mit den Worten, was ich da von ihm verlangte, sei wirklich abartig, natürlich, machbar sei das schon, doch – um Himmels willen, Maffina, was vermutest du nur?«

»Sieh doch mal, Gualtieri, wenn das Mädchen nun zu dieser Grube geschleppt worden wäre, sagen wir am Tag zuvor ...«

»Aber verflucht, Maffina, du hast die Leiche doch auch gesehen ...«

»Lass mich ausreden. Nehmen wir also mal an, die Leiche wäre vor drei Tagen in die Grube geschleppt worden. Würde das aus der Analyse hervorgehen?«

Gualtieri überlegte einen Augenblick. »Eigentlich ja, würde ich meinen ... Wenn man zum Beispiel ein Stück Stoff vom Rock untersucht, die Widerstandsfähigkeit des Stoffes gegen äußere Einwirkungen wie beispielsweise Regen oder das Gewicht von Steinen überprüft ... Ja, theoretisch müsste das möglich sein.«

»Und praktisch?«, fragte Maffina.

Gualtieri strich sich über den Bart. »Man bräuchte ein neues Stück des gleichen Stoffs, um es diversen Einwirkungen auszusetzen, verstehst du?«

»Ja klar, und dann?«

»Dann bräuchte man Tiergewebe und müsste es den gleichen Bedingungen aussetzen. Aber das ist wirklich abartig, was du da verlangst, Maffina.«

»Aber man könnte es versuchen?«

»Ich würde sagen, ja.«

»Und wie lange würde das dauern?«

»Wenn wir streng wissenschaftlich vorgehen, müssen wir alle Zeitspannen berücksichtigen, die wir kennen. Das Mädchen ist am 1. Januar verschwunden, richtig?«

»Ja, und dem Autopsiebericht zufolge ist sie am selben Tag gestorben. Die Leiche wurde am 17. Januar gefunden ...«

Gualtieri konnte ein Lachen nicht unterdrücken. »Du wirst also ein paar Tage Geduld haben müssen, bevor du Klarheit bekommst …« Dann wurde er wieder ernst. »Ein befreundeter Dermatologe ist gerade aus den Vereinigten Staaten zurück. Er hat ein Jahr an einem Bostoner Krankenhaus hospitiert … Weißt du, womit er dort betraut war? Er hat Hautproben von Freiwilligen genommen und sie über einen bestimmten Zeitraum einweichen lassen, um etwas über ihre Resistenz in Reisfeldern herauszubekommen. Für den Vietnam, verstehst du?«

»Schrecklich.«

»Tja, aber das Übelste kommt erst noch. Es war eine vergleichend angelegte Studie, verstehst du? Seine … nennen wir sie mal Freiwilligen, waren Schwarze. In diesem Krankenhaus wurde die Resistenz der Haut von Schwarzen unter den Umweltbedingungen der Reisfelder untersucht, um sie noch besser ausbeuten zu können, verstehst du? Und jetzt sage mir, ob das Leben nicht abartig ist!«

Erica schwieg lange. An diesem Tag sah sie irgendwie hübscher aus, vielleicht weil sie langsam ihre inneren Widerstände überwand: Die prominente Nase schien durch die lockigen Haare etwas zurückzutreten, die Augen wirkten größer und tiefer.

Trotz der leichten Bräune war ihr Gesicht blass und angespannt. Maffina tat sie Leid. »Kann ich Ihnen etwas anbieten?«, fragte er.

Die junge Frau schüttelte den Kopf. »Ich würde für heute gerne Schluss machen, wenn Sie nichts dagegen haben«, sagte sie mit dünner Stimme.

Maffina stand auf und trat auf die Terrasse, die eine schöne Aussicht auf das Meer und die Bucht bot. »Annalisa wird bald zurück sein. Hätten Sie etwas dagegen, mit mir zum Schiff zu gehen und sie abzuholen?«

»Ganz im Gegenteil!« Erica schaltete das Tonbandgerät aus. Sie fühlte sich plötzlich so müde wie noch nie in ihrem Leben. »Das wird nicht einfach werden«, hatte Annalisa Beneventi sie im März gewarnt. Erica hatte mit den Achseln gezuckt, doch nun begann sie zu verstehen, was die Professorin damit gemeint hatte.

Den Abend über sprachen sie nur von Musik und dem Wind, der die Zeltwände blähte, unter denen am Strand ein Streichquartett Mozart spielte.

Sehr viel später, in der Stille der Nacht, stand Erica auf und las sich noch einmal ihre Aufzeichnungen durch. Ab und an unterstrich sie etwas mit einem gelben Marker.

... und so erwies sich die Ahnung des Commissarios als die richtige Spur. Mara Lupis war wahrscheinlich erst zwei Tage zuvor an den Ort gebracht worden, wo man sie entdeckte.

Diese Hypothese, die der Leiter des Sondereinsatzkommandos anfänglich rigoros ablehnte, weil er lieber an ein Verbrechen der Mafia glauben wollte (die Lupis stammten aus Kalabrien, um genau zu sein aus Serra San Bruno), bestätigte sich, als einige Kinder aus Olmi aussagten, sie hätten am 15. Januar, einem Freitag, auf dem Platz vor der ehemaligen Fabrik Fußball gespielt und nichts Auffälliges bemerkt. Offensichtlich ist der Ball im Laufe des Spiels sogar einmal auf den Schutthaufen gefallen. Die Aussagen wurden genauestens überprüft, schienen aber glaubwürdig zu sein.

An besagtem Freitagnachmittag regnete es nicht, weshalb die Gruppe sich wie üblich auf dem Platz traf.

Commissario M. erzählte mir, dass es an diesem Freitag um 17 Uhr dunkel wurde. Von da an bis zu dem Fund der Leiche hat sich niemand aus der Gegend auf dem Platz oder in seiner Nähe aufgehalten.

Wichtig: 1) Die Zeugenaussagen der Kinder sind später von dem Pastor von Olmi bestätigt worden, der sie auf dem Rückweg von einem Seelsorgebesuch (heißt das so bei einem Priester? Überhaupt, alles noch mal formal überarbeiten ... geht so nicht!) beim Ballspiel gesehen hatte. 2) Der Hügel ...

... Besonders schockiert waren die Ermittler über das Verhältnis, das der Mörder zum Tod haben musste. Die Vorstellung, es mit einer nekrophilen Persönlichkeit zu tun zu haben, machte alle bisherigen Überlegungen zunichte und rückte den Mord an Mara in den Dunstkreis übelster Perversionen ...

Das Klingeln des Handys schallte durch die Stille. Erica ging eilig dran. »Ich versuche schon den ganzen Tag, dich zu erreichen«, sagte Daniele. Seine Stimme klang vorwurfsvoll.

»Ich hatte es abgeschaltet, um nicht gestört zu werden«, rechtfertigte sich Erica. Plötzlich wünschte sie sich, bei ihrem Freund zu sein, weit weg von diesem Zimmer, das die Nacht und der Wind mit ihren Schatten erfüllten. »Du fehlst mir irgendwie«, sagte sie nur, ohne sich etwas anmerken zu lassen.

»Wann kommst du zurück?«

»Ich dachte, am Montag ... Hör mal, warum kommst du nicht her? Hier ist es wunderschön. Kannst du dich nicht für ein Wochenende ausklinken? Der Vorschlag kam von meiner Professorin, du störst überhaupt nicht.«

Daniele antwortete, er könnte schon, aber das sei nicht der springende Punkt. »Wenn du es genau wissen willst, du wirst noch zur völligen Idiotin mit dieser blöden Arbeit.«

»Warum schreist du denn so?«, fragte Erica, die fürchtete, jemanden zu wecken.

»Das weiß ich selbst nicht, aber ich habe echt keine Lust, das Wochenende mit dir und deinen verfluchten Nachforschungen zu verbringen, und genauso wenig, hier in der Stadt zu bleiben und mich anzunerven.«

Die Studentin lächelte. »Ich hole dich also morgen früh von der Zehn-Uhr-Fähre ab«, sagte sie, erleichtert darüber, dass alles wieder in Ordnung war.

6

Randazzo sagte, das sei eine schreckliche Geschichte, schrecklich und ekelhaft. Er dachte, der Commissario könne nicht ganz bei Trost sein, diese Sache müsse ihm irgendwie den Verstand benebelt haben. »Aber das ist doch ganz fürchterlich, Maffina, es ist ... ist obszön. Fürchterlich obszön ...«

»Aber es ist die logischste Erklärung«, wiederholte Maffina geduldig. »Die Lupis kann nicht siebzehn Tage lang in dieser improvisierten Grube gelegen haben ... Sie hat niemals einen Fuß in das Wachhäuschen gesetzt, du hast die Experten ja selbst gehört. Nicht in das Wachhäuschen und genauso wenig in diese verfallene Fabrik. Also ...«

»Es ist einfach ekelhaft und niemand wird dir das abnehmen. Da kannst du sicher sein.«

»Abwarten«, sagte Maffina.

Noch am selben Nachmittag wurde Maffina in das Büro des Polizeipräsidenten gerufen.

Baldi blätterte nervös in den Zeitungen, wo die Geschichte um Mara nach einer Woche in den lokalen Kurznachrichten gelandet war.

Er betrachtete den eintretenden Beamten unfreundlich. »Ich möchte wissen, wie weit wir im Fall Lupis sind«, sagte er ohne Einleitung.

Maffina hob die Schultern. »Wir arbeiten dran.«

»Davon gehe ich aus, Commissario! Dafür bezahlt der Staat Sie ja schließlich. Und?«

»Und was?«

Baldi zwang sich zur Ruhe, was ihm angesichts des Commissarios schwer fiel. »Verhöre, Indizien, Vermutungen, mögliche Spuren, irgendwelche Festnahmen?«

»Wenn Sie mir einen Moment zuhören wollen, es könnte jedoch etwas länger dauern, fürchte ich.« Dann breitete Maffina seine Theorie aus, angefangen bei Evangelina Scassi bis hin zu der Analyse, mit der er Gualtieri beauftragt hatte. Je länger er sprach und je leidenschaftlicher er im Laufe der Darlegungen wurde, desto bleicher wurde Baldi.

»Das ist doch nicht Ihr Ernst, hoffe ich.«

»Ich wünschte, ich irrte mich, Herr Polizeipräsident, ich wünschte es wirklich …« Der Commissario zündete sich eine Zigarette an und sah sich suchend nach einem Aschenbecher um. Dann meinte er, dass man zur Bestätigung dieser zugegeben abwegigen, aber plausiblen Erklärung die Ergebnisse von Gualtieri abwarten müsse.

Baldi betrachtete ihn skeptisch. »Ist er vertrauenswürdig? Ich verstehe nicht, warum Sie sich nicht an die Gerichtsmedizin gewandt haben.«

»Absolut vertrauenswürdig. Ein echter Wissenschaftler: neugierig, aber diskret und vor allem nicht in die Sache involviert …«

»Das heißt?«

Das hieß, Maffina wollte die Öffentlichkeit heraushalten und skandalträchtige Enthüllungen im Fall Lupis vermeiden; kein Journalist wäre auf die Idee gekommen, Gualtieri aufzusuchen. »Glauben Sie mir, Herr Polizeipräsident, zum jetzigen Zeitpunkt ist Diskretion das A und O.«

Baldi schwieg eine Weile und starrte finster auf die vollkommen leere Seite seines aufgeschlagenen Terminkalenders. »Jesses!«, sagte er schließlich. »Was Sie mir da erzählen, bedeutet, dass wir es mit einem Verrückten zu tun haben, einem Besessenen, einem Perversen. Jesses!«

Maffina liebte es, durch die Stadt zu spazieren, und auch an jenem Abend stieg er an der Piazza Castello aus und ging den Rest Wegs zu Fuß. Es war eine kalte, klare Nacht und der Mond hing groß und gutmütig über der Collina dei Cappuccini.

Maffina wohnte an der Piazza Gran Madre in einem

dreistöckigen Haus: einer Art Turm mit riesigen, kalten Räumen, die kein Ofen zu wärmen vermochte. Ihm gefiel es sehr. Vor allem liebte er den Abschnitt des Pos, den er aus den großen Fenstern heraus erblicken konnte, die laut der ständig frierenden Aurora allerdings nicht richtig schlossen.

Anfangs hatte sich Aurora mit wahrer Begeisterung an die Einrichtung der Wohnung gemacht. Sie hatte Stunden auf dem Antikmarkt Balôn zugebracht, um Wandbehänge und alte Plakate zu finden. Sie hatte die Räume mit den leuchtenden Farben ihrer Heimat erfüllt, mit Emailtöpfen aus Granada und handgefertigten Stoffen aus Almería. Doch nun schien sie an allem das Interesse verloren zu haben, was nicht mit Politik oder dem engagierten Theater zu tun hatte, um sich stattdessen auf anstrengenden und in den Augen Maffinas fruchtlosen Tourneen durch besetzte Fabriken aufzureiben.

Maffina ahnte, dass er sie verlieren würde. Aurora hat einen Geliebten, sagte er sich, als er auf dem Ponte Vittorio Emanuele den Po überquerte, wahrscheinlich diesen Francesco, diesen eitlen Geck aus Cinisello Balsamo, den Schauspieler an der Spitze des Brecht-Theaters …

In der Via Romani dachte er kurz darüber nach, ob er Aurora beschatten lassen sollte, und während er schnellen Schritts die Straße entlanglief, die allmählich immer einsamer wurde, erging er sich in masochistischen Fantasien, in denen seine Frau von irgendeinem übereifrigen Polizisten in kompromittierenden Situationen überrascht wurde.

Auf der Konsole im Flur fand er eine Nachricht. Aurora schrieb, sie spiele in der IMCA, einer Fabrik in Lucento, ob er nicht nachkommen wolle?

Maffina kam zum Ende des zweiten Akts, als Götz gerade sagte: »Kniet alle nieder! Eure Priester sind Hunde, aber fürchtet euch nicht!«

Aurora, die die Hilda spielte, trug einen Mantel, der ihr die Aura eines Nazi verlieh. Übrigens sah auch Götz wie ein Nazi aus: ganz in Schwarz gekleidet mit schweren Stiefeln, deren Absätze bei jedem Schritt höchst unangenehme Geräusche machten.

Als Hilda von der Bühne abging und Götz seinen existenzialistischen Hirngespinsten überließ, klatschten alle lebhaft Beifall. Das Publikum bestand zum überwiegenden Teil aus Studenten. Alle hatten Parkas an, die Männer trugen Bart, die Mädchen bunte Fransentaschen. Natürlich waren auch Arbeiter der IMCA unter ihnen, doch sie waren entschieden in der Minderheit.

Die Inszenierung fand in einem Schuppen statt, dessen Wände mit Spruchbändern behängt waren, die in ihrer beredten Kürze von dem Leid der Fabrikarbeiter erzählten. Vor einem großen Schild stand ein riesiger Blumenstrauß. VON DER ARBEITERSCHAFT ZUR ERINNERUNG AN MARA LUPIS hatte jemand mit schwarzem Filzstift geschrieben. Die Aufschrift wirkte wie ein Schrei, doch als Maffina näher herantrat, entdeckte er, dass einige Blumen verwelkt waren und andere schon zu hauchfeinem Staub zerfielen.

Kapitel 2: Bruno und Mara

Ein trauriger Junge wie ich …

1

Auf dem Nachhauseweg habe ich Simone gesehen. Er war käsebleich und hatte ganz rote Augen. Am liebsten hätte ich ihn getröstet, das wär cool gewesen. In der Kirche hat er eine Riesenshow abgezogen, hat geschwankt, dann angefangen zu flennen. Ich musste lachen, als ich das sah, da habe ich mir ein Taschentuch vor den Mund gehalten und so getan, als würde ich mir die Nase putzen.

Die Kirche war gerappelt voll. Diese Dumpfbacken von Eltern hatten die ganze Familie versammelt. Was für ein Gejammer und Geheule! Journalisten waren auch da und ein paar Polizisten. Die habe ich an ihrer Kleidung erkannt, ich hab einen Riecher für so was.

Ich habe gelesen, dass sie Simone in die Mangel genommen haben. Nicht, dass der mit irgendwas rausrückt. Hab mich aber wieder beruhigt bei dem Gedanken, dass Simone zu dumm dazu ist. Er heult ein bisschen und macht sich in die Hosen, dann lassen sie ihn wieder laufen. Er hat ein hieb- und stichfestes Alibi, der Trottel! Außerdem möchte ich nicht, dass er mit etwas angibt, was ihm nicht zusteht. Ich habe Mara ermordet. Ich ganz allein!

Seit einiger Zeit bin ich absolut sauber. Ich habe nichts mehr geklaut, ich hab Turturro abgesagt, als er mich am Telefon fragte, ob ich für ihn dealen will. Seit einigen Monaten bin ich ein echter Musterknabe: immer zu Hause oder auf der Arbeit. Mich bringt sowieso niemand mit Mara in Verbindung, nicht mal Simone. Ich bin ja nicht blöd, ich weiß, was in bestimmten Situationen zu tun ist. Und es ist schon fünf Jahre her, seit ich mit Evangelina angefangen habe. Damals war ich noch ein Kind, als ich sie abgemurkst hab. Auf Zack, was?

Das Geld von Turturro könnt ich trotzdem gut gebrauchen, ich hab es satt, in diesem Dreck hier zu leben. Im Treppenhaus stinkt es nach Katzenpisse und gestern habe ich eine Ratte im Hausflur gesehen. Ich hab ihr einen Fußtritt verpasst. Normalerweise hätte ich sie wahrscheinlich jemandem in den Briefkasten gesteckt, aber ich sagte ja schon, ich will keinen Ärger. Ich hab so schon genug Sorgen …

Manchmal habe ich das Gefühl, Sachen zu vergessen, sogar die einfachsten Dinge, wie zum Beispiel welcher Tag heute ist und was ich gefrühstückt habe. Um in Übung zu bleiben, merke ich mir alle Straßennamen zwischen Zuhause und Arbeit und sage sie mir immer wieder auf. Oder ich leiere aus dem Gedächtnis alle Gebete herunter, die ich kenne, und diese bescheuerten Gedichte, die ich in der Schule gelernt habe. Das mit dem Pferdchen mochte ich gern, weil da von einem Ermordeten die Rede ist, der auf einer Kalesche verfault. Echt stark!

Es hat mir sehr Leid getan, mich von Mara trennen zu müssen. Sie war so schön! Die ersten zwei Tage habe ich sie gefickt, aber dann wurde es langweilig, und als sie anfing, sich zu verfärben, dachte ich, dass ich sie lieber nicht länger in der Hütte behalten sollte.

Es war ganz schön schwierig, sie zur Fabrik zu schaffen, ich hatte Angst, dass mich jemand dabei beobachtet. Also hab ich gewartet, bis es Nacht war, und dann sind wir zwei raus, ich und Mara, Mara und ich, zusammen zu diesem Hof, wo ich sie letzten Sommer zum ersten Mal gesehen habe. Sie hatte ein weißes Kleid an, kurz, aber nicht zu kurz, und die Haare offen. Sie spazierte so rum und kickte eine Dose vor sich her. Dann ist die Dose zwischen meinen Füßen gelandet und wir haben uns kennen gelernt. Sie hat »Entschuldigung« gesagt und mir zugelächelt, ich habe geantwortet: »Macht doch nichts!« Dann ist sie links abgebogen, nach Olmi, und ich bin weiter in meine Richtung.

Von da an habe ich sie noch oft gesehen, aber immer heimlich, weil ich nicht wollte, dass die anderen reden … Einmal bin ich fast bis zu ihrer Haustür gekommen, aber dann habe ich Angst gekriegt und bin abgehauen. Ich bin ihr mit Abstand gefolgt: sie auf ihrem Scheißmotorroller, ich im Bus. Oder sie im Bus und ich im Auto hinterher … Sie hat nie etwas gemerkt. Eines Tages hab ich sie dann mit Simone gesehen, dieser kleine Wichser! Da wusste ich, dass ich was unternehmen muss: Mara gehörte mir! Sie hatte »Entschuldigung« zu mir gesagt und ich hatte »Macht doch nichts!« geantwortet, und jetzt, um mich zu ärgern, geht sie mit diesem Simone und jeden Sonntag kommen sie nach Lucento und spazieren dort Hand in Hand die Hauptstraße auf und ab. Um mich eifersüchtig zu machen, klar!

Die Hütte und das Auto wieder sauber zu kriegen, war ganz schön hart. Eine echte Scheißarbeit! Ich bin zu einem großen Laden im Zentrum gefahren und hab dort Reinigungsmittel, Stahlwolle, einen Schrubber und Gummihandschuhe gekauft. Ich bin ja nicht blöd! Ich wollte ja nicht, dass irgend so ein Arschloch vom Corso Grosseto auf falsche Gedanken kommt, wenn ich den ganzen Kram bei ihm kaufe.

Zuerst habe ich Mara ins Auto gehoben und eine Decke über sie gelegt, dann habe ich mich darangemacht, diesen Saustall von Raum zu putzen. Stundenlang hab ich geschrubbt, Wände und Boden, dann habe ich alles wieder mit Erde schmutzig gemacht. Ich bin da ziemlich gewissenhaft mit so was! Simone an meiner Stelle hätte massenhaft Spuren hinterlassen. Aber ich bring das, ich bin nämlich nicht auf den Kopf gefallen!

Dasselbe habe ich mit dem Wagen gemacht, der übrigens nicht mir gehört, sondern diesem Arschloch, das meine Mutter vögelt. Und er hochzufrieden, als er sein Auto wiederbekommt, auf Hochglanz poliert und wie neu. Er hat gar nicht mehr aufgehört, sich zu bedanken, und am Abend hab ich ihn sagen hören: »In dem Jungen steckt doch ein guter Kern.« Ich hab fast angefangen zu heulen und da bin ich raus und nach Turin gefahren. Beim Castello Valentino habe ich eine Nutte aufgegabelt und wir sind zu ihr gefahren, aber ich hab keinen hochgekriegt. War eh nicht mein Typ: Blonde kann ich nicht ausstehen. Blonde Flittchen schon gar nicht. Ein rausgeschmissener Abend.

Turturro hat sich wieder gemeldet und mir von seinem Stoff zum Probieren gegeben. Mann, was für ein Trip! Zwei Tage lang habe ich mich echt göttlich gefühlt: mein Gehirn auf hundertachtzig, ich erinnerte mich an alles, selbst winzigste Kleinigkeiten, auch an die blödesten Gedichte und Tabellen aus der Schule, die ich mir sonst nicht mal merken konnte, wenn ich einen ganzen Tag gebüffelt habe. Ich hab an Mara gedacht und hatte einen solchen Orgasmus, dass ich fast geschrien habe. Als die Reise zu Ende ging, bin ich in meinem Zimmer aufgewacht mit den ganzen Schachteln meiner Oma, die auf mich draufzufallen schienen. Die Oma ist vor einem Jahr gestorben, aber meine Mutter hat es noch nicht ge-

schafft, den ganzen Krempel wegzuwerfen. Sie muss ja auch nicht hier im Zimmer schlafen! Ich bin wieder runtergekommen und das Erste, was ich sehe, sind diese Schachteln, dann die Laken, die echt eklig sind, denn seit die Waschmaschine kaputt ist, wäscht meine Mutter nur noch einmal im Monat. Um sich nicht zu überanstrengen, sagt sie. Weil wir keine Knete haben, sage ich. Und ich habe auch gehört, dass es regnete, aber richtig doll. Es war Sonntag und niemand hat nach mir gesucht ... Ich war echt down. Deshalb habe ich erst mal die Platte aufgelegt, die ich so mag, dann bin ich aufs Klo gegangen und dann hab ich Turturro angerufen. Er hat gesagt, ich kann so viel Stoff haben, wie ich will. »Dann schieb rüber«, habe ich ins Telefon gebrüllt. Der Arsch hat angefangen zu lachen. »Du weißt, was du zu tun hast«, hat er geantwortet und eingehängt. Die blöde Sau!

2

Gestern hatte ich Geburtstag. Zu Hause haben sie mich groß gefeiert. Meine Mutter hatte ein »Festessen« gemacht, wie sie es nennt: Ravioli mit Tomatensoße und Huhn in Aspik. Es gab auch Kuchen mit so kleinen Kerzen drauf, als ich die gesehen hab, ist mir beinah schlecht geworden. Ich habe Geld bekommen, um mir diese gebrauchte Guzzi zu kaufen, ein uraltes Ding, aber ich werd sie wieder so herrichten, dass sie aussieht wie neu. Zurzeit hab ich eh keine Geldsorgen, weil ich Turturro dann doch angerufen und mich mit ihm geeinigt habe. Er wollte, dass ich hier im Viertel deale, aber ich bin doch nicht bekloppt! Die Stadt ist groß genug; warum soll ich mich dann vor meiner eigenen Haustür rumtreiben?

Das habe ich auch Turturro gesagt und er hat geantwortet: »Ich muss darüber nachdenken. Ruf mich wieder an«, und als ich ihn wieder angerufen habe, war er scheißfreundlich und butterweich. »In Ordnung, okay, wir machen es, wie du willst.« Ganz schön clever, was? Dann musste ich mich übergeben.

Nach dem Sonntag habe ich noch einmal einen Trip eingeworfen, an dem Abend war ich so richtig mies drauf. Aber anstatt zu fliegen, bin ich in der Hölle gelandet, und das ist echt nicht spaßig. Dabei brauche ich das Zeug gar nicht, ich bin nämlich stark!

Ich denke nicht mehr an Mara, ich denke an niemanden mehr. Es geht mir sehr gut. Klar, Mara fehlt mir, weil unsere Geschichte echt was Besonderes war, aber alles geht zu Ende, früher oder später, das kennt man ja aus den ganzen Liedern. Jetzt ist schon fast Frühling und wahrscheinlich haben sie sie schon alle vergessen.

Simone hatte einen totalen Zusammenbruch. Meine Mutter, die immer alles weiß, hat mir erzählt, dass er völlig durchgedreht ist und nur durch ein Wunder gerettet wurde, nachdem er ein ganzes Röhrchen Schlaftabletten gefressen hatte. Ich habe ihn schon lange nicht mehr gesehen, angeblich ist er zurück in den Süden, in sein Kuhkaff. Um sich in Ruhe einen runterzuholen, vermute ich, während er daran denkt, wie glücklich er mit Mara war. Soll die beiden doch der Teufel holen!

Gestern hat meine Mutter gemerkt, dass ich das Gedächtnis verliere. Ich weiß nicht mehr, was sie mich gefragt hat, aber ich stand wie ein Volltrottel vor ihr, als hätte ich mir 'nen Joint reingezogen, völlig daneben. Sie hat mich lange angeschaut und dann gefragt, ob es mir gut geht. »Klar geht's mir gut!«, habe ich gesagt, aber ich hatte Angst. Wenn ich im Kopf nicht funktioniere, kann alles passieren und ich bin nicht wirklich sicher, ob ich das will. Also, sie starrt mich mit dem Kochlöffel in der Hand an und fragt dann: »Sollen wir zum Arzt gehen?« Also habe ich alle Heiligen verflucht, die ich kenne, hab ihr gesagt, sie soll sich gefälligst um ihren eigenen Scheiß kümmern, und bin türenschlagend raus. Ich bin ewig lange mit meiner Guzzi herumgefahren, bis ich mich wieder besser fühlte. Ich habe ein bisschen herumtelefoniert und den Abend in so 'nem Schuppen in Lanzo verbracht, wo der Wein schmeckt wie Pferdepisse. Dann sind wir mit hundert Sachen zurückgefahren, die Reifen haben sich fast in den Asphalt gefressen. Wir haben weniger als zehn Minuten nach Lucento gebraucht und sind triumphal mit voller Pulle in den Corso Grosseto eingefahren.

Ich weiß nicht mehr, wann das eigentlich losging, wann ich angefangen habe, das Gedächtnis zu verlieren, und mich an die blödesten Dinge nicht mehr erinnern konnte. Es war in der Grundschule, so viel weiß ich noch, und meine Lehrerin ist fast verrückt geworden bei dem Versuch, mir Lesen und Schreiben beizubringen. In dieser Scheißzeit ging das los, dass ich mich nicht mehr unter Kontrolle hatte: Ich konnte mich an bestimmte Sachen nicht mehr erinnern, saß da wie gelähmt, ein Mundwinkel hing schlaff herunter. Ich sah wahrscheinlich wie ein völliger Spasti aus, und damit die anderen in der Klasse mich nicht damit aufzogen, habe ich angefangen, sie zu hauen, aber richtig fest, da bekamen sie Schiss und ließen mich in Ruhe.

Eine Weile ist Mama mit mir zum Arzt gegangen, aber dann hatte sie wahrscheinlich die Nase voll von den ganzen idiotischen Fragen. Der Doktor hat mir irgendwelche Zeichnungen vorgehalten und mich gefragt, was ich darauf sehe, und ich habe gesagt »einen Schwanz«, »einen Arsch«, »eine Fotze«. Das war echt zum Schreien … Einmal habe ich ihm ein Geschenk mitgebracht, diesem Bastard. Zwei Tage habe ich gebraucht, um es vorzuberei-

ten. Ich packte ein richtig schönes Päckchen, wie es sich gehört, mit bunten Bändchen und dem ganzen Mist, und dann habe ich mit Bleistift in Druckbuchstaben auf ein Kärtchen geschrieben: FÜR MEINEN LIEBEN ARZT. Die Karte habe ich zwischen die Pfoten dieser ekligen Ratte getan, für die ich zwei Tage auf der Lauer gelegen habe. Die Reaktion des Arztes fand ich allerdings enttäuschend: »Sehr interessant«, sagte er nur und machte das Paket mit einer Grimasse wieder zu. Der Scheißwichser!

Hier in der Gegend treibt sich immer so eine Zivilstreife rum, was mir gar nicht gefällt. An ihren zerknautschten Kleidern und ihrem Schweißgeruch erkennt man einen Kilometer gegen den Wind, dass das Bullen sind. Aber ich mache mir eigentlich keine Sorgen, weil ich sowieso nicht hier deale, sondern am anderen Ende der Stadt, in den so genannten besseren Vierteln. So ein Quatsch! Die feinen Pinkel von Crimea sind auch nichts Besseres als wir und mal abgesehen von der Knete gibt es eigentlich keine Unterschiede. Stoned sind alle gleich. Aber wenn ich ehrlich sein soll, beneide ich die ja doch ein bisschen, weil sie immer wissen, was sie tun und sagen müssen, und immer die richtigen Worte haben. Sie sind eben feine Herren und wir nur Dorftrottel, das unterscheidet uns halt doch.

Ich hab ein bisschen bei meiner Mutter nachgeforscht und sie hat mir gesagt, dass es wegen Mara ist. Sie hat natürlich nicht »Mara« gesagt, sondern »das arme Ding, das im Winter ermordet wurde«. Und ich, echt cool, habe mit keiner Wimper gezuckt, sondern sogar noch eins draufgesetzt: »Ach, wirklich? Wie denn das? Und warum? Die Arme …« Daraufhin hat mir meine Mutter erzählt, die immer froh ist, wenn sie auch mal was sagen darf, dass sie noch niemanden verdächtigen und dass sie jetzt ihre Ermittlungen auch in andere Richtungen ausweiten, weil sie in Olmi nicht weiterkommen.

Da hab ich eine unglaubliche Wut bekommen und fast hätte ich vergessen, dass ich selbst ja »das arme Ding« ermordet hatte. Denn zu uns nach Brichet kommen sie immer, da kann man drauf wetten. Ist etwas in Venaria passiert? Dann geht die Polizei nicht etwa dahin, nein, nein! Sie kommen zu uns und schieben ihre Ärsche durch unsere Bars und unsere Häuser, reden mit unseren Müttern und Schwestern, machen sie ganz verrückt mit ihren Scheißfragen. »Da hast du aber wirklich Recht!«, hat meine Mutter ausgerufen. »Wir sind ehrbare Leute hier!« Dann hat sie sich auf einen Stuhl gesetzt und geschnauft und geseufzt. Sie ist dreiundvierzig und lässt sich immer noch von ihrem Alten bumsen, aber ihre Beine sind voller Krampfadern und der Bauch von Fürzen gebläht. Sie tat mir Leid und deshalb habe ich gesagt, dass ich ihr ein Eis kaufen gehe. »Ach, wie schön, das ist jetzt genau das Richtige!«, hat sie gesagt und mich schon wieder zufrieden angelächelt.

Heute ist eine Frau von der Fürsorge gekommen, so eine blöde Kuh in eleganten Klamotten, die sich nicht mal setzen wollte, aus Angst, sich ihren kleinen Hintern dreckig zu machen, und da ich allein zu Hause war, musste ich mich mit ihr herumschlagen. Sie fragte, ob alles okay läuft, ob Mama Arbeit gefunden hat. Ich hab ihr gesagt, dass sie jetzt bei einem Arzt auf dem Corso Brin putzen geht und dass ich auch Kohle nach Hause bringe, weil ich einen Job als Hilfskraft im Lager von einem Geschäft im Zentrum habe. »Dann ist also alles in Ordnung?«, hat die Tussi wieder gefragt. Ich habe sie angelächelt und gesagt: »Ja, alles läuft blendend. Der Lover meiner Mutter säuft bis zum Umfallen, ich deale, dass es eine Freude ist, besser geht's kaum!«

Die Frau hat mich lange angesehen, bevor sie endlich ihren Arsch hinausbewegt hat. Ich war zum Glück ordentlich angezogen, weil ich zu meinen feinen Pinkeln musste, und selbst die Küche war merkwürdigerweise aufgeräumt. Auf dem Kühlschrank stand sogar ein Strauß Mimosen, den der Typ meiner Mutter ihr gerade zum Tag der Frau geschenkt hatte. Auch die Gardinen waren gewaschen und gebügelt. Also, alles sah so normal aus, wie man es aus dem Fernsehen kennt.

Die Tussi von der Fürsorge sagte, das würde sie aber freuen und sie würde noch mal wiederkommen, wenn die Mama da ist. Mitten auf ihrer Stirn war eine tiefe Falte eingegraben und ich hab sofort Kopfweh bekommen. Sie können mich mal mit Ihrer Freude!

Als sie weg war, hab ich sofort im Geschäft angerufen. »Mir geht's besser, ich kann wieder zur Arbeit kommen«, habe ich in einem Anflug von Panik gesagt. Die Telefonistin hat sich nichts anmerken lassen. »Ich werde es ausrichten«, hat sie mit ihrer Scheißstimme geantwortet, bei der mir schon die Lust vergeht, wenn ich sie nur höre.

Also habe ich wieder angefangen, in diesem Lager zu schuften, das voll mit so Scheiß ist wie Wasserhähnen, Klos und Bidets. Gähnende Langeweile. Wenn ich da fertig bin, drehe ich meine Runden, weil ich Kohle brauche, und hänge am Abend völlig in den Seilen, aber wenn ich in die Bar gegenüber komme, grüßen mich alle und ich fühle mich gut. Seit ich die Guzzi habe, kriegt mich keiner mehr. Auch mit dem Gedächtnis geht es wieder besser und ich muss nicht mehr dauernd diese beschissenen Übungen machen. Stattdessen passiert es immer öfter, dass ich mich nicht mehr an Mara erinnere. Oder besser gesagt, ich erinnere mich an sie, aber nicht, wie ich es will, wie sie reglos und weiß wie eine Statue in meinen Armen liegt. Immer öfter erinnere ich mich an Mara, wie ich sie das letzte Mal gesehen habe, als ich sie in diese Scheißgrube gelegt habe: aufgedunsen, violett, schrecklich, den Mund zu einem Grinsen verzogen. In solchen Momenten hasse ich sie, weil sie mir immer noch wehtut, wie damals, als sie sonntags mit Simone über den Corso Grosseto stolziert ist.

Gestern war Sonntag, und weil die Sonne schien, bin ich mal in die Berge gefahren, um mich ein bisschen zu zeigen. Ich habe die schwarzen Jeans angezogen, das schwarze Shirt, den Gürtel mit den Nieten. Und außerdem die schwarzen Halbstiefel mit den flachen Absätzen.

Ich bin nach Salice gefahren, ein Ort, wo sich meine Dealer-Kollegen treffen. Natürlich war keiner da, weil Frühling ist und sie sich nur im Sommer sehen lassen, um mal schnell irgendeine Kuh zu bumsen und in ihren Lacoste-Hemden den großen Max zu spielen. Aber ich hatte trotzdem Spaß, in diesem Scheißort rumzukurven, ganz grau und weiß, mit seinem verfickten Wildbach, der einen Höllenlärm macht. In einer beschissenen Bar mit vergoldeten Spiegeln und Samtsesseln hab ich ihre Torcetti probiert und ihren süßen Wein getrunken. Vier Idioten haben Canasta gespielt und mich angeglotzt und gekichert, als wär ich vom Mars. Sollen sie sich doch selbst ficken mit ihrem klimpernden Armkettchen.

Als ich aus der Bar trat, hat mich fast der Schlag getroffen, weil ich beinah in eine Freundin von Mara gerannt wäre, Sandrina von der Piazza Stampalia, eine Nervensäge, die meine Mara immer behandelt hat, als wär sie nicht ganz dicht. Diese Sandrina war mit ihrem Weichei unterwegs, einem gewissen Marco, der mit diesem Schwachkopf Simone befreundet war. Alles gute Bekannte also. Nur, dass sie mich nicht kennen, und da hab ich meine Flüche mal für mich behalten. Sandrina hatte sich richtig rausgeputzt, mit Rock und Stiefeln, und sie lachte wegen irgendwas, das dieser Marco ihr ins Ohr flüsterte. Damit war mein Tag gelaufen.

Marco arbeitet, wie Simone auch, hier in Brichet, aber da sein Vater bei der Eisenbahn ist und seine Mutter Hausmeisterin, tut er immer wahnsinnig hochnäsig, grüßt keine Sau und parkt seinen Cinquecento immer im Hof, aus Angst, es könnte was drankommen. Dieser Arschwichser arbeitet bei der Enel und fühlt sich wie der King. Am Tag der Beerdigung umarmte er dauernd mal seine Sandrina und mal den völlig fertigen Simone. Er hatte so eine Bergsteigermontur an, weil er in Saluzzo Soldat ist, und wie er da so stocksteif stand, sah er aus wie ein Admiral. Die schwule Sau!

Tja, wo du auch hingehst, immer triffst du jemanden, den du nicht treffen willst. Am Abend habe ich Turturro angerufen und wir haben uns in der Bar im Zentrum getroffen. Mit ihm bin ich gern zusammen, weil er mich an nichts erinnert und nichts merkt, wenn ich das Gedächtnis verliere. Er sieht mich an, sagt »starker Typ!« und haut mir kräftig auf die Schulter.

Ich habe Turturros Frau kennen gelernt, eine unglaubliche Fotze, mit einem Arsch, in den ich am liebsten hineingebissen hätte, als ich ihn sah. Die Kuh quatschte ständig auf ihren Typen ein: Angelo hier, Angelo da, zum Kotzen …

Wenn Turturro bei ihr ist, macht er ihr schöne Augen. Wir waren in einer Bar in der Via Po, überall Spiegel und rote Lampen. Turturro war einsilbig, ganz in Grau gekleidet, mit einem Goldring am kleinen Finger. An der Art, wie sie ihn behandelten, habe ich begriffen, dass er ein großes Tier ist.

Letztens, als ich gerade versuchte, einem Typ, den ich kenne, etwas Gras anzudrehen, so einem Schlappschwanz, der sich schon in die Hosen macht, wenn er mich nur sieht, haben sie sich plötzlich zu viert auf mich geworfen. Die hatten Knüppel oder so was dabei. Auf jeden Fall haben die mich halb massakriert und mich dann blutspuckend auf der Straße liegen lassen. Zum Glück war es Nacht. Ich habe mich zu einem Park geschleppt und gewartet, bis es mir wieder etwas besser ging. Ich hatte eine beschissene Angst, dass jemand kommt, dass jemand die Polizei ruft und sie mich einlochen. Kurz, ich war ganz schön geplättet. Sobald es wieder ein bisschen ging, habe ich meine Guzzi geschnappt und bin nach Hause gefahren. Ich hab gesagt, dass ich eine Schlägerei mit vier Filzläusen hatte, was ja auch irgendwie stimmte, und meine Mutter hat nicht weiter gefragt. Letztlich steht sie auch nicht darauf, wenn die Bullen hier aufkreuzen, so dass sie es gar nicht genauer wissen wollte und auch keinen Arzt angerufen hat. Am nächsten Morgen hab ich gehört, wie sie am Telefon sagte: »Mein Sohn ist krank, er braucht Bettruhe«, und dann hat sie den ganzen Tag am Fußende vom Bett gesessen. Hin und wieder hat sie mir was Nasses auf die Stirn gelegt. Als klar war, dass ich nicht sterben würde, hat sie wieder zu jammern angefangen wie üblich. Echt nervtötend!

Turturro sagt, dass ich mein Revier vergessen kann und mich in der nächsten Zeit lieber nicht mehr dort blicken lassen soll. Dann hat er wieder gefragt, ob ich nicht hier im Viertel dealen könnte. Ich hab ihn zum Teufel gejagt, ihn und seine Scheißtrips.

Jetzt bin ich wieder pleite, hab schon ewig nichts mehr von Turturro gehört, außerdem ist diese Tussi von der Fürsorge wieder aufgetaucht. Zum Glück war ich nicht da und meine Mutter hat sich hübsch gemacht und gesagt, es wär alles in bester Ordnung …

Im Lager richte ich immer mal wieder Chaos an, aber glücklicherweise merkt es niemand. Ich brauche dringend Geld, Scheiße!

Es ist einfach nicht zu glauben! Seit einer Woche mache ich verfluchte Überstunden, das heißt, nach der Arbeit ziehe ich mit Donato los, um irgendwelchen Scheiß in den Häusern von den feinen Pinkeln in Pino Torinese zu installieren. Meistens muss ich Donato bloß das Werkzeug anreichen, aber ich sehe mich gern um, während er tropfende Wasserhähne oder Klos repariert … Hin und wieder taucht so eine Verrückte auf. »Alles klar?« – »Ja, wunder-

bar«, antworten ich und Donato dann im Chor. Das wär was, wenn ich mal sagen würde: »Aber natürlich, jetzt, wo ich ihn dir gleich in den Mund schiebe, bis du daran erstickst, du Nutte!«

Vorgestern waren wir am Po-Ufer, in der Gegend der Collina dei Cappuccini, an so 'nem Ort, wie ich ihn nur aus dem Kino kenne: eine beschissene Villa mit endlos vielen Räumen, vollgestopft mit nutzlosem Kram, alles auf Hochglanz poliert, und eine Küche, die aussah wie ein Exerzierplatz. An den Wänden hingen Kupfertöpfe, in zwei Schränken stand alles, was man zum Kochen braucht, und das Spülbecken war so groß wie ein Schwimmbad. Als wir fertig waren, hat der Schwachkopf in gestreifter Jacke gefragt, ob wir noch ein wenig Zeit hätten. Donato hat mich angeschaut und mit den Schultern gezuckt. Also sind wir in den Garten gegangen, der überhaupt kein Ende nahm, mit säuberlich angelegten Wegen und riesigen Pflanzen. Dann sind wir durch eine Unterführung gegangen und der Depp in der Streifenjacke hat gesagt, dass über uns die breite Einfallstraße hinwegführt. »Wen interessiert das, ob da diese Scheißstraße langgeht«, hab ich gedacht und Steinchen gekickt. Am Ende sind wir in einem anderen, kleineren Garten rausgekommen, mit einem langen, flachen Gebäude direkt am Fluss. »Da wären wir«, hat der Schwachkopf gesagt und wir sind in einen großen Raum rein, in dem alle Fenster zum Po hinausgingen und zu einem kleinen Strand, von dem niemand vermutet hätte, dass es so was hier überhaupt gibt. Irrsinnig schön. Dieser Arschkriecher von Hausdiener hat gesagt, das hier wär eine »Schutzhütte« (was soll das überhaupt sein?), wo die Herrschaften, wenn sie mit dem Boot zurückkehrten, alle Bequemlichkeiten vorfänden, die sie nur wollten: sich die Eier waschen können, sich einen Kaffee wärmen, ein Bett zum ausruhen haben. Ja, ruh du dich mal lieber aus! In dieser Scheißschutzhütte gab es ein paar Dich-

tungsringe in den beschissenen Duschen. »Die Herrschaften kommen nie hierher, weil sie in Rom wohnen, aber ich möchte doch, dass alles in Ordnung ist. Man kann ja nie wissen«, hat uns dieser blöde Bastard erzählt. So haben wir also im Bad rumhantiert. Aber weil das wirklich eine Idiotenarbeit war, hat Donato nur einen Augenblick gebraucht. In der Zwischenzeit habe ich mich ein bisschen umgeschaut. Das Schutzhäuschen hat eine beschissene blank polierte Tür, die in den Garten rausgeht, aus dem wir gekommen sind, und noch eine Tür zum Abschließen, die zum Strand und zum Fluss führt, in dem diese Wichser von Eigentümern hoffentlich früher oder später ertrinken werden.

Heute habe ich Teodora kennen gelernt …

Kapitel 3: Teodora

… kleiner Mann, heute ist dein Fest,
und deine Frau will Liebe mit dir
machen …

1

Der 27. Mai 1970 war ein Mittwoch. Teodora erwachte mit dem Gefühl äußersten Wohlbehagens: nur noch einen Tag im Büro, dann standen ihr ein langes Wochenende und einige freie Tage bevor, bis es am dritten Juni wieder losgehen würde.

Teodora war ein Naturtalent, wenn es darum ging, ihren Urlaub geschickt zu planen. Als wahre Strategin bewaffnete sie sich Anfang des Jahres mit Kalender und Stiften und analysierte akribisch die gesetzlichen und kirchlichen Feiertage, dann markierte sie den Kalender farbig oder schwarz, je nachdem, und hängte ihn schließlich an ihre Schranktür.

Es war Mittwochmorgen und die Sonne erstrahlte in einem weichen Licht. In der klaren Luft lag der Duft von Glyzinien und aus dem Radio, das ihre Mutter ununterbrochen laufen ließ, erklang eine Puccini-Oper.

Mit einem frohen Lächeln auf den Lippen, weil sie sich über das Leben und ihre gerade vollendeten zwanzig Jahre freute, betrat Teodora die Küche: Es duftete nach

Kaffee und die Sonne glitzerte in den Kacheln des Spülbeckens.

Ihre Mutter sah von der Zeitung auf, in der sie gelesen hatte, und sagte zur Begrüßung: »Schon wieder Bombenhagel über Vietnam.« Sie war eine zierliche Frau mit blondierten Haaren, die immer eine brennende Zigarette im Mund hatte. Sie rauchte französische Zigaretten, Sartres Lieblingsmarke, wie sie behauptete, dessen sämtliche Romane und Theaterstücke sie gelesen hatte. Sie hieß Palmira und arbeitete als Sekretärin in der Sektion der Kommunistischen Partei von Lucento.

»Heute Abend ist wieder ein Vortrag in der Sektion«, sagte sie, während sie die Zigarette ausdrückte. »Du könntest ruhig mal zuhören kommen, würde deiner politischen Bildung nicht schaden …«

»Und Papa?«, wollte Teodora wissen.

»Ach, seitdem er ausgetreten ist … Im Unterschied zu dir, du bist dir ja zu fein für so was!« Doch dabei lächelte sie voll Zuneigung, denn sie war stolz auf ihre Tochter, die mit gerade mal zwanzig Jahren in einem der größten Notariate von Turin arbeitete. Eine beneidenswerte Stelle, die ihre Teodora da hatte! Doch weil sie ungern mit dem Glück prahlte, welches das Leben ihr geschenkt hatte, behielt sie diese Ansichten für sich.

Palmira war nicht religiös, doch an Vormittagen wie diesem, wenn ihr eine leichte Brise über die Haut strich und das Leben (von Vietnam mal abgesehen) ein gnadenvoller Zustand war, fühlte sie, dass irgendwo etwas sein müsse. Irgendetwas Gutes, das gewollt hatte, dass sie, Palmira Rossi, verheiratete Fumagalli, an diesem neuen Morgen die Augen öffnen und sagen konnte: »Ich bin glücklich!«

Palmira betrachtete ihre Tochter mit zärtlichem Blick, während sie sich dampfenden Kaffee nachschenkte. Sie stellte die Milchkanne auf den Tisch und legte die ofenwarmen Brotscheiben daneben.

Teodora stürzte sich hungrig auf das Frühstück. Ihr Stoffwechsel erlaubte ihr, wie ein Wolf zu essen und dennoch schlank zu bleiben wie ein Teenager. Sie hatte lange schwarze Haare, die zu einem dicken Zopf geflochten waren, und klare grüne Augen. Mit ihren etwas unregelmäßigen Gesichtszügen konnte man sie keine klassische Schönheit nennen, doch hatte sie ein sympathisches Gesicht und ein anziehendes Lächeln.

Ohne Vorwarnung begannen die Glocken zu läuten und veranstalteten einen Lärm wie eine Schar zorniger Erzengel.

»Hör doch nur!«, rief Palmira aus. »Das macht er absichtlich, damit wir alle taub werden …«

Teodora lachte. »Morgen ist Fronleichnam«, erklärte sie der Mutter.

»Ja und? Das ist noch lange kein Grund, unsere Trommelfelle zum Platzen zu bringen …« Dann aber lächelte sie bei dem Gedanken an den Festtag. Fröhlich sagte sie: »Dann hast du morgen frei?«

»Bis zum dritten Juni«, bestätigte Teodora und ihre Augen blitzten.

»Am zweiten Juni machen wir ein Picknick mit der Sektion … Hoffentlich regnet es nicht.«

»Warum sollte es?«, meinte Teodora, die von Natur aus optimistisch war. Sie sah auf die Uhr, die zwischen einem Keramikteller und der Konsole mit Gewürzkräutern an der Wand hing. »Schon 08.00 Uhr! Ich muss weg, sonst komm ich zu spät ...«

»Fahr nicht so schnell!«, rief die Mutter hinter ihr her. Sie folgte der Tochter bis ans Auto, einem klapprigen Cinquecento, der über und über mit Aufklebern gegen die NATO und die CIA bedeckt war. Die so offen zur Schau gestellten Slogans bereiteten Palmira manchmal Sorge, da sie stets Repressalien von rechts befürchtete. Während sie sich innerlich eine Paranoikerin schimpfte, gab sie Teodora einen Kuss und schaute ihr nach, bis der Cinquecento hinter der Kurve bei Alfonsinas Haus verschwunden war. Sie sollte ihre Tochter nie wiedersehen.

Bevor sie wieder ins Haus trat, ließ Palmira den Blick über ihren Garten schweifen, in dem die Morgensonne glitzerte. Überall blühten Glyzinien und Goldröschen, von denen einige die graue Hauswand hinaufrankten. Es war kein großes Haus: vier Zimmer im Erdgeschoss, vier Zimmer im ersten und oberen Stockwerk, die zurzeit unbewohnt waren, weil die arme Cesarina sechs Monate zuvor gestorben war und ihre Erben sie noch nicht weitervermietet hatten. Wie durch ein Wunder hatte ihr Haus gleich dem Alfonsinas der rasanten Verstädterung standgehalten und nun wohnten sie direkt an der nagelneuen Straße, die den glanzvollen Namen Via delle Mimose trug.

Für Palmira war dieses Haus ein wahrer Segen: stadtnah, aber dennoch ländlich gelegen, nur fünf Minuten von der Sektion entfernt und zehn vom Corso Grosseto, wo mittlerweile all jene Dienstleistungen angeboten wurden, für die sie in den letzten Jahren gekämpft hatte. Vor den Fenstern von Küche und Stube erstreckten sich die Felder, während auf der rechten Seite die braunen Dächer der Häuser von Brichet zu sehen waren, eine der heruntergekommensten Zonen am Rande Turins, wo mit Drogen gehandelt wurde und Schlägereien an der Tagesordnung waren.

Palmira sah Alfonsina aus dem Gemüsegarten kommen und ihre Katze herbeilocken. »He, Alfonsina«, rief sie, »hast du Lust auf eine Tasse Kaffee?«

»Gern, ich komme sofort«, gab Alfonsina zurück. Die Glocken begannen wieder zu läuten und die letzten Worte verloren sich im allgemeinen Getöse.

In der Via Paolo Veronese bemerkte Teodora die rote Guzzi, die mit aufheulendem Motor hinter ihrem Cinquecento Schlangenlinien beschrieb, ohne zu überholen. Der rote Helm des Motorradfahrers schien in der Sonne zu brennen.

Teodora fuhr schneller, bremste ab und gab wieder Gas. Sie hatte das Verdeck geöffnet und der Morgenwind fuhr ihr durch das Haar. Was für ein wundervoller Tag!

»Wie elegant unsere Teodora heute Morgen war«, sagte Alfonsina, der niemals etwas entging. »Schönes Kleid, hat sie das vom Corso Grosseto?«

»Nein, sie hat es in Turin in einer Boutique in der Via Cernaia gekauft«, erwiderte Palmira, die, obwohl sie Konsum generell ablehnte, froh war, wenn ihre Tochter Geld für sich ausgab. Außerdem war das Kleid wirklich sehr schön und das Sonnengelb stand ihr gut. Während Palmira schnell noch ein wenig aufräumte, folgte Alfonsina ihr von Zimmer zu Zimmer.

»Wer wird heute Abend den Vortrag halten?«, fragte Alfonsina.

»Angelotti. Ich hätte ja am liebsten einen Genossen aus der Arbeitskammer gehabt, aber es ist gerade Kongress. Hoffentlich kommt Teodora.«

Palmira fröstelte plötzlich. Nur einen Moment lang, doch für die Dauer dieses Moments war ihr, als senke sich ein Nebel auf ihren Geist herab.

»Was ist los? Du bist ja ganz blass«, stellte Alfonsina besorgt fest.

»Nichts, nichts. Nur ein kurzer Schwindel ... ist schon vorüber«, stammelte Palmira.

»Komm her, setz dich. Soll ich noch einen Kaffee machen?«

»Nein, nein ... Oder vielleicht doch ... Danke, Alfonsina.«

»Du wirst schon sehen, gleich geht's dir wieder gut«, sagte die Nachbarin fröhlich. Doch es war eine aufgesetzte Fröhlichkeit. Sie ging in die Küche, wo die Sonne immer noch auf die Kacheln der Spüle schien: ein Geschenk, das Teodora ihrer Mutter von ihrem ersten Lohn gemacht hatte.

2

»An jenem Morgen bin ich gestorben«, sagte Palmira zu Erica. »Natürlich bin ich weiterhin in die Sektion gegangen, habe mich um straffällig gewordene Jugendliche gekümmert, habe meinen Stefano nach seinem Schlaganfall gepflegt … Aber innerlich war ich ebenso tot wie meine Teodora.«

Erica senkte verlegen den Blick. Palmira Rossi, verheiratete Fumagalli, saß vor ihr in der Stube auf einem kleinen Sofa.

»Stefano ist vor zwei Jahren gestorben«, fuhr die Frau mit tonloser Stimme fort. »Seitdem bin ich allein … Alfonsina ist natürlich noch da, aber sie ist pausenlos mit ihren Enkeln beschäftigt. Vier Stück.«

Palmira, die im März zweiundsiebzig geworden war, hatte immer noch eine zierliche Figur und unter ihr kurz geschnittenes, weißes Haar mischten sich einige dunkle Strähnen. Erica hatte eine alte Dame erwartet und war erstaunt gewesen, als eine kleine Frau in Jeans und Turnschuhen vor ihr stand, die mit der rauen Stimme einer Raucherin sprach. Palmira hatte sich für die Unordnung entschuldigt, obwohl das Haus tadellos aufgeräumt und sauber war, und ihr einen Kaffee angeboten, da sie, wie sie sagte, um diese Uhrzeit immer einen trinke.

Sie erklärte, sie spreche gern von ihrer Tochter. »Mir scheint es, als sei sie immer noch hier, wie an jenem Morgen, als sie wegging und sagte, sie sei spät dran. Sie trug ein gelbes Piquékleid. Das Gelb stand ihr sehr gut, passte schön zu ihren braunen Haaren … Sie war ein hübsches Mädchen, müssen Sie wissen. Fröhlich, strahlend. Immer am Singen … sie hatte solche Freude am Leben …«

Die Studentin fürchtete, dass die Frau plötzlich zu weinen anfangen könne, doch Palmira sprach weiter und ihre

Augen blieben trocken und abwesend, versunken in eine Bilderwelt, die keine Worte mehr heraufbeschwören konnten.

»Wann haben Sie denn angefangen, sich Sorgen zu machen?«, fragte Erica.

»Als ich von diesem Vortrag nach Hause kam. Sie kennen vielleicht noch diese Veranstaltungen zur politischen Bildung, die damals sehr verbreitet waren.«

Die Besucherin nickte lächelnd.

»Ich war am frühen Nachmittag in die Sektion gegangen, wie ich es immer tat. Es gab noch viel zu erledigen: Flugblätter, Telefonate, Adressen heraussuchen. Als mein Stefano kam, hatte ich gerade die Stühle im Zuschauerraum aufgestellt. Wir rechneten mit vielen Genossen, vor allem jungen ... Für sie waren die Vorträge ja gedacht, nicht wahr? Damit sie ein bisschen was über Geschichte erfuhren. Diese Dinge, die in den Schulen normalerweise nicht mehr unterrichtet werden ... Sie können Ihr Band mitlaufen lassen, wenn Sie möchten.«

Erica schaltete das Tonbandgerät ein.

»Ich wollte immer, dass Teodora auch zu den Vorträgen kommt, daher war ich ein bisschen ärgerlich, als ich sie nicht im Publikum sah. Wir fingen erst nach sieben an, weil Angelotti zwischen Corso Grosseto und Via del Corpus Domini im Stau gestanden hatte. Angelotti erzählte mir, dass er durch die Prozession aufgehalten worden sei. Da bei uns auch eine stattfand, beruhigte ich mich wieder. Ich dachte, dass Teodora wahrscheinlich auch im Verkehr feststeckte oder dass sie länger als üblich in der Kanzlei geblieben war. Wie einfältig ich war! Wie dumm!« Einen kurzen Augenblick lang durchbrach ein Ausdruck des Schmerzes die unergründliche Maske ihres Gesichts. Dann stand sie auf und ging in die Küche. Der Raum war von der Stube durch einen Bambusvorhang getrennt, ein exotisches Accessoire, das nicht so recht zu der nüchternen Umgebung passte.

»Dieses Zimmer mochte Teodora besonders«, sagte Palmira mehr zu sich selbst. »Schon damals war es eigentlich ein einziger Raum, aber wir sprachen trotzdem immer von der Küche und der Stube, als wären es zwei getrennte Zimmer ... Den Vorhang hat Teodora gekauft ... Sie sagte, er mache sie fröhlich. Meine Tochter mochte es, wenn das Licht durch die Fenster hereinfiel, und sie schaute gerne hinaus, weil sie dort die ganze Welt sah, wie sie sagte. Darf ich Ihnen noch ein Stück Kuchen anbieten?«

»Danke«, sagte Erica und lächelte.

Palmira lächelte nicht zurück. »Sie erinnern mich ein bisschen an Teodora«, sagte sie, als sie den Kuchen anschnitt. »So gegen zehn kamen wir nach Hause«, nahm sie ihre Erzählung wieder auf und zündete sich eine Zigarette an. »In der Sektion, nach dem Vortrag, saßen sie noch zusammen, sangen und lachten ... alles junge Leute, wie schon gesagt. Stefano wollte noch bleiben, aber ich machte mir Sorgen um meine Tochter. Ich dachte, es gehe ihr vielleicht nicht gut, ich dachte immer noch an nichts Böses. Aber Teodora war nicht zu Hause und sie war auch nicht bei Alfonsinas Kindern.«

»Sind Sie dann zur Polizei gegangen?«

»Zuerst haben wir in der Kanzlei angerufen, aber da nahm natürlich niemand ab, dann haben wir alle Krankenhäuser abtelefoniert. Mittlerweile war schon wieder eine Stunde vergangen. Stefano, der zu Beginn noch ruhig gewesen war, wurde panisch. Dann kam ganz aufgelöst Alfonsina herübergerannt. »Stimmt es, dass Teodora verschwunden ist? Meine Kinder suchen sie.« Da bekam ich wirklich Angst. In der Gegend erinnerte man sich noch gut an dieses andere Mädchen, diese arme Lupis aus Olmi. Daraufhin fuhren wir unverzüglich zu den Carabinieri am Corso Grosseto, ich, Stefano und Alfonsina. Die Suche nach ihr begann sofort.«

Das Auto von Teodora, ein blauer Cinquecento, wurde zwei Stunden später in der Via Paolo Veronese gefunden, etwa auf der Höhe der Stahlwerke. Er war in Richtung Corso Ferrara geparkt, ein Hinweis, dass sich Teodora auf dem Nachhauseweg befunden hatte, als etwas oder jemand sie zum Anhalten zwang.

Teodora war nicht das Benzin ausgegangen, der Tank war voll und der Wagen schien einwandfrei zu laufen.

Auf der Rückbank wurden folgende Gegenstände sichergestellt:

- ein neues Set Handtücher,
- ein Seidentuch in einer durchsichtigen Plastiktüte,
- zwei Frauenzeitschriften.

Die Gegenstände wurden sorgfältig untersucht. Man fand keine weiteren Spuren als die Fingerabdrücke Teodoras. Die Mutter bestätigte, dass die Tochter gerne mit Geschenken nach Hause kam, wenn sie den Lohn ausgezahlt bekommen hatte.

Die Spurensicherung untersuchte den Cinquecento tagelang, doch ohne Ergebnis. In diesem Auto hatte sich ganz offensichtlich kein Verbrechen abgespielt.

3

An dem Abend, an dem Teodora starb, war Aurora in das Volkshaus auf dem Corso Lombardia eingeladen, wo eine Diskussion über den spanischen Bürgerkrieg stattfand. Als politische Emigrantin und Schauspielerin saß sie zusammen mit den Organisatoren auf der Bühne. Sie hatte Gedichte von Lorca und Alberti vorgetragen und erzählt, wie es ihr fünf Jahre zuvor gelungen war, mit gefälschten Papieren aus Spanien zu fliehen.

Es war sehr heiß und sie war müde, dennoch fand sie es wunderbar, von ihrem Land und den Leiden ihres Volkes berichten zu können. An jenem Abend trug sie ein schwarzes, vielleicht etwas zu ernstes, strenges Kleid, doch sie bewegte sich darin mit der ihr eigenen Ungezwungenheit. Es entstand eine lange und lebhafte Diskussion; die Schüler vom Technischen Gymnasium stellten immer neue Fragen, die Aurora mit ihrer schönen, klangvollen Stimme beantwortete. Gegen Mitternacht, als sich die Veranstaltung wie ein zu lange getragenes Kleid abzunutzen begann, trat ein Genosse ein und verkündete, dass in der Via delle Mimose ein Mädchen verschwunden sei. Zuerst schien niemand der Sache besondere Bedeutung zuzumessen, der Überbringer erntete sogar böse Blicke, weil er die unterhaltsamen Anekdoten der Ibarurri gestört hatte. Aurora aber sagte mit ihrer angenehm weichen Stimme und in ihrer Muttersprache wie stets, wenn sie aufgeregt war: »*Un momentito, por favor.* Es ist wichtig. *Por favor ...*«

»So rief mich also Aurora an jenem Abend an und setzte sich damit über alle Regeln hinweg. Heute würde man sagen, wir wurden in Echtzeit informiert …«

»Aber es waren die Carabinieri, die zuerst das Auto und dann das Mädchen fanden«, merkte Erica an.

»Stimmt, das waren die Carabinieri. Die Fumagallis, vielleicht auch ein Freund der Familie, ich weiß es nicht mehr genau, riefen die 112 an oder gingen selbst zu den Carabinieri … *Bon*, das liegt viele Jahre zurück und mein Gedächtnis ist nicht mehr das beste …«

»Und was haben die Carabinieri unternommen?«

»Am Anfang haben sie das Mädchen gesucht, doch dann erinnerte sich ein Maresciallo an die Lupis und benachrichtigte uns. Offiziell war es ja unser Fall … Aber in den ersten Stunden haben wir zusammengearbeitet und ich kann Ihnen garantieren, dass es eines der wenigen Male war, dass Polizei und Carabinieri gemeinsam agiert haben, ohne übereinander herzufallen.« Maffina stand erregt auf. Ein Wind war aufgekommen und dicke Wolken zogen vom Meer heran. Zehn Minuten zuvor hatte der Fährmann die Touristen aufgefordert, sich zu beeilen. »Letzte Überfahrt«, war seine Stimme verzerrt durch den Lautsprecher erklungen, »die verehrten Touristen werden um Eile gebeten.«

Annalisa erschien in der Balkontür und verkündete, die Wettervorhersage habe Sturm gemeldet. »Wenn eine Sturmflut kommt, sind wir von der Außenwelt abgeschnitten!«, rief sie begeistert aus, denn es war ihr erster richtiger Urlaub mit Maffina seit Jahren. Von Turin aus waren sie mit zwei Koffern voller Bücher, dem Computer und unzähligen Disketten aufgebrochen. Maffina war dieser Umzug etwas übertrieben vorgekommen, doch wie immer hatte sich die Weitsicht Annalisas als Glücksfall erwiesen, da San Fruttuoso in gewisser Weise wirklich am Ende der Welt lag.

»Machen wir weiter?«, fragte Maffina Erica.

Das Mädchen nickte und schaltete das Aufnahmegerät wieder ein.

»Ich rufe euch, wenn das Essen fertig ist«, sagte Annalisa und ging wieder hinein.

Die letzte Fähre nach Camogli umrundete gerade die Landzunge, gefolgt von den Möwen, deren durchdringende Schreie die Luft erfüllten.

Maffina traf zehn Minuten nach Auroras Anruf auf dem Corso Lombardia ein. Vor dem Volkshaus hatte sich eine kleine Menschenmenge versammelt, die zurückwich, als das Polizeiauto vor dem Tor bremste, wo ein Porträt Ho Chi Minhs hing.

Maffina entdeckte Aurora, die mit bleichem Gesicht und dramatischen Gesten zu Leuten sprach, die er nicht kannte – wie eine Schauspielerin zu ihrem Publikum. Wieder einmal erfüllte ihn der Missklang zwischen seinem Privatleben und seiner Arbeit mit bitterem Staunen.

»Es ist so schrecklich, was passiert ist«, sagte Aurora, als sie ihn sah.

Maffina merkte an, dass bisher noch gar nichts passiert sei. »Ich hasse Panikmache, das weißt du. Ich glaube fast, du tust das absichtlich«, sagte er mit unterdrückter Stimme. »Du solltest lieber nach Hause gehen«, fügte er hinzu.

Der Genosse, der Alarm geschlagen hatte, trat zu ihnen und sagte, es sei vielleicht besser, zum Corso Grosseto zu gehen und sich der Leitung der Carabinieri zu unterstellen. Der Commissario sah ihn misstrauisch an, weil die Situation ans Absurde grenzte und ihn bloßzustellen drohte, doch dann ließ er den Mann in den Wagen einsteigen und sich alles von Anfang an erzählen.

»Das Unglaubliche«, sagte Maffina, während er seine Zigarette ausdrückte und sich mechanisch eine neue anzündete, »das Unglaubliche daran war diese allgemeine Mobilmachung. Vor einem Moment noch war alles ruhig gewesen und kurz darauf suchte die halbe Stadt nach diesem armen Mädchen. Die Aktiven der Sektion hatten eine Telefonkette gebildet – äußerst effizient wie in allem, was sie taten! – und hatten sich für weitere Aktionen zur Verfügung gestellt … *Bon!* Im Januar hatte sich dieser blutige Mord an der armen Lupis ereignet, klar, dass die Leute etwas unternehmen wollten. Außerdem waren die Fumagallis überall bekannt, sie waren aktive Gewerkschaftler, engagierten sich in der stärksten Partei der Region, sie hatten die Sektion aufgebaut, die im Laufe der Zeit zur Anlaufstelle für viele junge Leute geworden war … Ja, es war schrecklich! Wir rechneten mit dem Schlimmsten, aber ein solches Grauen hatten wir uns nicht vorgestellt. Nicht dieses Grauen …«, endete er fast in einem Flüstern.

4

An dem Abend, als Teodora starb, hatten die Angehörigen der Miliz, Gennaro Ingravilli und Dante Polichetti, beide vom Einsatzkommando der Carabinieri am Corso Grosseto, Dienst im Zentrum des Bezirks, wo die Fronleichnamsfeiern in vollem Gange waren. Es war ein warmer Abend gegen Ende Mai, Hunderte von Lichtern flackerten in den Straßen und aus den Maisfeldern wehte eine leichte Brise den scharfen Geruch von Jauche herüber.

Gennaro war zwanzig Jahre alt, wie Teodora, Dante ein wenig älter. Er würde am zehnten Juli fünfundzwanzig werden. Sie hatten seit dem Nachmittag Dienst und die Müdigkeit machte sich allmählich bemerkbar, vor allem bei Gennaro, der am Vormittag zwei Stunden im Schwimmbad trainiert hatte. Der Junge gähnte herzhaft. Er habe Hunger und Durst, verkündete er. Als zwei Mädchen in Miniröcken vorübergingen, sagte Dante, die wolle er sich im Doppelpack genehmigen. Gennaro brach in lautes Gelächter aus, das in ein weiteres Gähnen mündete.

»Hol uns was zu essen, ich sterbe vor Hunger«, sagte er dann zu Dante. Der erinnerte ihn daran, nur für den Fall, dass der andere es vergessen haben sollte, dass sie im Dienst waren. Wenn in diesem Moment der Maresciallo vorbeikomme, fügte er hinzu, sei ihnen Wochenendarrest in der Kaserne sicher.

»Du siehst ganz schön heruntergekommen aus«, sagte Dante und betrachtete angewidert die abgenutzte Uniform seines Kollegen.

Im selben Moment wurde im Radio eine Nachricht durchgegeben.

Die Soldaten Ingravilli und Polichetti entdeckten das beschriebene Auto gegen 01.00 Uhr nachts. Wie im vorangegangenen Kapitel erwähnt, war der Wagen etwa fünfzig Meter vom Eingang der Stahlwerke geparkt.

Ingravilli und Polichetti benachrichtigten sofort über Funk die Zentrale. Zehn Minuten später kam ein Abschleppwagen und brachte den Wagen in die Kaserne von Corso Grosseto, wo die Spurensicherung bereits wartete. Trotz der späten Stunde hofften Polizei und Carabinieri, möglichst frühzeitig wichtige Anhaltspunkte zu bekommen, um so eine weitere Tragödie zu verhindern. Aus allen geführten Interviews geht klar hervor, dass die Ermittlungen im Fall Fumagalli sofort auf Hochtouren liefen: Bereits kurz nach Mitternacht begannen die Ordnungskräfte, unterstützt von zahlreichen Freiwilligen, weiträumig die Gegend zwischen Lucento, Madonna di Campagna und Venaria zu durchkämmen (vgl. beiliegende Karte) ...

Es war schon fast Morgen, als Ingravilli und Polichetti entschieden, noch einen letzten Ort zu überprüfen. Seitdem sie den Cinquecento gefunden hatten, waren sie mit empfangsbereitem Sender herumgefahren, immer in engem Kontakt mit den Einheiten, die gerade die Gegend durchkämmten. Gegen drei hatten sie Venaria erreicht, wo sie in einer durchgehend geöffneten Bar ein belegtes Brötchen und einen Kaffee zu sich nahmen, dann setzten sie ihre Suche fort. Die Müdigkeit lastete wie ein unerträgliches Gewicht auf ihnen.

»Wohin jetzt?«, fragte Ingravilli, nachdem sie sämtliche Straßen jenseits des Stadtrings überprüft hatten. In seiner Stimme lag eine Spur von Hysterie.

»Wir fahren noch einmal in die Gegend des Stahlwerks, mir ist da etwas eingefallen.«

»Und was?«

»Eine Straße, die zu den Öltanks führt.«

»Da sind wahrscheinlich schon ganze Hundertschaften durchgelaufen. Wir waren ja selbst schon zweimal da«, sagte Ingravilli gereizt.

Polichetti erwiderte, dass er eine andere Straße im Sinn habe. Wahrscheinlich sei da noch niemand gewesen, denn in der Nacht seien alle Straßen grau. »Hinter der Lastenwaage«, erklärte er seinem Kollegen, »gibt es einen Weg, der nicht mehr benutzt wird und der auch nicht asphaltiert ist ... Ganz in der Nähe von der Stelle, wo wir das Auto gefunden haben, vielleicht bringt uns das ja Glück!«

Ingravilli dachte bei sich, dass sein Kollege eine echte Nervensäge war, doch da er aus dem Spruch mit den grauen Straßen einen Vorwurf herausgehört hatte und es sich nicht mit ihm verderben wollte, ersparte er sich jeglichen Kommentar und konzentrierte sich auf die Straße.

Ein rötlicher Schein erleuchtete den windstillen Himmel, wie manchmal in den ersten Morgenstunden. Der Donnerstag, 28. Mai, Fronleichnam, versprach ein warmer und klarer Tag zu werden. Die Peripherie wachte allmählich auf und begrüßte den Morgen mit vereinzelten Geräuschen: das Rasseln eines verrosteten Rollladens, das Dröhnen eines vorbeifahrenden Lastwagens, das jammernde Kreischen der ersten Straßenbahn in Richtung Porta Nuova. Fast unmittelbar vor dem Stahlwerk entdeckten sie die Waage und dahinter, halb von einem Gebüsch verborgen, schlängelte sich ein holpriger Weg durch die Felder, wo Holunderbüsche und Akazien sich den Platz mit den Öltanks teilten. Ingravilli setzte den Blinker und schaltete einen Gang runter, während hinter dem Wagen eine rote Staubwolke aufwirbelte. Zu beiden Seiten, zwischen wild wachsenden Brombeeren und anderem Gebüsch, säumten Abfälle aller Art die Straße.

»Was für eine Schweinerei«, murmelte Polichetti.

Der Weg mündete auf einen Platz oder eine Lichtung, wenn man dieses Abbild städtischen Verfalls so bezeichnen wollte. An ihrem Rand stand eine verfallene Hütte. Aus dem eingebrochenen Dach erhob sich unter wenig anmutigem Flügelschlagen eine Krähe.

»Was für eine Schweinerei«, wiederholte Polichetti mit angewiderter Miene.

Die Leiche von Teodora Fumagalli wurde von Ingravilli und Polichetti um 05.00 Uhr morgens entdeckt, im Inneren einer unbewohnten Hütte in der Gegend von Veronesi. Das Mädchen war an einen Pfahl gebunden. Die Brustwarzen waren entfernt, ebenso die Scham. Eine säuberliche Reihe von Schnitten in der Beckengegend schienen eine Zeichnung oder ein Wort zu bilden.

Alles war über und über mit Blut beschmiert: der Boden, der Pfahl, die Wände. Wie in einem Schlachthof, stellten die Beamten fest ...

»Alles in Ordnung, Gennaro?«, fragte Polichetti. Der Kollege war bleich und transpirierte stark. Sein Schweiß hatte den scharfen Geruch verängstigter Tiere.

»Hast du die Einsatzleitung verständigt?«, gab Ingravilli zurück.

»Sie kommen«, antwortete Polichetti. Zitternd von dem Schock, zündete er sich eine Zigarette an und stellte sich in die Mitte der Lichtung, um auf die Verstärkung zu warten, weit weg von dem Grauen. Endlich hörten sie die Sirenen, die vom Echo vervielfacht durch die Frische des Morgens schrillten.

5

Der angekündigte Sturm entlud sich in einem kräftigen Nordwind, der die Wolken vom Himmel fegte. Hinter dem Berg ging der Mond auf, rund und groß wie eine reife Orange. Erica betrachtete den diffusen Widerschein auf dem Wasser, der die Umrisse der Bäume in der Bucht klar hervortreten ließ.

Die junge Frau konnte nicht schlafen. Eine dumpfe Furcht, die auch ihre Gespräche nicht hatten zerstreuen können, bedrückte sie und presste ihr das Herz zusammen. Ihr Blick umarmte das Meer, auf dem sich die Wellen in der Tramontana kräuselten, und die kompakte Silhouette der Abtei; der Mondschein ließ das Schieferdach regennass erscheinen. An dieser Stelle war der Strand kaum zu sehen, so dass die Abtei wie ein natürlicher Bestandteil des Meeres und der Bucht wirkte. Rechts an der Mole schaukelte ein Boot auf dem Wasser, das bei Morgengrauen nach Camogli ablegen würde. Erica dachte, dass es schön wäre, einzusteigen und diese ganze Geschichte hinter sich zu lassen, die sie zu ersticken drohte. Sie war sich sicher, dass ihre Furcht sich legen würde und auch ihr dumpfes Herzpochen. Sie trat vor den Spiegel und betrachtete sich eingehend. Welche Ähnlichkeiten mit Teodora hatte Palmira wohl in ihrem kantigen und wachen Gesicht entdeckt? Sie hatte Locken, während Teodoras Haare lang und glatt waren wie Maras und Evangelinas ... Und ihre Augen waren nicht hell, sondern dunkel (Daniele behauptete immer, sie habe jüdische Augen), und dennoch bestand eine entfernte Ähnlichkeit. Auch ihr schlanker Körper erinnerte an Teodora. Sie versuchte, sich selbst in dem gelben Kleid vorzustellen, kurz und schmal geschnitten, wie man es vor dreißig Jahren trug, wie Teodora es getragen hatte, um an einem warmen Nachmittag im Frühsommer dem Tod zu begegnen.

Der Polizei gelang es, mit Hilfe einiger für die Ermittlungen äußerst bedeutsamer Zeugenaussagen, die letzten Stunden im Leben der Teodora Fumagalli zu rekonstruieren. Der Notar Trini sagte aus, das Mädchen habe um Punkt 17.30 Uhr die Kanzlei verlassen. Teodora sei sehr aufgeräumt gewesen, erzählte Trini den ermittelnden Beamten, fast schon überdreht. Am Vormittag hatte sie ihr Gehalt plus eine kleine Sonderzulage bekommen und sie wollte noch ein paar Einkäufe erledigen, bevor sie nach Hause fuhr. Trini hatte seine Scherze gemacht und gesagt, sie sei eine Verschwenderin und werfe das Geld zum Fenster hinaus. Dieses Ritual spielte sich jeden Monat ab und gehörte zu der beinah väterlichen Beziehung, die der Notar zu Teodora pflegte.

Aus den im Wagen sichergestellten Päckchen schloss die Polizei, dass Teodora ihre Einkäufe, ein Set Frottierhandtücher und ein Halstuch, in einem Geschäft beim Bahnhof Porta Susa getätigt hatte. Die Verkäuferin erinnerte sich noch gut an die junge Frau und sagte aus, sie sei gegen 18 Uhr in den Laden gekommen, und da sie die einzige Kundin war, sehr schnell fertig gewesen. Im Folgenden die Aussage der Signora Lorini, Besitzerin des Geschäfts NÜTZLICHE DINGE, freundlicherweise zur Verfügung gestellt von ANTONIO MAFFINA, Commissario der Turiner Polizei:

LORINI: Ich erinnere mich noch gut an das arme Mädchen. Die Kleine kam gegen Abend.

MAFFINA: Wissen Sie noch, wann genau?

LORINI: Kurz vor sechs vielleicht, aber beschwören könnte ich das nicht. Ein so nettes Mädchen! Da bekommt man ja Angst um die eigenen Kinder.

MAFFINA: Hielt sie sich länger im Geschäft auf?

LORINI: Aber nein, nur kurz, um ihre Einkäufe zu machen. Ich weiß noch, dass ich dachte: »Endlich mal eine Kundin, die weiß, was sie will.« Sie verlangte die weißen Frottierhandtücher mit dem kleinen türkischen Muster, wie sie im Schaufenster lagen. Die waren nicht billig, aber sie machte keine Umstände und versuchte auch nicht zu handeln, wie viele das tun ...

MAFFINA: Doch sie kaufte nicht nur die Handtücher.

LORINI: Sie kaufte auch noch ein Halstuch. Das wollte sie ihrer Mutter schenken, sagte sie. Armes Mädchen, was für ein schreckliches Ende!

MAFFINA: Wie lange hielt sich die Fumagalli also in Ihrem Geschäft auf?

LORINI: Höchstens zehn Minuten ... Ich wollte ihr die Sachen noch als Geschenk einpacken, aber sie sagte nein, das würde sie zu Hause selbst machen.

MAFFINA: Hatten Sie den Eindruck, dass sie es sehr eilig hatte?

LORINI: Schauen Sie, jetzt, wo Sie mich das fragen, ich glaube, schon. Ich habe ganz den Eindruck, dass sie es sehr eilig hatte.

Die Aussage der Zeugin Lorini wurde von dem Parkplatzwächter auf der Piazza Statuto bestätigt, Signor Guglielmini. Seiner Aussage zufolge holte Teodora den Cinquecento um 18.20 Uhr ab. Guglielmini erinnerte sich im Gegensatz zu der Lorini noch genau an die Uhrzeit, weil er mit Teodora darüber gesprochen hatte. Die junge Frau kam ganz atemlos beim Parkplatz an und sagte, sie sei sehr spät dran. Hoffentlich stehe ihr Cinquecento nicht »in der hintersten Ecke«. Der Wagen befand sich jedoch ganz vorne. »Sehen Sie, Signorina? Sie können sich freuen!« »Ich habe es fürchterlich eilig! Und bin schon spät dran.« Da hob Guglielmini den Blick zu der großen Uhr, die sich damals über dem Platz befand. Es war genau 18.20 Uhr. Normalerweise hielt er mit Teodora immer einen kleinen Schwatz, wie er dem Commissario Maffina erzählte, denn sie war ein wirklich nettes und umgängliches Mädchen. An jenem Abend jedoch machte Teodora unverzüglich den Motor an, ohne sich weiter aufzuhalten. Guglielmini dachte, sie sei wohl verabredet, und teilte dies dem Commissario in der Befragung mit.

Um 18.20 Uhr verließ Teodora Fumagalli also die Piazza Statuto in Richtung Corso Regina, den gesammelten Aussagen zufolge ihr normaler Heimweg nach Lucento. Außerdem erinnere ich daran, dass der Wagen in der Via Paolo Veronese gefunden wurde, noch heute die übliche Nebenstrecke, um in die neuen Wohngebiete des Viertels zu gelangen.

Wahrscheinlich war sie wirklich mit jemandem verabredet. Mutter und Freunde verneinen jedoch entschieden die Frage, ob sie eventuell einen Geliebten oder einen Freund gehabt habe, von dem niemand etwas wusste.

Teodora war für alle »so klar und durchsichtig wie Quellwasser« gewesen, wie sich die Zeitungen damals ausdrückten.

PS: Ich glaube, das ist es. Die Wiedergabe der Zeugenaussagen ist präzise aufgebaut und flüssig. Denken Sie daran, die Quellen deutlich zu benennen. Es fehlen beispielsweise ausdrückliche Hinweise auf das Protokoll des Verhörs ...

(Annalisa B.)

6

»In jener Nacht legte sich niemand von uns schlafen«, erzählte Maffina, während er sich Kaffee einschenkte. »Auch meine Frau Aurora war nicht nach Hause gegangen. Ich weiß noch, dass sie die ganze Nacht im Büro in einer Ecke saß, ich erinnere mich gut an ihr theatralisches schwarzes Kleid und ich erinnere mich auch noch an die ironischen Blicke meiner Kollegen und Vorgesetzten ... Sie mochten Aurora nicht«, schloss er seufzend. Er schenkte sich noch etwas Kaffee nach und rührte gedankenverloren mit dem Löffel in der Tasse herum. Es war ein wunderschöner, windiger Morgen, der Himmel erstrahlte in einem intensiven Blau.

Erica hatte wenig geschlafen (was man ihrem trüben und starren Blick ansah) und trank einen Kaffee nach dem anderen. Sie wirkte abwesend, versunken in düstere Gedanken, die Maffina lieber nicht so genau kennen wollte, da er sich wenigstens zum Teil mit schuldig daran fühlte.

Annalisa saß in Badeanzug und Holzschuhen an ihrem Laptop. Maffina vermutete, dass sie irgendwo im mittelalterlichen Europa versunken war, auch sie auf der Suche nach Übereinstimmungen und Indizien. Er mochte Annalisa sehr gern und hoffte, mit ihr zusammen alt zu werden, auch wenn er ihr das nie gesagt hatte. Vielleicht aus Scham, vielleicht mehr noch aus Aberglaube.

»Im Übrigen war es kein Geheimnis, dass meine Ehe nach noch nicht einmal zwei Jahren drauf und dran war, in die Brüche zu gehen«, fuhr Maffina fort.

»Ich schalte das Band jetzt ab«, sagte Erica.

Annalisa schaute hoch und lächelte.

»Aber warum?«, fragte Maffina. »Das sind alte Geschichten … Obwohl dieser brutale und plötzliche Tod uns einander wieder näher brachte, zumindest für eine Weile. Aurora saß da und knetete einen Zipfel ihres Kleides, während ich die Ermittlungen koordinierte, wenn man das so nennen kann. Ab und zu hob ich den Blick und lächelte ihr zu, wie um zu sagen ›Hab Geduld, du wirst schon sehen, alles wird gut …‹ Um halb sechs erreichte uns dann dieser Anruf der Carabinieri vom Corso

Grosseto. Diese beiden Unglückswürmer … Da hatten sie wirklich eine bittere Pille erwischt …«

»Was ist aus ihnen geworden? Ich würde sie gerne interviewen.«

»Das wissen Sie nicht?«, fragte Maffina barsch. »Sie sind '76 bei einem Attentat ums Leben gekommen. Als Eskorte eines Richters. Sie machten immer alles zusammen … und sie starben auch zusammen. Das waren harte und schwierige Jahre, meine Liebe.«

»Ich war noch ein Kind damals.«

»Jahre der Unschuld, was? Ihr Glück, kann ich nur sagen, Ihr Glück.« Er zündete sich eine Zigarette an und sah eine Weile auf das Meer hinaus. Die Boote der Touristen kamen langsam näher und zogen lange Gischtspuren hinter sich her. »Machen wir weiter?«, fragte er schließlich freundlich.

»Ich muss jetzt gehen, Aurora, tut mir Leid«, sagte Maffina und griff nach seiner Jacke.

»Que pasa?«

Maffina schwieg.

»Ist es wegen des Mädchens? Sie haben es gefunden, nicht wahr?«

Er nickte. »Geh nach Hause, Aurora, was willst du denn noch hier? Du musst doch hundemüde sein.«

»Sag mir, was los ist.«

»Ich darf dir nichts sagen, das weißt du. Geh jetzt nach Hause.«

»Rufst du mich an?«

»Ich rufe dich an. Möchtest du, dass dich jemand begleitet?«

»Ach was«, sagte sie mit einer gewissen Bitterkeit. Maffina dachte, sie habe so geantwortet, weil sie niemals in ein Polizeiauto einsteigen würde, sie, die das gesamte Präsidium in die Luft gesprengt hätte, wenn sich ihr die Möglichkeit geboten hätte.

»Können wir, Dottore?«, fragte Anselmi mit demonstrativer Ungeduld, die dem Commissario nicht entging.

Maffina, Anselmi und Randazzo erreichten die Stahlwerke um sechs. Die Sirene des Wagens zerriss die frühmorgendliche Stille. Der Morgen eines Feiertages, des Fronleichnamtages, doch Teodora Fumagalli war tot, für das Leben verloren wie Mara Lupis und die arme Evangelina, die alle längst vergessen hatten.

Randazzo war mit offenem Mund eingeschlafen und schnarchte leise. Maffina fragte sich, wie man in einem solchen Moment schlafen konnte, und vielleicht dachte Anselmi das Gleiche, denn er sah mit einem Kopfschütteln zum Commissario hinüber. Obwohl Feiertag war, wehte durch das offene Fenster ein stechender Geruch von den Chemiefabriken herein. Hinter der Lastenwaage versperrte ein Auto der Carabinieri einer großen Gruppe von Freiwilligen den Zutritt, die rauchend und unter gedämpftem Gemurmel abwarteten, was als Nächstes geschah. Entlang der unbefestigten Straße, die zur Lichtung führte, suchten mehrere Carabinieri mit langen, angespitzten Stöcken den Boden ab. Immer wieder ließen sie etwas in den durchsichtigen Tüten verschwinden, die sie in den Händen hielten.

»Coladosen und Präservative, das sind die Überreste unserer Gesellschaft«, murmelte Randazzo mit belegter

Stimme. »Warum machen sie sich überhaupt die Mühe … Nur in Romanen hinterlassen Mörder Spuren. Wir werden nichts finden, Maffina, wir müssen wieder ganz von vorn anfangen. Wir werden nichts finden!«

Als der Commissario die Hütte erreichte, war es 06.00 Uhr. Auf der Lichtung hatte sich eine wahre Menschenmenge versammelt: der Gerichtsmediziner, die Männer von der Spurensicherung, zahlreiche Journalisten, außerdem die Carabinieri Ingravilli und Polichetti, die darauf warteten, vom Commissario vernommen zu werden. Keiner von ihnen wagte es, sich der Hütte zu nähern, um eventuelle Spuren nicht zu verwischen, und so standen sie alle abseits beieinander und wussten nicht, wo sie anfangen sollten.

Die Ankunft Maffinas war das Startzeichen: Die Hände in Handschuhen und mit Plastiksäcken über den Füßen, betraten die Kollegen von der Spurensicherung die Hütte. Zahlreiche Fotografien wurden gemacht, Fingerabdrücke genommen, jeder Zentimeter des Raums eingehend untersucht, Gewebespuren gesichert. Die Leiche von Teodora Fumagalli wurde um 08.30 Uhr morgens abtransportiert.

Im Gegensatz zu Mara Lupis wies der Körper von Teodora Fumagalli keine Spuren sexueller Gewalt auf. Die Autopsie ergab Tod durch Ersticken und der Todeszeitpunkt wurde aufgrund des Mageninhalts sowie der Leichenstarre auf Mittwoch, 27. Mai, zwischen 19 und 21 Uhr datiert. Auch Teodora war gefoltert und misshandelt worden, aber nicht vergewaltigt. Trotz der erlittenen Verstümmelungen war das Mädchen noch Jungfrau. Diese Entdeckung bestärkte

Commissario Maffina in seinem Verdacht, der Mörder könne nekrophile Neigungen haben ...

Da Teodora Fumagalli zum letzten Mal um 18.20 Uhr gesehen wurde, nimmt man an, dass sie ihren Schlächter eine halbe Stunde später getroffen hat, etwa gegen 19 Uhr. Die Uhrzeit ist entscheidend, um die möglichen weiteren Schritte des Mörders zu berechnen.

Die erste Frage der ermittelnden Beamten war folgende: Hatte Teodora Fumagalli die Hütte aus freiem Willen betreten oder war sie dorthin verschleppt worden? Die erste Hypothese schien wahrscheinlicher, da das Auto regulär geparkt war. Für die zweite Hypothese sprach die besondere Beschaffenheit der Straße, die zu der Hütte führte: Es ist wenig wahrscheinlich, dass Teodora, die Schuhe mit Pfennigabsätzen trug, bereit gewesen war, diesen mit Löchern und Unebenheiten übersäten Weg zu Fuß zurückzulegen. Das Detail der Kleidung ist keineswegs nebensächlich, wenn man in Betracht zieht, dass die Kleider der Toten ordentlich zusammengefaltet in einem Plastiksack gefunden wurden. Bei dem gelben Kleid und der Unterwäsche fand man auch die Schuhe: schwarze Lackpumps mit Pfennigabsätzen. Die Schuhe waren unversehrt, wiesen keine Spuren von Staub oder Grasflecken auf, während das Kleid an verschiedenen Stellen zerrissen war, Anzeichen, dass es Handgreiflichkeiten gegeben hatte. Doch waren keine Blutflecken auf dem Stoff. Die Beamten fanden einzig Speichel- und Urinspuren, die beide von Teodora stammten.

Die wahrscheinlichste Erklärung war daher, dass Teodora im Auto zur Hütte gefahren war, sofort ermordet und erst dann ihrer Kleider entledigt wurde.

Das Mädchen, so stellten die ermittelnden Beamten fest, musste seinen Mörder gekannt haben. Diese Theorie wurde von den Aussagen der Lorini und Guglielminis bestätigt (vgl. vorangegangenes Kapitel), warf jedoch zugleich einen beunruhigenden Schatten auf das »klare und durchsichtige« Leben des Mädchens.

Wenn der Todeszeitpunkt korrekt datiert ist, darf man annehmen, dass der Mörder mindestens zwei Stunden mit Teodoras Leiche zugange war, bevor jemand oder etwas ihn in seiner makabren Tätigkeit unterbrach. Ansonsten lässt sich nicht erklären, dass der Täter keine sexuelle Gewalt angewendet hat, wie er es bei den ersten beiden Opfern getan hatte ...

Die von Commissario Maffina aufgestellte Hypothese, dass der Mörder ein Freund der Fumagallis war und vielleicht sogar bei der Suche geholfen hatte, verwirrte die ermittelnden Beamten und warf ein noch düstereres Licht auf die ganze schreckliche Angelegenheit.

7

»Hier, das ist das Gedicht. Nehmen Sie es doch bitte in ihre Forschungsarbeit auf«, sagte Alfonsina. Erica ergriff das Buch, das auf der markierten Seite aufgeschlagen war.

»Bitte, lesen Sie es ruhig vor, es ist so schön!«, sagte Alfonsina und Erica las.

Niemals hat er den Fliegen die Flügel ausgerissen, als er klein war,
nie den Katzen Konservendosen an den Schwanz gebunden,
weder Käfer in Streichholzschachteln gesperrt
noch den Ameisen die Behausung zerstört.
Er ist groß geworden.
Und seht nur, was sie ihm Böses getan haben.
Als er starb, stand ich an seinem Bett
und er sagte zu mir: »Lies mir ein Gedicht,
das die Sonne und das Meer besingt,
die Atomwerkstätten und den künstlichen Mond,
das die Größe des Menschen besingt.«

Erica klappte das Buch zu, von tiefer Traurigkeit erfüllt. Ein tränenloses Weinen brannte ihr in der Kehle, wo ein harter und schmerzhafter Kloß saß. Unfähig, etwas zu sagen, blieb sie einige Minuten reglos sitzen und blickte voll Abscheu auf das Tonbandgerät, dessen Leuchtdioden boshaft und grausam aufzublinken schienen. Dann floss das Leben wieder weiter im Rhythmus von Alfonsinas beruhigender Stimme. Sie erzählte von ihren Enkelkindern, zwei Mädchen und einem Jungen, von denen eins in Mailand, eins in Bologna studierte. Die Jüngste hingegen, Camilla, lebte bei ihr, weil sie sich mit den Eltern überworfen hatte. »Du verstehst das Mädchen einfach nicht, sage ich immer zu meinem Sohn«, erklärte sie. »Aber wie dem auch sei …«

Erica ertappte sich bei einem Lächeln, dankbar dafür, dass die Gespenster, die sie so hartnäckig zum Leben zu erwecken versuchte, für einen Moment in ihr trauriges Reich verschwunden waren.

»… da habe ich ihr gesagt, sie kann zu mir kommen. Ich

habe genug Platz und Camilla ist mein Lieblingsenkel, auch wenn sie ein bisschen verrückt ist ... Jetzt koche ich Ihnen einen schönen Kaffee, bleiben Sie ruhig sitzen, ich bin in einer Minute fertig. Möchten Sie auch ein wenig Eis?« Alfonsina lief in ihrer großen Küche hin und her, öffnete und schloss Schranktüren, stellte alles für Kaffee und Eis auf den Tisch und erzählte von ihrer Enkelin Camilla, die gerade überlegte, ihr Studium abzubrechen. Der Raum war voll von allen möglichen Gegenständen: Auf einem Holzregal standen die Glasbehälter säuberlich aufgereiht neben den Konserven, in den Weidenkörben türmte sich das Obst in allen möglichen Farbschattierungen von Gelb und Orange, aromatische Kräuter in Tonvasen behaupteten sich zwischen Dosen mit Nudeln und Reis, während auf dem Tisch ein Berg aus Paprika und Auberginen lag.

»Ihre Küche gefällt mir«, sagte Erica.

Alfonsina lächelte. »Danke, mir auch. Sie ist der gemütlichste Raum im ganzen Haus ... Dieser Korb hier ist aus Griechenland. Schön, nicht? Ein Geschenk von Camilla.« Sie erzählte, dass sie schon immer hier lebte, in dem Haus ihrer Großeltern väterlicherseits, welches sie eines Tages, aber das war hoffentlich noch sehr lange hin, ihren Enkeln überlassen würde. Dann schaute sie Erica fest an. »Haben Sie einen Freund?«

»Ja.«

»Und was sagt der zu dieser ganzen Geschichte? Zu diesen Interviews, zu diesem Graben in der Vergangenheit. Ist er damit einverstanden? Findet er es gut oder schlecht? Aber vielleicht möchten Sie lieber nicht darüber reden ...«

»Eigentlich findet er es nicht so gut.«

»Ah, das will ich auch meinen! Um ehrlich zu sein kommt mir das alles etwas morbid vor, aber Palmira lag so viel daran, dass ich Sie kennen lerne. Sie meint, Sie hätten Ähnlichkeit mit Teodora.«

»Ist dem denn so?«

»Nicht im Geringsten«, sagte Alfonsina, während sie das Eis auf den Tisch stellte. »Am Tag der Beerdigung«, erzählte sie, »war das ganze Viertel auf den Beinen. Sogar aus Venaria waren Leute gekommen. Die Zeremonie ähnelte eher einer Demonstration als einer Trauerfeier; alle marschierten wir schweigend einher mit unseren Fahnen, an denen wir Trauerflore befestigt hatten. Auch die Lupis waren dabei, die Eltern von diesem armen Mädchen aus Olmi ... Es konnte einem fast das Herz zerreißen, als sie Palmira kondolierten ...

Palmira und Stefano waren nicht religiös und hatten Teodora nicht taufen lassen. Doch an jenem Tag führte der Gemeindepriester den Zug an. Armer Alter! Er konnte einem Leid tun, rot und erhitzt weinte er wie ein kleines Kind. Sogar die Frau vom Commissario lief mit, diese spanische Schauspielerin ... Sie hat auch das Gedicht vorgelesen. Wir standen auf der Piazza Manno, vor der Schule. Ich sehe es noch vor mir wie heute ...«

»Er ist groß geworden. Und seht nur, was sie ihm Böses getan haben«, trug Aurora vor. Maffina konnte sie nicht sehen, doch er hörte ihre weiche, schmerzerfüllte Stimme, die sich wie eine Flutwelle über den Platz ergoss, wo die Menge den Atem anzuhalten schien. Die roten Fahnen, die unbeweglich in der drückenden Schwüle herabhingen,

schienen an das vergossene Blut zu gemahnen und bildeten eine melodramatische Kulisse. Der Himmel war ein weißes Einerlei, der typische Turiner Himmel mancher Sommertage, und es herrschte eine unnatürliche Hitze.

»... *das die Größe des Menschen besingt*«, endete Aurora. Einen Moment lang lag der Platz in tiefem Schweigen und nur die Atemzüge der Menschen waren zu hören, dann brandete ein langer, befreiender Applaus auf. Auch Maffina und Randazzo klatschten. Randazzos Augen glänzten, er sagte, das liege an seiner Erkältung, und Maffina wollte ihn nicht provozieren. Er erlebte jenen Moment mit einer fast schmerzhaften Intensität, weniger wegen Teodora, deren Erdenleben auf diesem mit Menschen gefüllten Platz sein Ende nahm, sondern vielmehr wegen Aurora, die wie durch ein Wunder an seiner Seite stand, stolz und streitbar wie eine heidnische Göttin. Maffina weinte um seine gescheiterte Ehe, um die Liebe, die ihn noch mit seiner Frau verband, um all das, was er ihr nie hatte sagen können in diesen zwei Jahren der Lügen und Missverständnisse ...

»Warum erzählen Sie mir das alles?«, fragte Erica.

Maffina suchte nach einer glaubhaften Erklärung, die sie nicht noch mehr verwirren würde. Mit düsterer Stimme sagte er: »Wenn man eine Tür öffnet, kann man nicht verhindern, einen Blick auf das zu werfen, was dahinter liegt. Und Sie öffnen eine Menge Türen, Erica, eine Menge ...«

»Das tut mir Leid.«

»Machen Sie sich nichts daraus. Ich merke, dass ich selbst über bestimmte Dinge reden möchte. Ich habe das alles zu viele Jahre mit mir herumgetragen, zu viele Jahre habe ich Aurora aus meiner Vergangenheit verdrängt und so getan, als habe es sie nie gegeben. Aber in Wirklichkeit war diese Ermittlung auch von ihrer Präsenz geprägt. Wir sprachen ja schon davon, erinnern Sie sich? Ich glaubte damals, Sie seien anders ...«

»Wie anders?«, fragte Erica und schaltete das Aufnahmegerät aus.

»Kälter, distanzierter, mehr auf die Ermittlungen konzentriert. Jetzt lassen Sie sich zu stark hineinziehen, und obwohl das einerseits normal ist, laufen Sie andererseits Gefahr, darunter zu leiden, meinen Sie nicht?«

»Ich weiß nicht ... Vielleicht haben Sie Recht, vielleicht hat mich diese Geschichte zu sehr gepackt. Doch das ist gar nicht der Punkt. Manchmal habe ich das Gefühl, die Menschen auszusaugen wie ein Vampir. Manchmal kommt mir alles so falsch und ungerecht vor! Wer bin ich denn, dass ich mir einbilde, das Recht dazu zu haben? Warum lachen Sie jetzt?«

»Ich lache, weil ich auf diesen Moment schon seit ein paar Tagen warte ... Und sagen Sie mir jetzt nicht, dass ich den Vater herauskehre.«

»Aber genau das tun Sie!«, erwiderte Erica. Verlegen sahen sie sich an, und für einen Augenblick lag etwas zwischen ihnen, das mehr war als ein Verstehen auf intellektueller Ebene. Maffina bemerkte, vielleicht zum ersten Mal, dass Erica trotz ihrer Magerkeit einen verführerischen Körper hatte, und sie verglich die unvoreingenommene Reife Maffinas mit dem pedantischen Moralismus Danieles. Dann zündete der Commissario sich eine Zigarette an und sagte mit normaler Stimme: »*Bon*, wo waren wir stehen geblieben?«

8

Die Untersuchung der Hütte klärte auch das Geheimnis um den Tod von Mara Lupis, wenngleich der Hauch eines Zweifels blieb. Wie schon erwähnt, wurde der Raum genauestens unter die Lupe genommen: Fußböden, Wände, Fenster und Türen wurden sorgfältig untersucht; was vom Putz geblieben war, kratzte man ab und legte es unter ein Elektronenmikroskop; jedes Stäubchen Schmutz wurde herausgefiltert und einer genauen Analyse unterzogen ...

Maffina betrachtete die über den Schreibtisch verstreuten Fotos und fuhr sich gedankenverloren mit der Hand über den Dreitagebart, der ihm einen leicht düsteren und verwegenen Anstrich gab. Die Bilder hatte die Polizei während Teodoras Beerdigung gemacht und er verglich sie mit den Abbildungen, die die Zeitungen am Tag nach dem Begräbnis von Mara Lupis abgedruckt hatten. Warum er dies tat, war ihm nicht ganz klar, irgendwie vermutete er, dass »der Wahnsinnige«, wie seine Vorgesetzten den Mörder nannten, mit seinen beiden Opfern in Beziehung gestanden haben musste, und sei es nur locker und sporadisch. Mara Lupis war quasi vor ihrer Haustür verschwunden. Hätte sie geschrien, wäre sie bestimmt gehört worden; und Teodora war nach allgemeiner Aussage ein vorsichtiges und kluges Mädchen gewesen, das niemals einem Unbekannten auf diese Lichtung gefolgt wäre. Also?

Maffina konzentrierte sich auf ein Bild, das wahrscheinlich mit einem Teleobjektiv aufgenommen und völlig verschwommen war, bis auf das Gesicht im Vordergrund, das

Aurora zeigte, während sie das Gedicht von Nazim Hikmet vorlas. Trotz der Unschärfe erkannte er die schmerzerfüllten und konzentrierten Gesichtszüge seiner Frau. Der Commissario fragte sich, wer diese Leute waren, die um sie herumstanden. Jedenfalls weder die Fumagallis noch die Lupis … Vielleicht Verwandte oder, noch wahrscheinlicher, Neugierige, die in der ersten Reihe standen, um dazuzugehören. Die interessanteren Fotos hingegen stammten nicht von der Polizei, sondern von einem befreundeten Fotografen der Fumagallis, der sie spontan geknipst und für die Ermittlungen zur Verfügung gestellt hatte. Lange betrachtete Maffina die überwiegend jugendlichen Gesichter, die auf dem Schreibtisch eine Art Puzzle bildeten, und fragte sich, wer von ihnen einen Mörder in sich barg.

Randazzo kam in offensichtlicher Aufregung herein. »Schöne Bilder«, sagte er, indem er sich über den Tisch beugte. »Von wem sind sie?«

»Von einem Freund der Fumagallis, einem Profifotografen.«

»Schade, dass es nicht etwas Vergleichbares von der Lupis gibt«, bemerkte Randazzo, während er die Vergrößerungen der Zeitungsfotos hochhielt: »Glaubst du, wir können mit denen hier etwas anfangen?«

Maffina zuckte die Achseln. »Du guckst zu viele Filme, Randazzo!«

»Na ja, aber wenn Antonioni das kann, warum dann nicht auch wir? Ist schließlich keine dumme Idee, was meinst du? Aber ich bin nicht wegen der Fotos gekommen … Willst du übrigens das Neuste hören, Maffina?« Randazzo erzählte, dass der Bericht der Spurensicherung vorlag: Unter den in der Hütte sichergestellten Spuren könnte es etwas geben, das eine Verbindung zum Fall Lupis erlaubte. »Es ist ein Stück Stoff, das nicht vom Kleid der Fumagalli stammt. Die Spurensicherung vermutet, dass es sich um den Rock der Lupis handelt. Es scheint so, als stimmten die Muster überein. Und hör zu, es geht noch weiter. Es scheint, dass sie auf diesem Stück Stoff Blutspuren gefunden haben. Und dass die Blutgruppe nicht derjenigen der Fumagalli entspricht. Nun? Was sagst du dazu?«

»Warum sagst du ›es scheint‹? Und dann gleich mindestens zehnmal. Entweder ist es so oder es ist nicht so, zum Teufel!«

Randazzo zuckte die Schultern. »Die drücken sich so aus, nicht ich. Vielleicht wollen sie sich nicht zu weit aus dem Fenster lehnen ... Du hattest also Recht, du kannst zufrieden sein, was?«

Die Laboranalysen bestätigten, dass der Stofffetzen vom selben Gewebe wie Mara Lupis' Rock stammte, während man von dem Blut nicht mit letzter Sicherheit sagen konnte, ob es von dem Mädchen war oder nicht. Die Untersuchungen wurden parallel auch von Professor Gualtieri vorgenommen, der die Ergebnisse des gerichtsmedizinischen Instituts bestätigte. Alles deutete darauf hin, dass die Hütte neben den Öltanks die Kulisse für zwei Tragödien gewesen war.

Ein weiterer Fakt, der die Theorie von Maffina bekräftigte, war das zweite Zimmer, in dem das Stück Stoff gefunden worden war. Der Raum war systematisch von Kopf bis Fuß gesäubert worden. Spuren von Reinigungs- und Desinfektionsmitteln wurden sowohl auf dem Boden als auch an den Wänden gefunden, was bewies, dass sich jemand die Mühe gemacht hatte, alle Spuren zu beseitigen, die ihn verraten könnten. Aufgrund dieser Tatsache schlug die Untersuchung schließlich eine neue Richtung ein: Die ermittelnden Beamten begannen, mehr in der Vergangenheit der beiden Mädchen zu suchen, da sich dort der Schlüssel zu dem Geheimnis verstecken musste.

In dieser frühen Morgenstunde ging von der Lichtung eine ganz eigenartige, makabre Faszination aus; die Sonne teilte sie diagonal in zwei Hälften, ließ die eine in der Umgebung der Hütte im Schatten, während sie die andere in einen schillernden Staubfilm tauchte. Zehn Meter weiter erhoben sich die Öltanks, doch die neu gebaute Straße, die sie mit der Ölquelle verband, blieb unsichtbar.

Randazzo schaute sich mit angeekelter Miene um und benutzte denselben Ausdruck wie Polichetti. »Was für eine Schweinerei, wenn ich das mal so sagen darf. Ideal für Spanner … Was meinst du, Maffina?«

Der Commissario zuckte die Schultern. »Vielleicht, genug Gebüsche zum Verstecken gibt es ja. Glaubst du, dass viele Leute diesen Ort kennen?«

»Wahrscheinlich schon … Die Gegend ist runtergekommen, der Platz einsam gelegen, im Sommer ist es hier bestimmt voller Schlangen … Ein ideales Freudenhaus«, schloss er seufzend.

»Und niemand hat was gehört, niemand hat was gesehen …«

»Zumindest hat sich niemand bei uns gemeldet. Aber was hätte er auch sagen können? Das Mädchen wurde bestimmt nicht mit Gewalt hierher gebracht.«

»Aber sie wird doch geschrien haben … Glaubst du, dass sie geschrien hat, Randazzo?«

Maffinas Stellvertreter sagte, dass er nicht die leiseste Ahnung habe. »Lass uns jetzt diese Handschuhe anziehen und voranmachen … Dieser Ort deprimiert mich!«, fügte er hinzu.

»Ich verstehe einfach nicht, dass wir überhaupt keine Fingerabdrücke gefunden haben«, sagte Maffina, als sie das verfallene Gebäude betraten. Beide hatten sie Gummihandschuhe an, wie Chirurgen sie benutzen.

»Der Mörder wird Handschuhe getragen haben«, sagte Randazzo. In der Luft lag der Geruch nach Blut und Exkrementen.

»Klar. Und Teodora hat sich nichts dabei gedacht … Das ist doch merkwürdig.«

Randazzo kratzte sich am Kinn. »Ich glaube, dass er sich die Handschuhe erst später übergestreift hat, als das Mädchen schon tot war …«

»Das heißt, der Mörder und Teodora treten also gemeinsam durch diese Tür, kannst du mir folgen?«

»Natürlich … Vielleicht erwartete sie ein erotisches Treffen, irgendetwas Aufregendes. Könnte das sein?«

Maffina sagte, dass es durchaus möglich wäre. Der Raum war groß genug und die Scheiben der beiden Fensterluken waren mit Holzlatten vernagelt. Ein Teil des Daches war eingestürzt, doch lag kein Schutt herum und die Stützpfeiler waren noch stabil. Maffina dachte, dass in der Dämmerung, in der lastenden Stille der Natur, ein solcher Ort eine gewisse Faszination auf ein Mädchen ausüben konnte, das erste Erfahrungen sammeln wollte. Und Teodora musste der Person, mit der sie unterwegs war, vertraut haben, sonst wäre sie ihr nicht an einen solch gottverlassenen Ort gefolgt. Die Hypothese eines erotischen Treffens war nicht ganz von der Hand zu weisen.

»Die Fumagalli wurde erstickt. Kannst du mir folgen, Randazzo? Der Tod wurde durch einen in die Luftröhre eingeführten Fremdkörper ausgelöst …«

In Teodoras Kehle war ein dicker Klumpen aus Watte und Baumwolle gefunden worden, von den Ausmaßen eines Tennisballs.

Maffina zündete sich eine Zigarette an. »Ich glaube, dass der Fremdkörper sofort eingeführt wurde, noch auf der Türschwelle … Hier, um genau zu sein.« Er zeigte auf eine Reihe von Kratzern im Putz, in der Nähe des Türrahmens. An der Höhe der Kratzer erkannte man, dass Teodora gekämpft hatte, bevor sie unterlag. Unter ihren Fingernägeln hatte man Gipsstaub und winzige Partikel von Putz gefunden. Außerdem waren ihre Fingernägel eingerissen und an den Handflächen stellte man Hautabschürfungen fest. Auch in den Wunden fand man Reste von Putz.

»Sie hat sich kurz, aber heftig gewehrt«, sagte Maffina. »Meinst du nicht auch?«

Randazzo sagte, dass er es sich wünsche.

»Der Mörder hat Teodora den Pfropfen in die Kehle gesteckt, weil er sie tot wollte, verstehst du? Für seine dreckigen Spiele musste das Mädchen tot sein …«

Randazzo war blass und schwitzte. In der Hütte stand förmlich die Hitze. »Allmählich ekelt mich dieser Ort an. Können wir nicht hinausgehen?« Er hielt diese Ortsbegehung sowieso für Zeitverschwendung.

Maffina jedoch schien seinen Widerwillen nicht zu bemerken. »Also, er hat sie ermordet, indem er ihr diesen verfluchten Wattebausch in die Kehle gesteckt hat … Lass uns mal überlegen, um wie viel Uhr genau Teodora gestorben sein könnte.«

»Das hat sich schon der Gerichtsmediziner überlegt … Also ich würde sagen, um acht, wenn die Rekonstruktion der Abläufe so stimmt«, sagte der Vize. Er zündete sich eine Zigarette an und versuchte, nicht auf die braunen Flecken an den Wänden zu achten.

»Um acht beginnt der Mörder sein Schlachterwerk: Er bindet sie an den Pfahl und …«

»Bitte, lass uns nicht in die Details gehen … Hab Mitleid mit meinem Magen.«

»*Bon*, aber ich hätte nicht gedacht, dass du so empfindlich bist … Doch eigentlich hast du Recht, gewisse Einzelheiten sind nebensächlich.«

Randazzo atmete erleichtert auf. Mit rauer Stimme, wobei er sich in dem Raum noch immer so wenig wie möglich umsah, sagte er: »Der Mörder liebt wohl das Risiko. Immerhin hätte ja jemand vorbeikommen können. Er hätte ganz leicht entdeckt werden können …«

»Vielleicht ist es genau das, was ihn erregt, meinst du nicht? Ja, so muss es sein. Der Mörder liebt das Risiko und gefährliche Situationen stimulieren ihn. Außerdem ist er unvorsichtig, wenn wir bedenken, dass er die Lupis hier sehr wahrscheinlich zwei Wochen lang versteckt hat. Oder?«

»Und er ist schlau«, sagte Randazzo. »Er will keine Spuren hinterlassen: Er reinigt alles, verwischt sämtliche Spuren … Ich frage mich, wo er das nächste Mal hingeht, da dieser Platz ja nun verbrannte Erde ist.«

Als sie hinaustraten, lag die Lichtung im vollen Sonnenlicht. Ein leichter Wind blähte die rot-weiß gestreiften Plastikbänder, mit denen der Ort des Verbrechens abgesperrt war. Maffina hatte lange darum gekämpft, zwei Wachbeamte für den Platz zu bekommen, doch ohne Erfolg. Das Äußerste, was man ihm zugestanden hatte, waren die Absperrung und die Schließung der Straße mit einem auffälligen Schild, auf dem stand, dass im Sinne des Artikels soundso viel die Straße nicht benutzt werden dürfe. Zuwiderhandlungen wurden mit Strafen geahndet und dennoch vermutete Maffina, dass heimlich ganze Scharen dorthin pilgerten, sei es um Blumen abzulegen oder auch aus weniger noblen Beweggründen.

»Und jetzt?«, fragte Randazzo. Obwohl sie nun im Freien standen, lag ihm der herbe Geruch aus der Hütte immer noch in der Nase. »Gehen wir, Maffina?«

Der Commissario schlenderte langsam umher und suchte den Boden ab. Wie zu erwarten war da nichts Interessantes mehr zu finden, außer einer Reihe von chaotischen Fußabdrücken, die zur Absperrung führten. Wieder kam ihm die Frage in den Sinn, warum Teodora und ihr Mörder nicht gesehen worden waren. Wenn es stimmte, dass diese unbefestigte Straße ein Treffpunkt für Pärchen war, wie war es dann möglich, dass niemand die beiden bemerkt hatte?

»Sie sind nicht hier entlanggekommen, Randazzo.«

»Wo dann?«

Maffina zuckte die Achseln. »Auf jeden Fall nicht hier ... Vielleicht über die neue Straße.«

»Komm schon, Maffina, jetzt dreh nicht durch. Die Straße ist Millimeter für Millimeter von den Carabinieri und den Freiwilligen abgesucht worden ...«

»Lass uns trotzdem noch mal hingehen.«

Schnaufend folgte Randazzo ihm über die unbefestigte Straße, die zu den Stahlwerken führte. Anselmi erwartete sie im Wagen.

Obwohl sie die nähere Umgebung des Tatorts sorgfältig durchkämmt hatten, war niemand auf die Idee gekommen, hinter den Öltanks nachzuschauen. Diese standen auf Zementwällen, die auf verschiedenen Ebenen angeordnet waren. Die Wälle waren über kleine Eisentreppen miteinander verbunden; die neue Straße mündete auf einen Platz, der groß genug war, damit die Tanklaster dort manövrieren konnten. Als Commissario Maffina und seine Mannschaft auf den Platz kamen, fanden sie ein halbes Dutzend Laster vor, die im Fischgrätmuster zum Berghang hin geparkt waren.

Auf den ersten Blick schien es unmöglich, dass es in diesem Meer aus Zement und Röhren einen Pfad geben könnte, doch Maffina wusste, wonach er suchte. Sie entdeckten den Pfad fast augenblicklich, versteckt hinter Zementblöcken und Brombeergebüsch. Der Pfad führte in Stufen bergauf, war fast unbegehbar, aber man erreichte in weniger als fünf Minuten die baufällige Hütte. Von dem Platz aus waren die Hütte und die Lichtung absolut nicht zu sehen. Seitlich der Tanks gab es zahlreiche Wasserhähne, die von den Lastwagenfahrern und den Arbeitern genutzt wurden, die das Gelände instand hielten. Dieses Detail ist von ganz besonderer Bedeutung, da der Mörder gar nicht umhin konnte, sich bei seinem makabren Werk komplett mit Blut zu beschmieren und sich daher an einem relativ sicheren Ort hatte waschen müssen.

Die ermittelnden Beamten waren nun in der Lage, den Ablauf der Tat zu rekonstruieren. Der Mörder überzeugt Teodora, ihr zunächst zu den Tanks und dann zu der Hütte zu folgen. Hier tötet er sie, bindet sie an den Pfahl und verstümmelt sie. Zu späterer Stunde, wahrscheinlich so um Mitternacht, verlässt er die Hütte, geht denselben Weg zurück, den sie gekommen sind und der gewiss der sicherere ist, und erreicht die Tanks, wo er sich wäscht. Nach Mitternacht, etwa um die Uhrzeit, als die Ermittlungen beginnen, gibt es von der Tragödie keine sichtbaren Spuren mehr.

Von der Firma, welche die Tanks verpachtete, erhielt die Polizei die Namen der Fahrer, die den Platz regelmäßig benutzten. An jenem Mittwoch hatten mindestens fünfzehn Tankwagen dort gestanden. Zwei davon sollten im Morgengrauen Öl laden und ihre Fahrer hatten sich bei der Suche nach Teodora den freiwilligen Helfern angeschlossen. Alle anderen hingegen waren am Abend des Verbrechens für verschiedene andere Firmen unterwegs gewesen. Ihre Alibis wurden sorgfältig überprüft, ebenso wie die Aussagen. Im ersten Moment schien es verwunderlich, dass niemand diesen Pfad kennen wollte, doch war das Gewirr aus Ästen, Brombeerhecken und Gebüsch wirklich bemerkenswert dicht. Alles schien darauf hinzudeuten, dass der Mörder mit äußerster Sorgfalt den Ort gewählt hatte, an dem er seine grausamen Riten zelebrieren konnte ...

Die Rekonstruktion des Verbrechens erhellte einen wichtigen Wesenszug des Mörders: Er hatte nicht aus einer spontanen Eingebung heraus gehandelt, sondern seine Verbrechen intelligent geplant und nichts dem Zufall überlassen. Und genau dieses Berechnende erschreckte den Commissario am meisten.

Kapitel 4: Die dunkle Seite Teodoras

In einem Atemzug will ich sie herausschreien, all meine Liebe zu dir …

1

Die letzten beiden Jahre waren für Teodora die schönsten ihres Lebens gewesen. An ihrem achtzehnten Geburtstag hatte sie entschieden, dass nun die Zeit gekommen war, sich einige Freiheiten zu gönnen, wie sie es nannte. Dazu gehörte, einige ihrer Erlebnisse für sich zu behalten und ihren Eltern nicht mehr alles zu erzählen, was passierte oder was sie dachte. Diese kleinen Unterlassungen machten ihr Leben spannender und in mancher Hinsicht geheimnisvoller. Da sie an Selbstkritik gewöhnt war und zu Hause alles bis ins Detail ausdiskutiert wurde, vom Vietnamkrieg bis zu einem neuen Paar Schuhe, fühlte sie sich auf einen Schlag so frei wie noch nie zuvor. Im Übrigen waren ihre Eltern sehr zurückhaltend und vertrauten ihr blind. Teodora enttäuschte sie nicht und blieb das fröhliche und herzliche Mädchen von früher: Sie ging regelmäßig in die Sektion, sie half ihrer Mutter bei der Arbeit mit den Jugendlichen des Viertels und sie trug zusammen mit Alfonsinas Kindern sonntags die Zeitungen *L'Unità* und *Rinascita* aus. Bei solchen Gelegenheiten zog sie sich ordentlich und geschmackvoll an, weniger, weil der Anlass es erforderte, sondern vielmehr aus Rücksicht auf Palmira. Sie trug Faltenröcke in Pastelltönen, die gerade bis zu den Knien gingen, wie es damals in Mode kam, und dazu passende Jäckchen, die der ganze Stolz ihrer Mutter waren. Die schwarzen Haare, die ihr über die Schultern herabhingen, band sie mit einem farbigen Gummiband zusammen und um den schlanken, zarten Hals trug sie ein goldenes Kettchen.

Mit achtzehn Jahren machte Teodora den Führerschein und die Eltern schenkten ihr einen blauen Cinquecento. Das Auto war alt und klapprig, aber für sie bedeutete es die Befreiung aus der Sklaverei der Straßenbahnen. Die unendlichen und ermüdenden Fahrten quer durch Lucento, die sinnlose Zeitverschwendung beim Warten auf die Bahn, die Eintönigkeit der ewig gleichen Strecke mit Blick auf die vorüberziehenden hässlichen Häuserreihen am Straßenrand: All das wurde nun von schnellen und aufregenden Fahrten in diesem Spielzeugauto abgelöst, das Teodora mit Aufklebern zupflasterte und mit nützlichen Dingen ausrüstete: ein Paar Ersatzstrümpfe, eine leichte Decke, ein Deo. Da sie im Zentrum arbeitete, fuhr sie nicht oft zum Mittagessen nach Hause und traf noch seltener ihre Eltern an, die stets in der Sektion zu tun hatten.

2

An einem Aprilnachmittag im Jahre 1968 entdeckte Teodora auf einem ihrer Spaziergänge in der Gegend der Universität den Aushang für eine Studentenversammlung in der philosophischen Fakultät. Das Thema, die wahre Macht der Studenten im Gewerkschaftsstreit, faszinierte sie und kurz entschlossen ging sie hin. Verloren irrte sie im Gedränge zwischen jungen Männern in Jeans und Leinenschuhen und Mädchen umher, die voll Stolz ihre ersten Cordhosen trugen, sie lauschte dem Vortrag und ließ sich gegen ihren Willen von den Worten des Referenten in den Bann ziehen. Als ihre Uhr 14.50 Uhr zeigte, sprang sie auf und kehrte eilig zur Kanzlei zurück. Von jenem Tag an besuchte sie die Studentenversammlungen mit großer Regelmäßigkeit, trieb sich in allen Hörsälen herum und mischte sich unauffällig unter die Studenten. Sie kaufte sich eine bunte Stofftasche, einen schwarzen, unförmigen Pullover und einen kurzen grauen Rock. Wenn Trini, ein methodischer Mensch mit festen Gewohnheiten, um zwölf das Büro verließ, lief Teodora ins Bad, zog die bequeme und anonyme Uniform an, zerzauste sich die Frisur und rannte zur Universität.

Sie lauschte Debatten über die Arbeiterklasse und den Sozialismus, über den Schutz ethnischer Minderheiten und sexuelle Freiheit. Wie Aschenputtel achtete sie immer genau auf die Uhr: Pünktlich um 14.50 Uhr huschte sie durch die leeren Gänge der Universität zurück zu Trini, zog sich um und schlüpfte wieder in ihre feinen Jäckchen und femininen Kleider, die sie im Übrigen sehr mochte. Am Abend stieg sie in ihren Cinquecento und kehrte nach Lucento zurück, wo Palmira sie erwartete, um ihr das Neuste vom Tag zu erzählen. Auch Teodora berichtete, was so alles passiert war, nur eine Sache ließ sie immer aus.

Im September fand eine große Demonstration gegen den Vietnamkrieg statt, an der sie zusammen mit ihren Eltern teilnahm. Am Vorabend hatten sie in der Sektion Transparente und Plakate gemalt. Teodora hatte in der Universität einen Slogan gehört, der sie sehr beeindruckt hatte, WIR SCHAFFEN EINS, HUNDERTE, TAUSENDE VIETNAMS. Das hatte sie auf ein Plakat geschrieben und darunter einen Comic gezeichnet, einen kleinen lächelnden Vietnamesen, der auf die Freiheitsstatue schoss.

»Was ist das denn?«, fragte Palmira, die mit einem Farbtopf in der Hand zwischen den Tischen umherging.

»Ein Slogan«, antwortete Teodora.

»Fällt ein bisschen aus dem Rahmen, findest du nicht?«

»Ich finde ihn gut. Er ist auffällig, eingängig, kommt direkt zur Sache.«

»Eben! Denk dir lieber was anderes aus, hör auf mich …«

Und Teodora zerriss das Plakat. Am nächsten Tag auf der Demonstration fassten sich die Studenten an den Händen, hoben die Arme in die Höhe und skandierten genau diesen Slogan. Teodora hörte, wie sich ihre wütenden Stimmen erhoben und bedrohlich in der Luft schwebten.

Es war das Jahr 1969 und in Turin brodelten die Kämpfe und Demonstrationen. Die Studenten gingen jeden Tag auf die Straße und aus den umliegenden Vierteln Lucento, Lingotto und Le Vallette ergossen sich lange, bunte

Menschenschlangen von Arbeitern ins Zentrum. Stefano Fumagalli war als Werksdelegierter ununterbrochen auf Versammlungen und Palmira versuchte zu verhindern, dass die revolutionären und umstürzlerischen Kräfte ihre Arbeit der letzten Jahre zunichte machten.

Es war das Jahr 1969 und Teodora lief lächelnd und neugierig durch die besetzte Stadt, mischte sich mal unter die Studenten der Fakultät, folgte dann wiederum stolz den Eltern in ihren Kämpfen, diskutierte mit Alfonsinas Kindern nächtelang über Trotzkis Tod und Stalins Mitschuld daran. In diesen Diskussionen mit ihrer mitreißenden und chaotischen Dynamik verteidigten Alfonsinas Kinder Stalin, während Teodora, gelassen und überzeugt, in Trotzki einen Märtyrer der Revolution sah. Sie hatte »Die permanente Revolution« gelesen und war fasziniert davon: Zum ersten Mal bekamen die abgehobenen Diskussionen der Erwachsenen Konturen, ergaben einen Sinn, liefen auf etwas hinaus.

Im Juli landeten die Amerikaner auf dem Mond und im Herbst schlossen sich die Gewerkschaftsverbände zusammen. Ersteres ließ Teodora kalt, während sie auf Letzteres mit den Eltern anstieß. Im Dezember explodierte in der Mailänder Landwirtschaftsbank eine Bombe und Teodora ging auf die Straße, um ihren Protest hinauszuschreien. In dieser Zeit entschied sie auch, dass sie keine Lust mehr hatte, als ein anderer Mensch verkleidet in die Universität zu rennen. Sie packte den Beutel mit ihren Kleidern und warf ihn in den Müll. Im Übrigen liefen die Mädchen mittlerweile selbst in Lucento in Hosen und weiten Pullis herum und in der Sektion sprach man von sexueller Freiheit und vom Bumsen, wie man früher von Bebauungsplänen gesprochen hatte, die niemals ausgeführt wurden. Teodora mochte den Ausdruck »bumsen« nicht, sie hielt ihn für ein unpassendes Modewort. Sie bevorzugte vielmehr »Liebe machen« und in der Frühstückspause ging sie in die Bibliothek und las all die Autoren, die ihre Mutter als bürgerlich und veraltet bezeichnete. Von November bis März las sie sämtliche Theaterstücke von Ionesco und die Romane von Pavese, außerdem Sade, der sie trotz seines tristen Moralismus faszinierte. Von dieser Lektüre und ihren Ausflügen an die Universität erzählte sie niemandem. Sie blieben ihr Geheimnis, das sie wie einen kostbaren und einzigartigen Schatz hütete.

Teodora hatte niemals Schuldgefühle. Diese kleinen Freiheiten beeinträchtigten weder die Beziehung zu ihren Eltern noch zu ihren Freunden aus Kinderzeiten. Stattdessen erfüllten sie ihren Blick mit Wissen und Klarheit und in der Sektion war man erstaunt über ihre intelligenten und souverän vorgebrachten Fragen. Fragen, die in der Ferne ihren Ursprung nahmen, um wer weiß wo anzukommen. Palmira verwöhnte ihre Tochter und dachte im Stillen, dass sie etwas Besonderes war. Einzigartig.

3

Das Jahr 1970 begann mit der Tragödie um Mara Lupis. Teodora las die Zeitungsberichte darüber, als handele es sich um einen raffiniert gestrickten, spannenden Krimi; sie kam zu dem Ergebnis, dass ihr so etwas niemals passieren könnte. Teodora Fumagalli, die noch fünf Monate zu leben hatte, glaubte wie alle Jugendlichen, unsterblich zu sein. Der Tod war anderswo und würde sie niemals finden.

Im Februar kaufte sie sich einen Parka und Cordhosen und demonstrierte für die angeblichen Bombenleger von Mailand, Valpreda und Pinelli, für Griechenland und Angola. Ihre Mittagspause verbrachte sie immer noch in der Bibliothek. Sie las in der milden Wärme des Raumes, die Ellbogen auf den Eichentisch gestützt, während der Regen in Strömen an den mit schweren Vorhängen verhangenen Fenstern herablief. Im März feierte sie ihren zwanzigsten Geburtstag. Palmira überraschte sie mit einem besonderen Geschenk: ein Wochenende in Paris mit einer Gruppe des Arbeitervereins Arci. In Paris nahm sie an einer großen Demonstration in Saint-Michel teil. Es war ein sonniger und milder Tag und Teodora fühlte sich in ihrem Parka und einem Pulli aus türkiser Angorawolle als Herrin der Welt. Für Palmira kaufte sie eine Stange Gitanes und die Gedichte von Mao auf Französisch, für Stefano einen Druck der Bastille zur Zeit der Revolution. Bei einer Diskussion mit dem Thema »Der Marxismus und die französischen Intellektuellen« sah sie Sartre und Beauvoir. Sartre wirkte müde und abgekämpft, die Beauvoir trug ihren klassischen Turban, der ihr eine exotische Aura verlieh. Teodora nahm sich vor, alles haarklein ihrer Mutter zu erzählen, und merkte sich den Schnitt des Kleides, die Frisur und jedes Detail, womit sie die Geschichte ausschmücken konnte.

An jenem Abend kehrte sie nicht mit den Genossen in das Hotel zurück; sie nahm die Metro und stieg an der

Endstation aus. Sie war in Clignancourt, in der anonymen Peripherie, deren Farblosigkeit durch eine Allee mit Rosskastanien gemildert wurde. Sie spazierte lange umher, vielleicht verirrte sie sich auch, doch in jenem Moment hatte dies keine Bedeutung. Schließlich entdeckte sie eine Bar, die erleuchtet war, und ging hinein. Dort blieb sie bis 05.00 Uhr morgens, trank Tee und knabberte türkisches Gebäck. Die Bar gehörte Armeniern, die ihr zu Ehren die wunderbaren Lieder ihrer Heimat sangen. Teodora jedoch fand sie unerträglich, weil sie ihr alle so gleich vorkamen. Irgendwann bot ihr jemand Gras an, das sie mit dem Gedanken rauchte, es sei immerhin eine Erfahrung wert. Das Gras bescherte ihr Kopfschmerzen und eine dumpfe Traurigkeit, die wie ein dunkles Übel auf ihr lastete. Sie verließ die Bar bei Morgengrauen, fand ein Taxi und ließ sich ins Hotel fahren.

Ende März begegnete Teodora ihrem Mörder.

4

Der Frühling 1970 kündigte sich in Turin mit kurzen, aber heftigen Regengüssen an, die den Himmel reinigten und ein verwaschenes Blau hervorkehrten. Die Luft war frisch und vertrieb den Mief und Nebel des Winters. An den Bäumen sprossen die Blätter und auf den Hügeln streckten die ersten Narzissen ihre Köpfe hervor. Teodora war geschwächt von ihrem Paris-Aufenthalt, ihren zwanzig Jahren und den vagen Sehnsüchten, die sie ab und zu anwandelten, um dann wieder in der Dunkelheit des Unterbewusstseins zu verschwinden. Sie ging nicht mehr in die Bibliothek, wo die dicken Vorhänge keinen Sonnenstrahl hereinließen. Sie kaufte sich eine apfelgrüne Jacke, eine Tasche aus Thailand und eine Sonnenbrille und gewöhnte sich an, ihre Pause im Park auf dem Hügel Valentino zu verbringen. Dort saß sie dann auf einer Bank, verzehrte mit Appetit ihr Brötchen und beobachtete das pulsierende Leben um sich herum. Das Gras der Wiesen war noch gelb, doch die Bäume präsentierten voll Stolz ihre Wiedergeburt. In jener Stunde der Teufel und Elfen schien sich niemand draußen sehen lassen zu wollen außer ein paar Jugendlichen mit langen Haaren und zerrissenen Jeans, die sich auf der Wiese sonnten.

Auch sie sonnte sich und ihre Haut bekam Sommersprossen und eine sanfte Bräune. Teodora fühlte sich großartig und lief auf den Valentino, darauf bedacht, sich jeden Tag einen anderen Platz zu suchen. Eines Nachmittags, als sie nicht wieder zur Arbeit zurückmusste, wanderte sie am Fluss entlang bis auf die Höhe von Lingotto, wo die Architekturgebilde der Industrieausstellung »Italia '61« in der Sonne schlummerten wie unzählige Dornröschen, die alle auf den Prinzen warteten.

Der Junge war urplötzlich auf dem menschenleeren Rasen aufgetaucht. Einen Augenblick zuvor war er noch nicht da gewesen, dann zeichnete sich seine Gestalt unversehens vor den Bäumen ab, eine beunruhigende Erscheinung. Reglos und in Gedanken versunken, auf dem Gesicht einen fast erstaunten Ausdruck, schien er sich selbst zu fragen, wie er an diesen abgelegenen Ort gelangt war. Vom Fluss wehte der frische Geruch nach Wasser und Gras herauf und einen Augenblick lang hatte Teodora Angst.

»Alles in Ordnung?«, fragte sie aus der Entfernung. »Ich heiße Teodora, brauchst du etwas?« Dabei versuchte sie, ihre Unruhe zu unterdrücken.

Der Junge öffnete die Augen und lächelte. Ein trauriges und verlegenes Lächeln, das ihm zwei kleine Falten um die Augen zeichnete. »Mir geht's bestens«, antwortete er fast flüsternd. Dann zeigte er mit dem Finger auf den Palazzo a Vela, der sich im Hintergrund abhob. »Einfach toll, oder?«, rief er mit dem gleichen merkwürdigen Lächeln aus. »Ich heiße Bruno«, fügte er dann hinzu. Er hatte das anmaßende Gesicht eines Straßenbengels und große, glanzlose Augen, ohne Leben. Er war gekleidet wie einer vom Land, stellte Teodora fest, und er hatte kräftige Arbeiterhände. Sie sah ihn an und lächelte, schon weniger unruhig. Er näherte sich der Decke, die das Mädchen zwischen sich und den Rest der Wiese gebreitet hatte, wie um sich zu schützen und abzugrenzen.

Teodora hatte zu Hause bisher immer von ihren Jungenbekanntschaften erzählt, an jenem Abend sagte sie jedoch nichts. Sie ahnte, dass Bruno zu den Angelegenheiten gehörte, die sie lieber für sich behielt, wie die Versammlungen in der Universität oder die Bücher, die sie in der Bibliothek las. Und Palmira, die vollauf damit beschäftigt war, einen Kongress für Bauunternehmer vorzubereiten, entging das plötzliche Erröten ihrer Tochter und auch ihr abwesender Blick, der über die Häuser und Felder und die dahinter aufragenden Bergketten schweifte.

Im Laufe des Aprils 1970 sahen Teodora und Bruno sich häufig, immer auf der Wiese des Valentino. Sie redeten wenig und dennoch war es, als würden sie sich schon Ewigkeiten kennen. Teodora hatte schnell begriffen, dass Bruno ungern von sich sprach, und so schwiegen sie, saßen nebeneinander auf der großen Decke und sahen zu, wie die Pollen durch die Luft wirbelten.

Brunos Blick verlor sich oft in unnennbaren Fernen und einmal war er einige Sekunden wie weggetreten, als wisse er nicht mehr, wo er sich befand. »Du lachst mich aus«, sagte er, als das Leben vor seinem Blick wieder weiterlief.

Teodora schüttelte den Kopf. »Aber nein, warum sollte ich?«

Wenn Bruno redete, suchte er mit Mühe nach Worten, was seinen Ausführungen eine gewisse Kargheit verlieh, ohne banal zu sein. Teodora glaubte in ihm eine tiefe Rebellion zu erahnen, allerdings eine unfruchtbare Rebellion, die kein Ziel kannte. Bruno wirkte unglücklich und sie hätte ihm gerne geholfen, doch zum ersten Mal musste sie sich eingestehen, dass all das, was Palmira und Stefano ihr beigebracht hatten, gegen die düstere Feindseligkeit dieses Jungen nichts auszurichten vermochte. Selbst aus ihrer Lektüre konnte sie nicht schöpfen, da Bruno unempfindlich gegen jede Art der Belehrung zu sein schien.

Die Regengüsse im Mai und der jähe Kälteeinbruch bereiteten ihren kurzen nachmittäglichen Treffen ein Ende. Teodora hatte Bruno und sein Schweigen schon fast vergessen, als sie sich vollkommen zufällig vor dem Kaufhaus Rinascente in der Via Roma wiedersahen. Es war Montag, der 25. Mai 1970.

5

Damals, als ich Teodora wiedergesehen hab, da habe ich mich gefühlt, als hätte ich mir einen Trip von der superheftigen Sorte reingezogen: Ich schwitzte und verstand gar nichts mehr, obwohl das Gehirn funktionierte wie geschmiert. Wir standen vor dem Rinascente, sie in grüner Jacke, ich komplett neu eingekleidet, weil ich ein paar Sachen am Laufen hatte. »Schau mal einer an, wen haben wir denn da!«, sagt sie mit einem freundlichen Lächeln. Dabei hat sie sich seit Tagen nicht mehr auf der Wiese blicken lassen. Ich hab mir sogar eine Erkältung eingefangen, weil ich im Regen auf sie gewartet habe …

Dieses Wen-haben-wir-denn-da ist mir echt auf den Sack gegangen. Sie hat erzählt, was sie so gemacht hat, was sie vorhatte und den ganzen Mist. Ich hätte ihr am liebsten eine reingehauen, genau da auf dem Bürgersteig vor diesem beschissenen Kaufhaus. »Alles in Ordnung? Was ziehst du denn für ein Gesicht?«, fragt Teodora. Da wusste ich plötzlich, was ich tun musste. Ich habe sie gefragt, ob sie am Abend schon was vorhat, und sie: »Oh, das tut mir aber Leid, oh, wie schade, oh, ich kann wirklich nicht.« Und da hab ich gesagt, ob ich sie vielleicht mal nach Hause bringen könnte. »Wirklich?«, macht sie. Sie schien neugierig geworden, biss sich auf die Lippen. Echt starke Vorstellung! »Warum nicht?«, gebe ich zurück, der totale Schleimscheißer. Dann kichern wir noch ein bisschen wie zwei bekiffte Arschlöcher. Schließlich nervte mich der Scheiß und ich hab sie gefragt, wann, und sie: »Also, ich weiß nicht … Ich habe so viel zu tun!« Da hab ich gesagt: »Na gut, dann sag Bescheid, wann immer du willst, einverstanden?«

Sie wohnt also in meiner Gegend, die blöde Fotze … Die aus der Via delle Mimose gehen mir echt auf die Eier, weil die sich für was

Besseres halten. Sie halten sich für die feine Gesellschaft, weil sie in der Gartenstadt wohnen, aber letztlich ist ihre Pisse auch gelb wie die von uns aus Brichet …

Ich war in der Via delle Mimose …

Aber irgendwas ist schief gelaufen, auch wenn ich noch nicht kapiere, was. In meinem Kopf ist ein großes Durcheinander, ich habe Angst, dass ich wieder das Gedächtnis verliere.

Mein Gedächtnis ist wieder mal am Arsch. Vielleicht brauche ich nur ein bisschen Stoff, guten Stoff, dann könnte ich mich vielleicht wieder an was erinnern. Ich muss Turturro anrufen, auch wenn ich ihn das letzte Mal zum Teufel gejagt habe und er einer ist, der sich alles merkt.

Ich vergesse Teodora … Ich hatte sie so schön hergerichtet! Sie war so schön, dass ich schon gekommen bin, wenn ich sie nur ansah … ich war nackt wie sie, weil ich später bei Donato vorbeiging und nicht wollte, dass er auf dumme Gedanken kommt. Ich vergesse Teodora … Ich habe mich bei den Tanks gewaschen. Ich habe ganz viel Wasser laufen lassen, bis kein Blut mehr da war … Dann bin ich, glaube ich, nach Venaria gefahren, in diese beschissene Disco, voll mit so Schnöseln, die sich gerne einen reinpfeifen würden, wenn sie nicht zu feige wären. Ich habe ein bisschen mit so einer dummen Ziege getanzt, die permanent Kaugummi kaute, ich hab ein bisschen Spaß gehabt und bin dann zu Donato gefahren. »Wie ist der Abend gelaufen?«, hat er gefragt. Ich hab ihm von der Kuh in Venaria erzählt, hab ihm gesagt, dass sie Kaugummi kaute, während sie mir einen blies, und Donato hat gelacht und gesagt, ich wär echt stark. Zum Teufel mit allen! Ich fange an, Teodora zu vergessen …

6

»Eine Ermittlung verläuft niemals geradlinig«, sagte Maffina. »Manchmal kennt man nicht einmal den wahren Ausgangspunkt. Ich meine, es gibt einen Fakt A, der das Ereignis B auslöst. Von diesem Ereignis geht man aus, es führt einen unvermeidlich zu anderen Fakten und die Fakten führen einen zu Personen, die ihrerseits zu anderen Personen führen, und trotz dieser ganzen Kette aus Indizien und Verdächtigen, aus Gesagtem und Nichtgesagtem, kann man sich niemals irgendeiner Sache sicher sein, und vor allem kennt man immer noch nicht den Auslöser, der am Anfang des Ganzen steht. Habe ich mich deutlich ausgedrückt?«

»So ziemlich«, erwiderte Erica. »Wenn ich richtig verstehe, hätte es genügt, das auslösende Ereignis zu kennen, um zu dem Ergebnis der Ermittlungen zu gelangen.«

Maffina lächelte. »Als Theorie ein bisschen zu einfach, aber es entspricht im Groben dem, was ich sagen wollte.«

Sie gingen einen holprigen und schmalen Weg entlang und zum ersten Mal hatte Erica weder ihren Notizblock noch das Tonbandgerät dabei, obwohl sie ihren unvermeidlichen Lederrucksack nicht zu Hause gelassen hatte. Sie schritten zügig aus, denn sie wollten vor sieben in Portofino sein, weil dann, wie Maffina wusste, die Fähre nach San Fruttuoso ablegte. Zweihundert Meter unter ihnen lag das Meer wie eine glatte und glänzende Glasscheibe, die kühle Luft duftete nach Süßholz und Thymian.

»Dieser Weg, ich kann es überhaupt nicht fassen«, sagte Erica unvermittelt. »Ich glaube, es ist einer der schönsten Wege in Ligurien. Sind Sie schwindelfrei, Commissario?«

»Ja, warum?«

»Weil jetzt ein schwieriger Abschnitt kommt, in dem der Weg dicht am Abgrund zum Meer entlangführt und der Fels ziemlich brüchig ist. Soll ich es wagen?«

Maffina lächelte. »Wagen Sie es ruhig, außerdem haben wir keine Wahl …« Er beobachtete Erica, die sicheren Fußes weiterging. »Woher wissen Sie das überhaupt? Das mit dem Weg, meine ich.« Er fühlte sich überrumpelt.

»Ich komme ursprünglich aus Ligurien«, antwortete Erica kurz angebunden, als sei dies eine erschöpfende Auskunft. Ihr schlanker Körper glänzte vor Schweiß.

Sie liefen schweigend weiter, bis sie zwei steil abfallende Felsgrate erreichten. Der Weg wurde so schmal, dass Maffina einen Moment glaubte, es nicht zu schaffen. »Ich weiß gar nicht, wo ich mich festhalten soll«, sagte er ein wenig ängstlich.

»Links von ihnen, über dem Felsen da. Warten Sie, ich gehe vor«, entgegnete Erica ruhig. Als sie drüben war, drehte sie sich um und reichte ihm die Hand. Sie hatte einen festen und sicheren Griff und Maffina hielt sich keuchend an ihrem Arm fest. Einen Augenblick lang waren sie sich ganz nah, er konnte Ericas Brüste an seinem Oberkörper spüren. Die junge Frau hatte einen angenehmen Duft, fast ein wenig erregend. Maffina fragte sich, wie sie wohl im Bett war; er wusste, dass sie einen Freund hatte, einer, der nichts von ihrer Forschungsarbeit hielt und sich ihr, wo er nur konnte, in den Weg stellte. Er wusste auch, dass Erica darunter litt; einmal hatte sie sich

Annalisa anvertraut und ihr zu verstehen gegeben, dass sie und Daniele eine sehr intensive sexuelle Beziehung verband. »Sonst hätte ich ihn schon längst verlassen«, hatte sie gesagt und Maffina, der nur den letzten Teil der Unterhaltung aufgeschnappt hatte, dachte sich seinen Teil dazu. Er hatte mit Annalisa darüber reden wollen, die ihn jedoch unterbrochen hatte mit den Worten, sie möge keinen Klatsch. Aber wenn der Klatsch doch unser Leben ist, Annalisa, meine Liebe ...

»Das Leben eines Polizisten besteht hauptsächlich aus Klatsch, wussten Sie das?«, sagte Maffina, während sie noch immer dem Pfad folgten.

Erica sagte, das wisse sie. Im Übrigen habe ja auch sie für ihre Examensarbeit einiges davon zu hören bekommen. Maffina erwiderte, er könne es sich vorstellen. Um ihr die Verlegenheit zu nehmen, fügte er hinzu: »Häufig genug ist es genau der Tratsch, der Licht in Angelegenheiten bringt, die sonst im Dunkeln blieben.«

»Doch in unserem Fall gab es leider keinen Klatsch.«

»Tja, leider ... Die beiden Mädchen, die Lupis und die Fumagalli, schienen wie aus Luft gewebt, immateriell. Wie man es auch gewendet hat, man traf immer nur ins Leere: schrecklich, ganz schrecklich.«

»Aber soweit ich weiß, haben Sie bei der Fumagalli doch etwas gefunden.«

»Dass sie zur Universität ging und trotzkistischen Ideen nahe stand? *Bon*, das hat uns der Notar Trini erzählt ... Wir haben ein bisschen nachgeforscht, aber ohne Erfolg. Um ehrlich zu sein, führte uns diese Entdeckung oder dieser Tratsch, wenn Sie so wollen, eine Weile sogar auf die falsche Fährte. Nein, es war kein leichter Weg, genau wie dieser Bergpfad«, sagte Maffina, der in Stimmung für Metaphern war.

Der Notar Trini erschien am Tag nach Teodoras Beerdigung im Präsidium. Er sagte, er wolle mit Commissario Maffina über den Fall Fumagalli reden. Im Folgenden das Vernehmungsprotokoll, das mir freundlicherweise vom Commissario zur Verfügung gestellt wurde. Um die Lektüre zu erleichtern, wurden alle Teile ausgespart, die nicht direkt mit der Ermittlung in Verbindung stehen.

MAFFINA: Wann sind Ihnen diese, sagen wir mal, politischen Ausflüge der Fumagalli zum ersten Mal aufgefallen?

TRINI: Ungefähr vor eineinhalb Jahren, es war reiner Zufall.

MAFFINA: Können wir das zu Protokoll nehmen?

TRINI: Selbstverständlich, Dottor Maffina. Wie gesagt, ich beobachtete Teodora vor eineinhalb Jahren in der philosophischen Fakultät.

MAFFINA: Und bemerkte das Mädchen, dass es gesehen worden war?

TRINI: Nein, auf keinen Fall, da bin ich ganz sicher. Ich war wegen eines Studienseminars dort. Es war ungefähr halb zwei Uhr mittags, als ich sah, wie Teodora aus einem Hörsaal kam. Im ersten Moment dachte ich, es handele sich um ein anderes Mädchen, das ihr sehr ähnlich sah. Teodora kleidete sich sehr weiblich und dieses Mädchen war in etwas Sackartiges, Dunkles gehüllt. Dann aber habe ich sie an ihrem Gang erkannt, an ihrer Art, sich umzuschauen ...

MAFFINA: Und Sie haben sie nicht darauf angesprochen, als Sie wieder in der Kanzlei waren?

TRINI: Warum sollte ich? Das Mädchen tat ja nichts Verbotenes ... Das Einzige, was mich ein wenig verstörte, wenn man so sagen kann, war die Sache mit ihren Kleidern, verstehen Sie?

MAFFINA: Sicher.

TRINI: Deshalb bin ich ihr am nächsten Tag gefolgt, aus bloßer Neugierde und vielleicht, weil ich sehr an dem Mädchen hing. Heimlich natürlich, versteht sich. Ich weiß noch, dass sie am Morgen ein Kleid aus grüner Wolle trug. Eine Farbe, die sehr gut zu ihren Augen passte ... Aber als sie um 12.20 Uhr das Büro verließ, hatte sie wieder diesen schwarzen Pullover angezogen ... oder war er grau, ich weiß nicht mehr ... Eine völlig andere Person.

MAFFINA: Sie sind ihr also wieder gefolgt?

TRINI: Hm, ja, ich konnte nicht widerstehen ... Ich bin ihr bis zur Universität gefolgt und dann nach Hause gegangen. So sind mir diese ein wenig unüblichen Besuche aufgefallen, diese, sagen wir mal, Kontakte mit einer Gruppe hysterischer Extremisten.

MAFFINA: Sie haben sie jedoch nie darauf angesprochen? Entschuldigen Sie, wenn ich mich wiederhole, aber es ist sehr wichtig.

TRINI: Um Himmels willen, Dottor Maffina! Sie tun doch nur Ihre Pflicht, ich verstehe das sehr gut. Um auf Ihre Frage zu antworten, die ich für absolut legitim halte, nein, ich habe sie niemals darauf angesprochen. Was hätte ich ihr auch sagen sollen? Dass ich nicht damit einverstanden war, wenn sie die Trotzkisten der philosophischen Fakultät frequentierte? Teodora war ein vernünftiges Mädchen, ernst und verantwortungsvoll. Außerdem war ich ihr Arbeitgeber, nicht ihr Vater oder Zimmerältester ... Doch angesichts der tragischen Ereignisse konnte ich dieses Wissen nicht für mich behalten, auch wenn es nebensächlich erscheinen mag, deshalb bin ich hergekommen ...

MAFFINA: Entschuldigen Sie, Notar Trini, aber ich tue nur meine Pflicht, Sie verstehen ... Wo waren Sie am Mittwoch, den 27. Mai, zwischen 19 und 24 Uhr?

TRINI: Ich habe das Büro gegen 18 Uhr verlassen. Um 18.30 Uhr bin ich zu Prasca gefahren ...

MAFFINA: Dem Anwalt?

TRINI: Ja. Wir haben den Fall der Firma Fabis & Fabis bearbeitet und waren etwa um 20.40 Uhr fertig. Dann haben wir uns alle zum Essen auf der Piazza Carignano verabredet. Schließlich haben wir den Abend im Haus von Prasca ausklingen lassen. Dort bin ich um ... lassen Sie mich nichts Falsches sagen ... so um 02.00 Uhr morgens gegangen.

Das Alibi des Notars Trini wurde von Anwalt Prasca und dem Geschäftsführer der Firma Fabis bestätigt, wie auch von einer nicht geringen Zahl Turiner Prominenten, die allesamt den Abend im Hause Prasca verbracht hatten.

Trinis Aussage bezüglich Teodora Fumagallis Kontakten zu einer trotzkistischen Gruppe wurde sorgfältig überprüft, blieb jedoch ohne Ergebnis oder konkrete Anhaltspunkte. Im Gegenteil schien diese neue Spur die bisher gepflegten Beziehungen des Commissarios zu dem Sondereinsatzkommando der Carabinieri rapide zu verschlechtern. Man warf dem Commissario vor, zu nachgiebig gegenüber den Extremisten zu sein, um nicht zu sagen parteiisch. Man munkelte, er wolle die Ermittlungen behindern, da seine Frau den Trotzkisten nahe stand. Man warf ihm sogar Begünstigung vor und erst als klar wurde, dass sich in der

Fakultät niemand an Teodora erinnerte und die Studenten die Via delle Mimose nicht einmal dem Namen nach kannten, schlugen die Ermittlungen wieder eine andere Richtung ein ...

7

»Den Assistenten? Aber sicher, einen Moment, ich rufe ihn«, sagte die blonde und farblose Sekretärin zu Maffina. »Wenn Sie in der Zwischenzeit Platz nehmen wollen ... Ich bin gleich wieder da.«

Maffina befand sich in einem großen Raum mit hohen Wänden und Fresken an der Decke; auf dem breiten Fensterbrett blühten rote Azaleen. Zu dieser nachmittäglichen Stunde erbebte die Universität vor Leben und Protest, doch nichts davon gelangte in diesen Raum, dessen dicke Mauern kein störendes Geräusch einließen. Hier gab es nur Stille, als wäre man in einer anderen Zeit. Der Commissario zündete sich eine Zigarette an und blickte sich suchend nach einem Aschenbecher um. Schließlich schnippte er die Asche resigniert in einen Blumentopf.

»Tut mir Leid, dass ich Sie habe warten lassen, aber ich war in einer Versammlung«, begrüßte ihn der Assistent, ein gewisser Mario Manghi, Dozent für neuere Literatur, ein junger Mann mit guten Karrierechancen und durchschnittlichem Aussehen. »Sie sind Auroras Mann?«, fragte er dann leutselig.

Maffina fand ihn spontan unsympathisch. Manghi war

dünn, nicht sehr groß, mit langen Locken. Er hatte eine braune Cordhose an und ein zerknittertes graues Hemd mit speckigem Kragen. Vielleicht hatte er den Blick bemerkt, denn er beeilte sich zu sagen, dass er schon eine Woche ununterbrochen in der Fakultät sei. »Vergangenen Samstag haben wir das Gebäude besetzt, heute ist Donnerstag … Zum Glück haben wir Tiziana, die den Kontakt zur Außenwelt aufrechterhält!« Er grinste selbstgefällig und Maffina war überzeugt, dass dieser Manghi eine Menge Spaß dabei hatte, die Fakultät zu besetzen und sich von der farblosen Tiziana den Kaffee kochen zu lassen.

»Ich bin hier wegen Teodora Fumagalli«, sagte er barsch.

»Eine Studentin?«

»Das Mädchen, das vergangene Woche in Lucento ermordet wurde.«

Manghi lief rot an. »Tut mir Leid«, sagte er und fummelte verlegen am Ärmel seiner Jacke. »Aurora hat so etwas erwähnt … Wirklich schlimm, obwohl ich da keine Verbindung sehe … ich meine, mir ist das Motiv Ihres Besuchs nicht ganz klar.«

»Es scheint, dass die Fumagalli an den Versammlungen der philosophischen Fakultät teilgenommen hat. Ich dachte, Sie würden sie vielleicht kennen oder zumindest einer Ihrer Studenten. Ich habe ein Bild von ihr mitgebracht«, endete Maffina seufzend, während er seinem Gegenüber ein Polaroidfoto von der lächelnden Teodora unter dem Arc de Triomphe reichte. »Das Foto ist erst vor kurzem entstanden. Also?«

»Zeigen Sie mal«, sagte Manghi. Er betrachtete lange Teodoras Gesicht, bevor er verkündete, sie niemals gesehen zu haben. »Hier in der Fakultät treiben sich eine Menge Leute herum, die meisten Seminare sind öffentlich … Wie soll ich mich da erinnern? Wenn Sie möchten, kann ich mal ein wenig herumfragen, aber ich glaube, das wird ein Schlag ins Wasser.«

Dieser Ausdruck irritierte den Commissario noch mehr. »Könnten Sie mir eine Liste mit den öffentlichen Veranstaltungen des vergangenen Jahres zukommen lassen?«

Manghi sagte, das könne er.

»*Bon*. Und noch etwas. Wir haben viele Abzüge von dem Bild machen lassen, vielleicht könnten Sie sie in Umlauf bringen … oder auch in den Schaukästen aushängen. Wäre das möglich?«

Manghi sagte, auch das sei möglich, dann fragte er nach Auroras Zukunftsplänen. »Ich habe sie am Brecht-Abend gesehen … Ganz fantastisch. Eine großartige Schauspielerin.«

Im Hinausgehen dachte Maffina daran, dass an diesem Brecht-Abend auch Francesco beteiligt gewesen war, jener Schauspieler, der gerade Aurora bumste mit der Entschuldigung, dass doch alle Genossen seien. Wutentbrannt stieg er in den Wagen und befahl dem Fahrer, sich zu beeilen, da sie keine Zeit zu verlieren hatten.

»Ich habe niemals akzeptiert, dass Aurora mich betrog, und sie hat mich niemals hintergangen. Ich hatte es immer gewusst, vom ersten Augenblick an, dass sie mir nicht treu sein würde. Und dennoch tat es jedes Mal tagelang weh, wenn ich dahinter kam …«, erzählte Maffina.

»Waren Sie ihr denn treu?«, fragte Erica.

»Nein. Ich habe alle Frauen betrogen, mit denen ich zusammen war, außer Annalisa … aber vielleicht werde ich alt und habe keine Lust mehr auf Heimlichkeiten und Abenteuer. Und Sie?«

»Was ich?«

»Sind Sie treu? Sind Sie eifersüchtig? Besitzergreifend? Ich weiß gar nichts über Sie …«

Erica begann an den Fingern ihrer Hand abzuzählen: »Erstens bin ich nicht treu, zweitens bin ich nicht eifersüchtig, drittens nicht besitzergreifend. Und viertens rede ich nicht gern über mich … ich finde das Thema nicht interessant genug.« Ein komplizenhaftes Lächeln huschte über ihr Gesicht. »Zufrieden?«

»Welche Themen finden Sie denn interessant? Politik? Sex? Studium?«

Erica stand auf und reckte sich. »In zwei Tagen muss ich nach Turin zurück, ich kann ja nicht ewig hier bleiben, nicht wahr? Wir haben noch so viele Sachen zu besprechen und zu klären. Warum also von mir reden?« Aber dann begann sie doch, von ihrem Leben zu erzählen, einem sehr einfachen und belanglosen Dasein, um die Wahrheit zu sagen, in dem auch Daniele auftauchte. Maffina bekam einen gerafften und wahrhaftig langweiligen Querschnitt durch Ericas Leben präsentiert: die Mutter Witwe, besitzergreifende Großeltern, ein übervölkertes Arbeiterviertel. Das Ganze ein Bild mit verblichenen Farben, aus dem Fantasie und Kreativität verbannt zu sein schienen.

»Wie Sie sehen, ist da nicht viel«, sagte Erica, als hätte sie seine Gedanken gelesen. »Und die Vorstellung, noch das ganze Leben vor mir zu haben, tröstet mich auch nicht besonders. Manchmal empfinde ich die Jugend als sinnlose Zeitverschwendung.«

Maffina brach in Lachen aus.

»Sie machen sich über mich lustig.«

»Aber nein ... Und was haben Sie vor, wenn Sie mit dem Studium fertig sind?«

Erica sagte, dass sie noch nicht darüber nachgedacht habe. »Es gäbe da wohl eine Möglichkeit am Lehrstuhl für Kriminologie ... auf eine Assistentenstelle. Ich bin aber nicht sicher, ob mir das Spaß machen würde.«

»Was würde Ihnen denn Spaß machen?«

»Zur Polizei zu gehen. Ich glaube, das würde mir gefallen. Meinen Sie nicht auch?«

»Ich habe heute einen Freund von dir getroffen, Manghi, diesen Assistenten bei den Literaturwissenschaftlern«, sagte Maffina zu Aurora, die sich ungerührt weiter abschminkte.

»Bueno«, meinte sie schließlich, »und wie steht es in der Fakultät?«

»Sie ist besetzt ... aber das weißt du doch, oder?«

»Woher? Woher sollte ich das wissen, Antonio?«, gab sie anstelle einer Antwort zurück, was Maffina augenblicklich auf die Palme bringen konnte. Er sah sie mit verdeckter Feindseligkeit an. Aurora war schon im Pyjama, einem weiten und unförmigen Flanellpyjama mit Blumenmuster, in dem sie irgendwie unschuldig wirkte. Die langen Haare hatte sie zu einem Zopf geflochten, was den Ausdruck des Mädchens mit schlimmer Kindheit noch unterstrich, den sie immer dann aufsetzte, wenn Ärger in der Luft lag. Und es bestand kein Zweifel, dass Antonio Streit suchte. Doch er zögerte noch, weil er Auroras mögliche Reaktion fürchtete. Er wollte um jeden Preis verhindern, dass sie nach einer Eifersuchtsszene auszog. Deshalb zündete er sich eine Zigarette an und gab der Diskussion eine andere Richtung. »Mir wäre es lieb, wenn du dich in der nächsten Zeit nicht überall zeigen würdest«, sagte er.

Sie schaute ihn fragend an und hob eine Augenbraue.

»Dass du bestimmte Kreise meidest, bis diese Geschichte geklärt ist …«

»Hast du Angst, Antonio? Hast du Angst, dass irgendeiner deiner Vorgesetzten mich einlocht, weil ich Trotzkistin bin oder mich in Kreisen bewege, die die Polizei für bedenklich hält? Du hast die Wahl …«

»Schrei bitte nicht so … ich habe keine Lust zu streiten. Ich bin müde. Kannst du das nicht verstehen?«

»Was soll ich verstehen?«, fragte Aurora und schlüpfte unter die Bettdecke. »Ich bin auch müde, diese Geschichte nimmt mich genauso mit … Nur dass ich nicht in der Gegend rumlaufe, deinen Freunden den Prozess mache und sie mit ebenso absurden wie voreingenommenen Fragen quäle …«

»Das ist nun mal meine Arbeit, außerdem kennst du meine Einstellung. Mir passt das auch nicht, wie die Dinge laufen … Und wenn einer von deinen Freunden glaubt«, Maffina versuchte, seine Stimme ganz normal klingen zu lassen, »das Opfer einer Verschwörung zu sein, wie vielleicht dieser Manghi … tja, dann tut es mir Leid, aber ich kann nichts dagegen tun. Ich hab schon genug Probleme, ohne dass du mir auch noch die der anderen aufhalst … Wo gehst du hin?«

Aurora sah ihn kalt an. »Ich schlafe im anderen Zimmer«, sagte sie und packte das Kopfkissen. Später hörte er sie weinen, doch er stand nicht auf.

8

»Wir machen uns zum Gespött der ganzen Stadt«, sagte Randazzo zu Maffina und wies auf die Schlagzeilen in den Zeitungen.

»Ein besonders dicker Brocken sind deine Genossen aus der Partei … Sieh dir das an!«

Maffina schaute nicht auf. Mit bitterer Stimme sagte er: »Ich bin bei keiner Partei Mitglied, insofern …« Nach dem Streit mit Aurora war er hundemüde und hatte tiefe Ringe unter den Augen. Heute Morgen hatte er sich bei seinem Gang durch das Haus auf der Suche nach frischen Kleidern gefragt, warum er diese Ehe eigentlich noch aufrechterhalten wollte. Als er das Wohnzimmer betrat, schlief dort Aurora, trotz der Wärme und der weit geöffneten Fenster in zwei Decken gewickelt. Sie schnarchte leise und zog einen Schmollmund. Maffina hatte sie schlafen lassen und unausgeglichen das Haus verlassen, bereit, sich mit der ganzen Welt anzulegen.

»Schlechten Tag erwischt, was?«, fragte Randazzo, dem sein übernächtigtes Aussehen nicht entgangen war. »Aber wir machen uns trotzdem zum Gespött der ganzen Stadt. In der Universität versteckt sich unser Mörder jedenfalls nicht.«

Den Blick in die Akten vergraben, die er nervös durchblätterte, sagte Maffina, dass der Mörder ein Junge aus Lucento oder Madonna di Campagna sein musste.

»Woher willst du das wissen?«, fragte Randazzo.

»Intuition. Olmi und die Via delle Mimose sind zu

klein als Bezirke, meinst du nicht? Wie viele Menschen mögen da wohnen?«

»Fünfzig? Hundert?«

»Eben. Da kennt jeder jeden und alle wissen übereinander Bescheid … Schwer vorzustellen, dass ein Wahnsinniger der allgemeinen Aufmerksamkeit entgangen wäre. Gleichzeitig aber scheint der Mörder alle Schleichpfade und Schlupflöcher zu kennen, selbst die abgelegensten Orte … Kannst du mir folgen?«

»Sicher.«

»*Bon.* Ich würde sagen, der Mörder wohnt in der Gegend, da bin ich mir ganz sicher, aber wir sollten bei unseren Nachforschungen Olmi und die Via delle Mimose erst mal vernachlässigen und uns auf größere Viertel konzentrieren …«

»Zum Beispiel?«

»Zum Beispiel die gesamte Gegend um den Corso Grosseto, für den Anfang. Da kann man sich am einfachsten verstecken, sich tarnen, sich in Vereinen, Gruppen und Pfarreien verkriechen. Da müssten wir unseren Schwerpunkt setzen, was meinst du?«

Randazzo sagte, er sei einverstanden; dann schwieg er und sah sich mit abwesendem Blick um. »Hast du noch diese Fotos?«, fragte er schließlich.

Maffina schaute von seinem Bericht auf. »Anselmi hat eine Sauschreibe. Hör dir das an: ›Nach seiner Antwort habe ich den Einwand gebracht …‹ Entschuldige, was wolltest du?«

»Diese Fotos von dem Bekannten der Fumagallis, wo sind die hingekommen?«

Maffina wies auf die Schublade.

»Wie stellst du dir den Mörder eigentlich vor?«, fragte Randazzo, während er nach den Fotos wühlte.

»Jung, höchstens fünfundzwanzig oder so.«

»Ich auch. Jemand Älteres wäre auch nicht so leicht an die Lupis und die Fumagalli herangekommen.«

»Nicht hässlich, vielleicht sogar gut aussehend oder zumindest interessant …«

»Aber keine strahlende Schönheit«, präzisierte Randazzo. »Kein Bart, keine langen Haare, kein Schnurrbart à la Zapata …«

Maffina nickte. »Er muss sich unter die Menge mischen können, ohne gesehen zu werden. Also nichts besonders Auffälliges, einverstanden. Außerdem kennt er sich sehr gut in der Gegend aus und kann im richtigen Augenblick verschwinden. Was noch, Randazzo?«

»Schule? Arbeit?«

Maffina überlegte einen Moment. »Er muss früh von der Schule abgegangen sein, wie die Lupis …«

»Die Fumagalli hatte hingegen einen Abschluss.«

»Aber sie hat eine Schule im Zentrum besucht. Und ich würde nicht zu weit in der Zeit zurückgehen. Was noch?«

»Arbeit?«

»Eine Beschäftigung, die ihm einen gewissen Freiraum lässt …«

»Arbeitslos?«

»Vielleicht, muss aber nicht. Ich dachte vielmehr an eine Aushilfstätigkeit, vielleicht etwas außerhalb, damit niemand zwei und zwei zusammenzählt … Kannst du mir folgen, Randazzo?«

»Bestens. Freunde?«

»Wenige. So jemand hat keine Freunde.«

»Ein Asozialer?«

»Ich würde eher sagen ein Einzelgänger. Was meinst du?«

»Ich meine, das dürfte als Beschreibung genügen.« Randazzo trat an das Fenster. Es musste eine Kundgebung angekündigt sein, denn er sah verschiedene Leute mit Transparenten und Fahnen vorbeilaufen. Die Fahnen blähten sich wie rote Flugdrachen. »Ist eine Demonstration angemeldet?«, fragte er.

Maffina sagte, er wisse von nichts, und vertiefte sich erneut in die Papiere. Seufzend machte sich Randazzo wieder auf die Suche nach den Fotos. In der Schublade waren sie nicht und auch nicht auf dem Schreibtisch, wo ein Stapel Akten auf seine Bearbeitung wartete. »Eine Welt von unerledigten Vorgängen, in der wir hier leben, Maffina!«, rief er genervt aus. Der Commissario las weiter und Randazzo schwieg. Als er wieder sprach, ließ er seine Frage beiläufig klingen, als handele es sich um etwas völlig Nebensächliches. »Und diese Nutte, wie passt die ins Bild?«

Maffina hob den Blick. »Die Scassi?«

»Genau die.«

»Wenn er wirklich ihr Mörder war; das liegt immerhin fünf Jahre zurück ... Ein ganz schöner Abstand zwischen dem ersten Verbrechen und den anderen beiden, findest du nicht? Ich frage mich, was diese Raserei ausgelöst hat ... Großer Gott, Randazzo, aber dann muss er ja noch ganz jung gewesen sein, als er begonnen hat!«

»Schockierend. Fünf Jahre war er also still und brav ... Was meinst du, vielleicht beruhigt er sich ja jetzt wieder?«

Maffina sagte, dass er das nicht für sehr wahrscheinlich halte.

»Wäre ja auch zu schön ... Ich kann diese Fotos einfach nicht finden.«

»Guck halt richtig hin, ich habe sie unter die Akten da gesteckt.«

Ein Zeit lang herrschte Schweigen: Maffina überflog die schlecht geschriebenen Berichte und Randazzo wühlte zwischen Briefumschlägen und Zetteln. »Da sind sie ja!«, rief er triumphierend aus.

Maffina sah ihn fragend an. Die Bilder regneten auf seinen Schreibtisch herab in einem Wirbel aus schwarzweißen Gesichtern.

»Und wenn wir sie herumzeigen? Was meinst du? Wir können ja die Fumagalli aussparen und sie dafür ihren Freunden und Bekannten zeigen, den Parteigenossen ... Was hältst du davon?«, fragte Randazzo mit aufgeregter Stimme.

Die Fotos, insgesamt um die fünfzig Stück, schienen am Anfang völlig bedeutungslos zu sein. Auf den meisten waren im Vordergrund Jungen und Mädchen zu sehen. Die Polizei sortierte als Erstes die Mädchen aus und in einem zweiten Durchgang auch alle älteren Leute. Am Ende blieben ungefähr zwanzig Schnappschüsse von Männern zwischen zwanzig und dreißig Jahren übrig und auf die legten Maffina und seine Mannschaft ihr besonderes Augenmerk ...

Sehr geehrte Signorina Franzoni,

bitte entschuldigen Sie die Verspätung, mit der ich auf Ihr Fax reagiere, doch mein Computer hat den Geist aufgegeben und in diesem gottverlassenen Land erreichen Reparaturzeiten die Dauer von Erdzeitaltern. Doch nun habe ich das Problem gelöst und kann Ihnen antworten, wenngleich mit einer gewissen Sorge, denn Ihr Brief hat alte Wunden geöffnet.

Sie fragen mich nach Teodora. Was kann ich Ihnen sagen, das Sie nicht schon wüssten? Teodora hatte kaum die Pubertät hinter sich, als sie ermordet wurde. Sie war ein fröhliches Mädchen voller Lebensfreude, doch das wird Ihnen bereits Palmira erzählt haben und jeder, der sie kannte. Ich kann Ihnen berichten, was ich durch mein Objektiv sah: Ich sah ein Mädchen, das begierig war, Erfahrungen zu machen, vielleicht rastlos, lange nicht so klar und offen, wie ihre Mutter und Freunde es gerne glauben wollten.

Sie fragen mich, ob ich Teodora gekannt habe. Verzeihen Sie mir, aber ich halte das für eine überflüssige und rhetorische Frage, da alle wussten, dass ich und Teodora befreundet waren. Damals beschäftigte ich mich mit Porträts und naturalistischer Fotografie, doch in meiner Freizeit arbeitete ich auch für die Partei, vor allem bei Demonstrationen oder Festen. Auf diese Art habe ich mich mit den Fumagalli und Teodora angefreundet.

Ich möchte Ihnen eine Episode erzählen, die ich noch niemandem anvertraut habe. Eines Tages kam Teodora in mein Studio. Es muss im Jahr '65 oder '66 gewesen sein. Sie sagte mir, sie hätte gerne Porträtaufnahmen, aber besondere, damit sie sich später einmal daran erinnern könne, wie sie als junges Mädchen ausgesehen habe. Komisch, nicht wahr? Oder vielleicht ist »tragisch« der treffendere Ausdruck ... Ich muss so um die vierzig gewesen sein und Teodora sechzehn oder siebzehn. Ich war, nach allgemeinem Bekunden, ein attraktiver Mann und sie eine faszinierende junge Frau. Sie war nicht im klassischen Sinn schön, hatte ein asymmetrisches und unregelmäßiges Gesicht, aber dennoch schien sie eine ganz besondere Ausstrahlung zu haben. Ihre Augen, von einem unglaublich hellen Grün, waren geradezu magisch. An jenem Nachmittag, während ich versuchte, nur an meine Arbeit zu denken und nicht an die Verwirrung, in die ich in ihrer Nähe geriet, bemühte ich mich, mittels meines Objektivs in sie einzudringen.

Ich machte die schönsten Fotos meiner Karriere, Fotos, die ich niemandem zeigte, weil sie es nicht wollte. »Das bleibt unser Geheimnis«, sagte sie zu mir.

Ich habe mein Versprechen all die Jahre gehalten und ich verstehe selbst nicht, warum ich mich nach dreißig Jahren nun dazu durchgerungen habe, darüber zu reden ... Manche Entscheidungen brauchen vielleicht ihre Zeit, sind die Frucht des Alters und weniger eine Gabe des Geistes ...

Nun kann Teodora nichts mehr verletzen. Ich wünsche mir, dass Sie verstehen, warum ich nicht zu gegebener Zeit darüber gesprochen habe.

Am Tag ihrer Beerdigung war ich erschüttert. Ich lief auf diesem mit Menschen gefüllten Platz umher und versuchte, das Bild von Teodora wiederherzustellen, wie ich sie zum letzten Mal gesehen hatte: mit dem gelben Kleid, den langen Zopf über der Schulter. Aber es gelang mir nicht. Deshalb begann ich, Fotos zu machen, größtenteils spontan. Ich war und bin Fotograf und mit der Fotografie kann ich mich am besten ausdrücken ...

Ich weiß noch, dass es ein trüber und heißer Tag war, mit einem tief hängenden weißen Himmel. Ich weiß auch noch, dass ich sehr wütend auf Palmira und Stefano war, die aus einer Abschiedszeremonie ein kommunistisches

Volksfest machten. Doch Palmira bewegte sich in jenen Tagen am Rande der Verzweiflung und vielleicht war dies die einzige Möglichkeit für sie, ihrer Tochter eine würdevolle Feier zu schenken.

Ich brachte die Fotos auf das Kommissariat, denn irgendwie ahnte ich, dass sie von Bedeutung sein könnten. Doch wie immer mahlten die Mühlen der Bürokratie langsam. Die Polizei tappte im Dunkeln, unfähig, das Offensichtliche zu sehen. Sie machten fürchterliche Fehler, indem sie zum Beispiel in den Reihen einer trotzkistischen Turiner Gruppe ermittelten oder Razzien bei den Prostituierten durchführten, wenn ich mich recht erinnere ...

Schließlich aber konnten meine Fotos einen Teil des Geheimnisses lüften und das war mir ein großer Trost. Es ist mir ein Trost bis heute.

Ich hoffe, dass diese Erzählung via Computer Ihnen nützt. Ich hoffe ebenso, dass Sie mit dem, was ich Ihnen anvertraut habe, angemessen umgehen. Ich wünsche Ihnen alles Gute

Ihr *Pierfrancesco Sabatini*

9

»Ich habe Ericas Arbeit gelesen«, sagte Annalisa zu Maffina.

»Und, wie findest du sie?«

Annalisa lächelte. »Nicht übel. Ich würde sagen, gut, obwohl es sich bei einigen Teilen nur um Beiwerk handelt.«

Sie spazierten zu dem kleinen Hafen, die Arme mit Vorräten beladen. Camogli war von Touristen in Beschlag genommen, die zwischen Küstenstraße und Strand entlangbummelten und die Nasen in die Luft streckten. Maffina dachte bekümmert, dass der Urlaub allmählich dem Ende zuging; in die Stadt zurückzukehren bedeutete auch, sein Leben als Single wieder aufzunehmen, in seiner viel zu großen Wohnung, und er war nicht sicher, ob er das wollte. »Annalisa, warum ziehst du nicht zu mir, wenn wir wieder in Turin sind?«

Sie wechselte die Einkauftasche von einem Arm auf den anderen. »Ich weiß nicht, ob das funktionieren würde …«

»Warum denn nicht?«

»Weil wir seit zu vielen Jahren allein leben. Im Urlaub, das weißt du selbst, ist alles anders.« Sie blickte ihn mit einem schiefen Lächeln an. »Es ist so schön, sich nur dann zu sehen, wenn man wirklich Lust dazu hat … Ich komme mit meiner brandneuen schicken Unterwäsche, du sorgst dafür, dass ich dich bester Laune antreffe. Wir essen schön bei Kerzenschein zu Abend …«

»Von wegen«, erwiderte Maffina lachend. »Ich komme immer stinksauer zu dir, weil ich mit irgendjemandem gestritten habe, du hast den ganzen Tag mit deinen Studenten diskutiert, wir wollen beide nur unsere Ruhe haben, Assunta hat vergessen einzukaufen und wir müssen essen gehen …«

»Oder essen gar nichts.«

Sie brachen beide in Gelächter aus.

»Wirklich spannend«, sagte der Commissario immer noch lachend. Dann wurde er wieder ernst und sah sie ein bisschen ängstlich an. »Wirst du darüber nachdenken?«

»Wir werden darüber nachdenken, willst du wohl sagen«, präzisierte sie. »Hättest du Lust auf eine heiße Foccaccia?«

Maffina erwiderte, das sei genau das Richtige jetzt, mit einem Kaffee. Sie betraten eine unwahrscheinlich volle Bäckerei, ohne sich weiter daran zu stören.

Auf die Examensarbeit kamen sie erst zurück, als sie schon auf dem Boot waren. Maffina fiel auf, dass er nicht verstanden hatte, was Annalisa mit Beiwerk gemeint hatte.

Sie setzte ihre Sonnenbrille ab (sie schaute den Leuten immer in die Augen, wenn sie sprach) und erklärte ihm, dass es sich um kleine Details handelte, vielleicht unbedeutend, die ihrer Meinung nach zu viel Gewicht bekommen könnten. »Ich bin Historikerin und neige dazu, alles aus dieser Sicht zu betrachten. Ich weiß nicht, ob ich mich verständlich mache, aber es scheint mir, wenn man zu einer bestimmten Sache eine Behauptung aufstellt, muss man streng dokumentarisch vorgehen, ansonsten rutscht man ins Geschwätzige ab, ins Anekdotische oder Schlimmeres ...«

»Gib es zu, dich hat der Brief von diesem Sabatini gestört.«

»In gewisser Weise, ja ... Es erscheint mir absurd, dass einer sich nach all den Jahren die Mühe macht, einer Unbekannten eine kleine Sünde des Hochmuts zu beichten ... Die schönsten Fotos meines Lebens ... also ich weiß nicht.«

Maffina lachte. »Aber Sabatinis Bilder waren entscheidend ... Manchmal frage ich mich, wie alles gekommen wäre, wenn er sie uns nicht zur Verfügung gestellt hätte.«

Annalisa zuckte die Achseln. »Mit wenn und aber betreibt man keine Geschichtsforschung. Natürlich behauptet manch einer das Gegenteil, doch ich halte mich lieber an solide Annahmen. Und überhaupt, wie lange hast du mir erzählt, dass es der arme Gualtieri war, der euch auf die richtige Fährte gesetzt hat, und nicht dieser wild gewordene Spanner …«

»Hör auf, Annalisa!«

»Na, vielleicht übertreibe ich, aber dieser Brief klingt mir eher nach Enthüllungsstory als nach Zeugenaussage. Außerdem wird er weder dokumentiert noch von einer erklärenden Note begleitet, einer Anmerkung … Damit will ich nicht sagen, dass ein Historiker sich ausschließlich auf konkrete und nachweisbare Fakten beruft, Gott bewahre! Aber der Zweifel, Maf, der gesunde Zweifel, der Ursprung so vieler Entdeckungen, was ist aus dem geworden? Erica setzt zu viel als gegeben voraus …«

»Hast du mit ihr über diese Dinge gesprochen?«

»Natürlich, das konnte ich doch nicht für mich behalten. Dennoch ist es eine gute Arbeit. Ich bin zufrieden damit.«

Das Boot fuhr in die Cala dell'Oro ein. Ein großes Segelschiff ankerte in der Bucht, das um diese sonnendurchflutete und trockene Stunde des Tages in der Brise flimmerte wie eine Fata Morgana.

Kapitel 5: Maffina und Bruno

… doch nun bin ich hier, atemlos,
und erzähle dir, was du schon weißt …

1

ERICA: Wann haben Sie sich dazu entschlossen, Randazzos These zu folgen und mit den Fotos weiterzuarbeiten?

MAFFINA: Unmittelbar nach dem Zwischenfall mit den Trotzkisten. Wie schon gesagt, wir waren einfach an einem toten Punkt angelangt. Wir hatten die halbe Welt befragt und trotzdem immer noch nichts in der Hand, keine Spur, keinen Verdacht … Ich weiß noch, dass ich Verstärkung erbat, um mehr im Umfeld der Scassi ermitteln zu können. Die zusätzlichen Kräfte kamen und die Ermittlungen begannen. Fünf Jahre waren seitdem vergangen, damals war ich noch nicht einmal in Turin gewesen. Eine üble Arbeit, das kann ich Ihnen sagen.

ERICA: Und Sie haben nichts gefunden?

MAFFINA: Nichts, was wir nicht schon wussten. Die Scassi ging in der Gegend vom Bahnhof Porta Nuova auf den Strich und sie hatte einen Zuhälter, einen gewissen Renzino Noli, der jedoch zum Zeitpunkt der Verbrechen gerade mal wieder im Gefängnis saß und dieses Mal mit der Aussicht, eine Weile drin zu bleiben. Nach fünf Jahren erinnerte sich niemand mehr an Evangelina, auch ihre Kolleginnen waren nicht mehr aufzutreiben: Die eine war in eine andere Stadt gezogen, eine war gestorben, eine andere wiederum hatte einen Schweden geheiratet ... *Bon*! Wir waren kurz vorm Verzweifeln. Ich habe diese Tage wie einen nicht enden wollenden Alptraum in Erinnerung. Es war Sommer, ein fürchterlich trockener und erbarmungsloser Sommer. Meine Ehe ging gerade in die Brüche, eine Verbrecherbande terrorisierte die Stadt mit Raubüberfällen, wir hatten eine Delegation aus Amerika da, die uns in Sachen Drogen weiterbilden sollte, der Sprössling einer vermögenden Familie war entführt worden und dann hatten wir noch die Scherereien mit dem Serienmörder ... Warum lachen Sie?

Erica schaltete das Tonbandgerät aus und nahm die Kopfhörer ab. Sie hörte, wie ihre Mutter Anna über den Flur schlurfte, der sich wie in einem Hotel durch die ganze Wohnung zog. Als Kind hatte sie manchmal Angst gehabt, im Dunkeln allein durch den Flur zu gehen, weil der Holzboden so geheimnisvoll knarrte und immer eine Tür quietschte. Nach dem Tod ihres Vaters war die Wohnung renoviert worden: Das Parkett verschwand, quietschende Türen wurden ausgetauscht, die hässliche Fünfziger-Jahre-Tapete entfernt, die absurden Lampenschirme aus Holz und all die Staubfänger weggeworfen, die für keinen von ihnen eine Geschichte besaßen. Nun war die Wohnung komplett weiß gestrichen und Anna stellte nur wenige Möbel, dafür aber eine Fülle von Pflanzen in die Zimmer. Erica mochte die Wohnung sehr, trotz des dauernden Straßenlärms.

»Was soll ich zum Abendessen machen?«, fragte Anna und steckte den Kopf zur Tür herein. Sie betrachtete ihre Tochter mit kritischem Blick. »Zuerst dachte ich, eine Suppe, aber vielleicht wäre ein Risotto besser?«

»Wie du willst.«

»Dann ein Risotto. Vielleicht gehe ich noch mal schnell runter zum Supermarkt und kaufe ein paar Pilze. Und von diesem spritzigen Weißwein. Magst du den? Und wenn ich schon unterwegs bin, gehe ich noch bei Prunotto vorbei und besorge uns zwei Stück Sachertorte … Oder vielleicht besser nicht, im Sommer zerläuft die so. Ich könnte einen Möhrenkuchen backen. Magst du den? Oder lieber einen Obstsalat?«

»Mama!«

»Schon gut, sag ruhig, wenn dir was nicht passt … Ich dachte, wir könnten deine Rückkehr ein bisschen feiern: Risotto, geschmorte Steinpilze und Möhrentorte. Bei so einem Menü muss ich allerdings gleich los. Wenn Oma Piera sich meldet, sag ihr, sie soll gegen sechs noch mal anrufen.«

»Ja, Mama.«

»Gesprächig bist du ja nicht gerade, ja, Mama, nein, Mama … Aber egal. Wenn Daniele anruft, sag ihm, er soll auch zum Essen kommen. Ich werde einfach eine größere Portion Risotto machen und mehr Pilze kaufen, dann brauche ich keine Angst zu haben, dass es nicht reicht …«

»Oh Gott!«

»Ich geh ja schon, ich geh ja schon. Nicht sehr gesprächig heute …«

Erica hörte sie noch eine Weile auf und ab laufen, und als die Absätze über den Boden klapperten wie die

Schläge von Paradetrommeln, wusste sie, dass ihre Mutter sich umgezogen hatte.

Essen war in Annas Leben das Wichtigste. Obwohl sie selbst sehr dünn war und keinen großen Appetit hatte, verbrachte sie Stunden damit, Mittag- oder Abendessen zu planen, um dann zu dem Entschluss zu gelangen, dass es nicht der Mühe wert war und eine Suppe mit etwas Parmesan es genauso tat. Anna war sehr extrovertiert und redete gern. Sie hatte immer im selben Viertel gewohnt, kannte alle Ladenbesitzer der Umgebung und begrüßte die Händler auf dem Wochenmarkt mit Namen.

Im November wurde sie sechzig und ihr Leben als Witwe hatte ihr Selbstvertrauen und Ausgeglichenheit geschenkt, anstatt sie niederzudrücken. Im Übrigen war ihre Ehe nicht sehr glücklich gewesen. Erica erinnerte sich noch an die endlosen Diskussionen um einen kalt gewordenen Teller Suppe, um eine Fernsehsendung, um angeschimmeltes Obst. Er war Lkw-Fahrer: Die meiste Zeit des Jahres in Europa unterwegs, in Spanien und vor allem Portugal, konnte er, wenn er nach Hause zurückkehrte, mit dem sesshaften Leben nichts anfangen.

Er hatte die Wohnung mit Kleinkram aus aller Welt gefüllt und diesen Gegenständen eine geradezu krankhafte Aufmerksamkeit entgegengebracht. Eines Tages in Portugal hatte er etwas in seiner Nase gespürt. Es sah aus wie ein Furunkel, doch es war Krebs. Er starb innerhalb von zwei Monaten in einem Krankenhaus in Porto, wo er sich hatte einliefern lassen.

Erica erinnerte sich an eine vom Wind geschüttelte Stadt, dekadent und ein bisschen schmutzig. Sie und ihre Mutter gingen steif und verfroren durch die Straßen und alles erschien ihnen feindselig. Das Hotel lag am Duoro, und wenn sie aus dem Krankenhaus zurückkamen, sahen sie lange Reihen von Frachtkähnen, die mit Weinfässern beladen waren. Ihre Mutter stellte sich ans Fenster und redete mit einer Klarheit, die Erica nie wieder finden sollte.

Es waren zwei schwierige, aber wichtige Monate für ihre Beziehung. Erica wusste, dass sie am Bett eines Unbekannten wachten, bei jemandem, der hin und wieder ihre mit Schnickschnack überladene Wohnung teilte, der aber kein Bedauern in ihnen zurücklassen würde. Sie fand sich kalt und gleichgültig und dieser Gedanke lastete auf ihr wie ein unerträgliches Gewicht. Sie wollte ihren Vater lieben und bittere Tränen über seinen Tod vergießen, doch stattdessen war sie lediglich genervt von dieser Stadt, die sie nicht im Geringsten verstand. Selbst die Sprache schien ihr feindlich ...

Sie hörte Anna zurückkommen. »Bin wieder da!«, rief sie schon. »Ich habe alles erhalten. Die Pilze waren spottbillig. Und ich habe dann doch Sachertorte genommen ...« Die übrigen Worte verschwammen zu einem unverständlichen Gemurmel. Sie musste den Fernseher oder das Radio angeschaltet haben, denn es erschollen andere Stimmen und Hintergrundmusik. Erica blickte unentschlossen auf das Aufnahmegerät. Dann drückte sie auf PLAY.

... Es war Sommer, ein fürchterlich trockener und erbarmungsloser Sommer. Meine Ehe ging gerade in die Brüche, eine Verbrecherbande terrorisierte die Stadt mit Raubüberfällen, wir hatten eine Delegation aus Amerika da, die uns in Sachen Drogen weiterbilden sollte, der Sprössling einer vermögenden Familie war entführt worden und dann hatten wir noch die Scherereien mit dem Serienmörder ... Warum lachen Sie?

ERICA: Wenn Sie Ihr Gesicht sehen könnten ... Aber wenn Sie möchten, verkneife ich es mir, so, bitte ...

MAFFINA: Sie können es sich ja gar nicht verkneifen, sehen Sie?

ERICA: Das liegt nur an Ihnen ... Hören Sie auf, so ein Gesicht zu ziehen ...

MAFFINA: Sie werden mir fehlen, Erica.

ERICA: Sie werden mir auch fehlen und Annalisa wird mir fehlen ... Professoressa Beneventi, wollte ich sagen.

MAFFINA: Warum denn immer so formell?

ERICA: Ich weiß nicht ... vielleicht haben Sie Recht. Ich bin so ungelenk. Manchmal glaube ich, dass ich ein Problem mit persönlichen Beziehungen habe.

MAFFINA: Quatsch!

ERICA: Wie bitte?

MAFFINA: Sie haben es sehr wohl verstanden. Sollen wir weitermachen?

Die Stimmen erstarben unvermittelt, als ein metallisches Klacken ertönte.

Erica lächelte in Erinnerung an den triumphalen Auftritt Annalisas, die ein riesiges, in Alufolie gewickeltes Paket hereingeschleppt hatte.

Maffina hatte ihr komplizenhaft und gleichzeitig etwas verlegen zugelächelt.

»Für Sie! Von uns beiden«, hatte Annalisa gesagt und dann hinzugefügt: »Die Verpackung ist nur Show. Was drin ist, ist ganz klein, aber sehr kostbar«, und dabei hatte sie liebevoll Maffina angesehen.

Aufgeregt hatte Erica ein mit Seidenpapier umwickeltes Büchlein ausgepackt.

»Es ist ein Tagebuch«, hatte die Professorin erklärt. »Ein Tagebuch, das Maf im Sommer und Herbst 1970 geschrieben hat. Mit seiner Erlaubnis habe ich einige Auszüge herauskopiert, von denen ich möchte, dass Sie sie in Ihre Arbeit einfließen lassen.«

2

(Auszug aus dem privaten Tagebuch von Commissario Maffina, von ihm freundlicherweise für die Veröffentlichung zur Verfügung gestellt. Die Aufzeichnungen umfassen den Zeitraum Juli–August 1970)

5. Juli
Sechs Monate seit Maras Tod, eineinhalb seit Teodoras …

8. Juli
Gestern Abend wilde Diskussion mit dem Polizeipräsidenten über den Anschlag auf die Landwirtschaftsbank. Er spricht immer nur vom »Blutbad«, das die »Roten« angerichtet haben (wobei er angewidert das Gesicht verzieht), und verlangt nach martialischen Gesetzen. Bar jeder Logik! Ich glaube, er ist derart außer sich, weil der Fall Lupis-Fumagalli immer noch hohe Wellen schlägt.

10. Juli

Gestern hat Randazzo uns zum Essen eingeladen; ich bin allein hingegangen, weil Aurora nicht konnte.

Randazzo wohnt bei seiner Mutter in einer eleganten Villa am Lungodora in der Nähe des Parks Coletta. Er hat mir seine Bücher gezeigt: Er ist ein passionierter Leser von Science-Fiction-Romanen und verbringt seine Freizeit damit, an den Bücherständen in der Stadt nach Raritäten zu suchen. Er hat mir *Die lebenden Steine* mitgegeben, dasselbe Buch, das Aurora während ihrer Zeit in Amerika gelesen hat. Aber was soll's ...

Wir haben lange über das »Foto-Projekt« geredet, wie er es nennt. Scheint mir keine schlechte Idee zu sein ... Morgen fangen wir an, sie herumzuzeigen.

Ebenfalls gestern Abend hat mein Chef in Rivoli Paladini festgenommen, der in halb Italien wegen Millionenbetrugs gesucht wurde. Paladini war mit seiner Frau unterwegs, als Alfio zugegriffen hat. Das Witzige daran ist, dass Alfio mit dem Cinquecento unterwegs war und Paladini wohl gesagt hat: »Ah, Dottore, warum fahren wir nicht mit meinem Ferrari, dann sind wir schneller da?« Im Präsidium reden sie von nichts anderem mehr.

13. Juli

Wir zeigen die Fotos herum. Sowohl mir als auch Randazzo ist es ziemlich unangenehm, dass wir nichts Konkretes in der Hand haben. Wir gehen in die Geschäfte von Lucento oder Madonna di Campagna und fragen: »Kennen Sie diese Person?« Und alle erkundigen sich unvermeidlich, was die Person denn angestellt habe. Wir gehen einfach nicht weiter darauf ein. Natürlich erklären wir nicht, dass wir den Mörder der beiden Mädchen suchen, denn weder wollen wir eventuelle Zeugen abschrecken noch jemanden verunsichern. Diese Arbeit hat immerhin zu einer Festnahme geführt: ein gewisser Salvatore Rusceddu, ein unverbesserlicher Ganove, der am Tag der Beerdigung irgendwelche Hühner gestohlen hat ... Für die Morde hat Rusceddu wasserdichte Alibis: Im Januar hielt er sich in Sassari auf und an dem Abend, als Teodora starb, hatte er eine Vorladung von den Carabinieri in Lanzo, wo er eine Aussage machen sollte. Rusceddu wurde dann wieder auf freien Fuß gesetzt, weil niemand Anzeige gegen ihn erstattet hatte. Wir haben ihm eine Standpauke gehalten und ihn dann laufen lassen.

Ich bin mit Randazzo einer Meinung, dass man unsere Bilder mit den Fotos von dem Begräbnis der Lupis vergleichen müsste, aber die befinden sich leider in den Zeitungsarchiven.

14. Juli

Ich habe mit Gualtieri gesprochen. Es sieht so aus, als könnten wir tatsächlich mit den Pressefotos arbeiten, vielleicht bekommen wir sogar die Negative. Randazzo ist hochzufrieden und hat bereits verkündet, sich persönlich der Sache annehmen zu wollen. Ich glaube ja, dass er in einem Film lebt, »Blow Up« von Antonioni hat er sich jedenfalls dreimal angesehen. Ich hab ihn auch gesehen, er hat mir sehr gut gefallen, war sehr spannend, aber ... eben nur ein Film.

20. Juli

Seit ein paar Tagen gibt es nun auch in Turin eine eigene Abteilung für Drogenfahndung. Die Kollegen haben sich in den USA weiterbilden lassen, außerdem sind gerade ein paar Amerikaner zu Besuch und erzählen uns hochinteressante Dinge. Meine Leute sind auch eingebunden, aber bisher legen wir uns lediglich mit ein paar armen Menschenkindern an, die mit wenigen Gramm Gras auf der Piazza Castello dealen. Ich habe wieder mal mit dem Polizeipräsidenten gestritten, der sie am liebsten alle einlochen würde. Meiner Meinung nach erhalten sie aber erst im Knast die perfekte Ausbildung und kommen als echte Verbrecher wieder raus. Er hat mich einen Subversiven genannt und mich betrachtet, als sei ich ein seltenes Tier.

Wir stecken alle bis zum Hals im Fall Scassi-Lupis-Fumagalli (ich habe Evangelina dazugenommen, weil sie sonst in Vergessenheit gerät) und haben darüber einen erstaunlichen Umstand übersehen. Seit Anfang Juni gab es an der Porta Palazzo keine geschmuggelten Zigaretten mehr zu kaufen und wenn, sind sie teurer als im Geschäft. Aurora hat für ein Päckchen Muratti vierhundert Lire bezahlt, gegenüber den offiziellen dreihundertfünfzig. Ein Hinweis darauf, dass der Schwarzmarkt sich verändert hat: Drogen statt Tabak. Ganz schlechtes Zeichen.

21. Juli

Mir ist ein Trick eingefallen, um die paar Hippies von der Piazza Castello vor dem Knast zu bewahren: Ich fahre mit eingeschalteter Sirene die Via Po entlang, und bis ich da bin, haben die sich längst dünnegemacht. Solange es gut geht ...

22. Juli

Der erste große Coup der Drogenfahndung, an der auch ich mit ein paar Leuten teilgenommen habe: Randazzo, Anselmi und der Fahrer Sbarbi. Dieses Mal hatten wir es nicht auf die Abhängigen von der Piazza Castello abgesehen. Die Einheit hat einen Tipp bekommen und wir waren im entscheidenden Moment vor Ort: Angelo Turturro, vorbestraft, wurde mit zehn Kilo Heroin und fünf Kilo Gras geschnappt. Jetzt sitzt Turturro erst mal und der Beamte Rossi von der Drogenfahndung quetscht ihn aus, um an Informationen ranzukommen. Aber dieser Turturro scheint eine harte Nuss zu sein und wird nicht so schnell auspacken.

Rossi ist von den amerikanischen Beamten ausgebildet worden und er sagt, das Vertriebsnetz laufe über andere Kanäle als das des Zigarettenschmuggels. Nach Turin kommen die Drogen wie früher die Zigaretten, nämlich über die Alpenpässe, doch ab da läuft alles anders. Es sieht so aus, als seien die Dealer nicht die altbekannten, als wählten sie dafür Leute ohne Vorstrafen. Zumindest was die kleinen Fische betrifft, aber in der Regel sind die es ja, die uns zu den großen führen (wie im Falle von Turturro). Grenz- und Zollfahndung werden ihre Kontrollen verschärfen und ihre Einsatzkräfte aufstocken. Wir haben auch neue Gebiete ausfindig gemacht, wo gedealt wird: außer der Piazza Castello, wo es sowieso nur Gras für durchgeknallte Hippies gibt; die heißen Gebiete befinden sich wohl vielmehr in der Gegend um Monte Cappuccini und Pino Torinese, wo es Geld wie Heu gibt.

26. Juli

Endlich liegen die Negative der Fotos von Mara Lupis' Begräbnis vor. Ich habe sie Gualtieri gebracht, der aber morgen nach Boston abreist. Er kommt erst in drei Wochen zurück. Und in der Zwischenzeit leben wir in der Angst, dass dieser Wahnsinnige wieder zuschlagen könnte. Die Amerikaner haben mir geraten, ein psychologisches Gutachten erstellen zu lassen. Vor einigen Tagen kamen wir auf den Fall zu sprechen und sie erzählten mir, dass sie in Amerika bestens ausgerüstet seien, um *serial killers*, wie sie sagen, unter die Lupe zu nehmen. Anscheinend gibt es eine Sondereinheit des FBI ausschießlich dafür ... amerikanische Verhältnisse! Aber wir dürfen uns nicht hängen lassen, trotz endloser Laboranalysen, trotz Gualtieri in Urlaub und trotz der Kollegen von der Drogenfahndung, die einem ständig zwischen den Füßen rumlaufen ... In der OPERATION MARIA GIOVANNA (so haben die Kollegen der Abteilung ihre Ermittlungen getauft) gibt es schon Fortschritte. Wir haben nämlich herausgefunden, dass die Drogen, die bei Turturro sichergestellt wurden, über die Achse Turin-Alessandria und Genua verschoben wurden. Die Beamten von der Drogenfahndung behaupten jedoch immer noch, dass Turturro letztlich doch nur ein kleiner Fisch war. Mag sein ...

27. Juli

Rossi hat gesagt, dass seit gestern das Telefon von dem kleinen Fisch Turturro abgehört werde. Rossis Plan ist folgender: Über die Anrufe, die theoretisch eintreffen sollen (es gebe immer den ein oder anderen, der die Zeitungen nicht gelesen hat und schlecht informiert ist, behauptet er), kommt man an die kleinen Dealer ran. Turturro war der Grossist, der die Ware in Empfang nahm. Jetzt müssen wir an die niederen Handlanger ran, um in Rossis Diktion zu bleiben.

28. Juli

Vor ein paar Tagen haben wir morgens den Schulen von Lucento und Madonna di Campagna einen Besuch abgestattet, um die Fotos herumzuzeigen. Als wir die Schule an der Piazza Manno betraten, sagte Randazzo, dass er diesen ganz besonderen Geruch völlig vergessen habe: ein Gemisch aus Gips, Pausenbroten und Schweiß ... Ein penetranter, aber nicht unangenehmer Geruch. Wegen der Ferien waren natürlich keine Kinder da, dennoch waren sie überall präsent, so stark, dass ich mir wie ein Eindringling vorkam. Auch Randazzo wirkte irgendwie gehemmt.

Der Direktor war sehr freundlich, obwohl er meiner Ansicht nach nicht wirklich verstand, warum wir gekommen waren. Er sagte immer wieder, dass dies eine Grundschule sei, besser gesagt eine Pflichtschule, und dass ihm die Notwendigkeit unserer Nachforschungen gerade an seiner Einrichtung nicht ganz klar sei. Um die Wahrheit zu sagen, konnten auch wir nicht genau erklären, was uns dazu getrieben hatte, eine Grundschule aufzusuchen, außer vielleicht die Besessenheit, nichts dem Zufall überlassen zu wollen. Es war klar, dass wir nicht nach einem Kind suchten, verflucht, aber in einer Schule gibt es ja auch Erwachsene ... Das sagten wir ihm und der Direktor wiegte bedächtig den Kopf. Er servierte uns einen sehr guten Kaffee und ein paar Kekse, die er vom Hausmeister besorgen ließ. Er bestand darauf, den Grund für unsere Ermittlung zu erfahren, und schließlich, weil ich ihn nicht gänzlich belügen wollte, teilte ich ihm mit, es handele sich um Drogen, wir stellten da flächendeckende Nachforschungen bezüglich besonders gefährdeter Viertel an. Ich habe ihm all die Sachen aufgetischt, die unsere Kollegen von der Drogenfahndung immer erzählen. Mein kleiner Vortrag traf voll ins Schwarze. Plötzlich wurde er kooperativ; er sagte, Drogen seien ein schreckliches Problem, als Erzieher trage er ja auch eine gewisse Verantwortung, da müsse man vorbeugen, solange es noch nicht zu spät sei, wenn man angelsächsische Zustände verhindern wolle usw. usw. Kurz, auch er wolle gerne seinen Beitrag zur Drogenbekämpfung leisten. Beim Verabschieden riet er uns noch, uns an eine gewisse Agnese Torbelli zu wenden, eine Sozialarbeiterin, die sich wohl um jugendliche Problemfälle kümmert und mit einigen Familien arbeitet.

Als wir rausgingen, hakte Randazzo mich unter. »Endlich mal ein konkretes Ergebnis, an dem wir uns festhalten können, was?«

Auch ich war zufrieden. Wir fuhren dann in ein nahes Lokal in der Via Sospello. Randazzo kam aus dem Schwärmen gar nicht mehr heraus und tatsächlich war das Essen hervorragend. Der überbackene Ziegenkäse war köstlich, wie Randazzo pausenlos bekräftigte. Auch Anselmi, der später zu uns stieß, war mit den Ergebnissen zufrieden. Wir entschieden, unverzüglich die Torbelli zu kontaktieren, bevor auch sie in den Urlaub aufbricht.

24 Uhr: Alles auf Eis gelegt: Heute Nachtmittag wurde der Morandis-Sohn entführt, Bauunternehmer-Familie. Sämtliche Abteilungen wurden in Alarmzustand versetzt und von ihren aktuellen Fällen abgezogen. Es gab eine Krisensitzung, die erst vor einer halben Stunde geendet hat. Der Polizeipräsident hat die Amerikaner um ihre Meinung gebeten (die laufen einem ständig zwischen den Füßen herum!), aber sie halten sich bedeckt. Im Übrigen sieht es

so aus, als handele es sich um eine Entführung mit politischem Hintergrund ...

Randazzo hat vor dem Nachhausegehen noch bei mir reingeschaut. Er hat mich schweigend angesehen. Wir dachten beide dasselbe. »Und was machst du jetzt?«, habe ich ihn gefragt. Er sagte, er gehe gleich nach Hause. »Gestern habe ich ein Buch wiedergefunden, das ich monatelang gesucht habe, *Das Tal des Lebens*, soziologisch-apokalyptische Science-Fiction. Genau das Richtige für gewisse Stunden, nicht wahr, Maffina?«

Ich schreibe noch ein paar Zeilen Tagebuch, dann mache ich mich auch auf den Weg.

2. August

Turturros Frau ruft ununterbrochen an. Er hat Verwandte in Nocera und die Beamten sagen, dass er stundenlang mit seiner Mutter rede. Der Polizeipräsident sagt, es sei reine Zeitverschwendung, Alfio grinst höhnisch und die von der Sonderkommission sprechen immer noch ein wenig in Rätseln.

Ich habe einige der Aufnahmen angehört und bin entsetzt, sie sind so gut wie unverständlich. Rossi sagt, das liege an unseren Aufnahmegeräten, die fast alle einen Defekt hätten. Ich habe mich erkundigt und herausgefunden, dass die Geräte von einer italienischen Firma stammen, die sie an Polizei und Heer praktisch verschleudert hat. Die Amerikaner sagten: »*Oh, no problem*«, und erklärten uns, dass sie wahrscheinlich ein langsam anlaufendes Ventil hätten und daher der erste Teil der Aufnahme verloren gehe. Ihr Rat lautete, die Geräte einfach immer anzulassen oder (um Band zu sparen) besonders flink im frühzeitigen Anschalten zu sein, *oh yeah!*

3. August
Von Morandi keine Spur. Wir warten auf den Erpresseranruf. Mittlerweile ist es sicher, dass es sich um eine politische Entführung handelt. Die erste in Turin und wahrscheinlich in ganz Italien. Der Präsident ist vollkommen außer sich. Alfio hingegen, der immer Kontra geben muss, behauptet, Morandi habe sich selbst entführt, um die Versicherungssumme abzukassieren. Wir Kommissare sitzen zwischen allen Stühlen, weil wir permanent widersprüchliche Anweisungen erhalten. Entscheidungsgewalt gleich null!

4. August
Tagesparole: Bereits genehmigte Ferien und Sonderurlaube sind allesamt aufgehoben, bis der Fall Morandi geklärt ist. Anselmi wollte die Torbelli aufsuchen, ohne Erfolg. Sie ist wahrscheinlich in Urlaub ... Und apropos Urlaub: Wann kommt endlich Gualtieri zurück?

Turturro wurde wiederholt von einem gewissen »Br« angerufen. Die Telefonate kamen aus dem Turiner Norden, waren jedoch zu kurz, um genau lokalisiert zu werden. Ich habe Rossi um die Erlaubnis gebeten, eine dieser Aufnahmen zu transkribieren: Erlaubnis erteilt.

»Ao?«

»Uuuu?«

»E.«

»Ier i Br ...«

»Lo ist nicht da ...«

»Wann kommt er wieder?«

»Keine Ahnung ...«

Das Ganze wird unterbrochen vom Rauschen des Bandes und anderen für mich undefinierbaren Geräuschen. In

Amerika wäre dieser Tatbestand Grund genug, die Firma zu verklagen.

7. August
Heute Morgen um sechs hat eine Streife in Superga auf der Straße einen Mann aufgegriffen, der sich in offensichtlich verwirrtem Geisteszustand befand. Wie sich herausstellte, handelte es sich um Morandi, der eine halbe Stunde zuvor freigelassen worden war, und zwar von einer bewaffneten Gruppe, die sich Rote Brigaden nennt. Im Präsidium sind sie alle euphorisch, weil Morandi wieder heil und unversehrt zu Hause ist. Er hat gesagt, er sei gut behandelt worden, abgesehen davon, dass er einen Großteil des Tages gefesselt gewesen sei. Er könne beim besten Willen nicht sagen, wo er versteckt wurde, bestimmt nicht in Turin, da sie lange Zeit mit dem Auto gefahren seien, bevor sie vor einer Basilika anhielten. Doch bei seinem Zustand muss ihm alles extremer vorgekommen sein. Er war abgemagert und hatte einen langen Bart. Der Arzt, der ihn untersucht hat, sagt, er habe nicht viel erlitten und sei insgesamt bei guter Gesundheit. Morandi hat Asthma, aber er bekam regelmäßig seine Medikamente. Wir sind schon dabei, eine Apotheke nach der anderen abzuklappern, und da es sich um eine politische Entführung handelt, kooperieren wir mit den angrenzenden Regionen, vor allem mit Ligurien.

10. August
Turturros Kontaktmann heißt Bruno. Den Kollegen ist endlich eine brauchbare Aufnahme gelungen, weil das Band schon lief, als er anrief, wie sie sagen. Ich habe mir das Gespräch angehört. Dieser Bruno behandelte Turturros Frau,

als würden sie sich kennen, und ab einem gewissen Punkt fängt er sogar an, sich lobend über ihren Hintern zu äußern. Die Frau, eine gewisse Franca Palumbo, siezt ihn die ganze Zeit über und ist sehr harsch mit ihm. Irgendwann schreit sie ihn dann an, dass Angelo im Knast sei und er sie ihn Ruhe lassen solle. Bruno hat augenblicklich aufgehängt. Dieses Mal konnten wir den Anruf genau lokalisieren: Lucento.

15. August
Die Ermittlungen im Fall Morandi gehen weiter. Diese Roten Brigaden scheinen sehr gut organisiert zu sein ...

20. August
Heute hat mich Aurora angerufen: Sie wollte, dass ich sie in der Gegend von Millefonti abhole, bei den Großmärkten. Ich konnte ihr nichts versprechen, da ich noch in einer Konferenz saß. Um acht Uhr abends war ich fertig, rief die Nummer an, die sie mir gegeben hatte, und fuhr hin, um sie abzuholen.

Sie kam lächelnd und mit vor Aufregung geröteten Wangen die Treppe herab, spanischer denn je mit ihrem schwarzen Volantrock und einer Blume im Haar. Sie hakte mich unter und spazierte mit mir die Straße entlang, die merkwürdigerweise wie leer gefegt war. Ich kenne diese Gegend von Turin kaum und betrachtete voll Staunen die wenigen Häuser, ein paar Wohnblocks und eine Art lang gestreckte Fabrikhalle, die dem Gebäudeabriss entgangen war. Die Häuser gruppieren sich umeinander und bilden ein kleines Viertel, durch das sich eine Gasse mit Kunsthandwerksläden zieht.

Es regte sich kein Lüftchen, alles war still, unnatürlich still. Als hätte sie meine Gedanken gelesen, sagte Aurora zu mir: »Sie sind alle weggezogen, morgen kommen die Planierraupen ... Ich wollte nur, dass du diese Straße noch einmal siehst, bevor sie dem Erdboden gleichgemacht wird.«

Wir gingen durch zwei leere und seelenlose Häuserzeilen und ich erinnerte mich, dass die Genehmigung zum Beginn der Abrissarbeiten für morgen um 08.00 Uhr erteilt war. »Und deine Mao-Freunde?«, fragte ich ein bisschen dümmlich. »Deren Häuser werden saniert«, antwortete Aurora mit harter Stimme.

Ich zündete mir eine Zigarette an und wollte ihr gerade vorschlagen, noch irgendwo etwas zu trinken, als sie sagte, dass sie nach Ostdeutschland gehen werde. Definitiv. Zusammen mit Francesco, dem Brecht-Schauspieler. In zwei Tagen.

3

Maffina dachte, dass Rossi mit seinen amerikanischen Kontakten allmählich selbst zum Yankee wurde: groß und dünn, die Haare fast bürstenkurz geschnitten, blassblaue Augen und ein Hemd mit Blumenmustern über der Kakihose. »Ich kenne mich kaum aus in der Gegend hier«, sagte er, während sie in eine kleine Straße hinter der Via del Cottolengo einbogen.

Maffina überlegte, dass auch seine Art zu sprechen irgendwie amerikanisch war, vor allem wie er die Betonung auf das Ende des Satzes legte.

»In Mailand sieht der historische Stadtkern ganz anders aus«, sagte Rossi gerade und sah sich um wie ein Tourist. »Bist du sicher, dass wir uns nicht verfahren?«

»Nein, nein, keine Sorge ...«

»Und wie sind diese Häuser von innen?«

»Wenn dir Ort und Atmosphäre liegen, sind sie perfekt; ansonsten wenig komfortabel.«

Rossi verstand nur den letzten Teil der Antwort. »Wenig komfortabel, aha, das hätte ich mir denken können ... Wahrscheinlich haben sie noch nicht mal Toiletten. Gibt es einen Aufzug?«

»Nicht immer«, lautete Maffinas Antwort.

»Ich habe gehört, du bist mit einer Schauspielerin verheiratet«, sagte Rossi unvermittelt.

Maffina dachte, es sei besser, sofort die Karten auf den Tisch zu legen. »Wir haben uns getrennt«, erwiderte er schnell. »Sie ist vor einer Woche ausgezogen.«

Rossi murmelte eine Entschuldigung. »Wirklich, tut mir Leid, ich wollte nicht ...«

Maffina warf die Zigarette weg. »Wir sind da. Das muss Turturros Haus sein«, sagte er und zeigte auf ein Tor, vor dem eine Katze mit ihrem Wurf lag. Es waren vier Junge, die sich alle glichen und sich nicht stören ließen, als er und Rossi über sie hinwegstiegen.

Franca Palumbo bestand wirklich hauptsächlich aus Arsch und Titten. Sie trug schwarze Schlaghosen und ein unter den Brüsten zusammengeknotetes Hemd. Sie sagte sofort, dass sie und Angelo ordentliche Leute seien, Opfer übler Machenschaften, die beiden Beamten sollten sie gefälligst in Frieden lassen, weil sie sowieso nichts zu sagen hätte.

»Wussten Sie, dass Turturro mit Drogen handelte?«, fragte Rossi ohne lange Vorreden. Maffina war froh, dass er die Frau mit »Sie« anredete, anstatt sie zu duzen, wie es die meisten seiner Kollegen taten.

»Das behauptet ihr«, sagte Franca achselzuckend. »So lautet doch die Anschuldigung, oder?«

Sie führte die beiden in einen sehr großen Raum, dessen Einrichtung sich auf ein mit Zeitschriften übersätes Sofa und einen Glastisch beschränkte. Sie forderte die Polizisten nicht auf, sich zu setzen, begann aber, die Zeitungen und Hefte zur Seite zu räumen. In einer Ecke des Raums lief ein Fernseher. Die Frau schaltete ihn mit einer brüsken Bewegung aus.

»Stört es Sie, wenn wir rauchen?«, fragte Rossi.

»Ganz und gar nicht. Hier ist der Aschenbecher«, sagte sie und schob eine Zinnschale näher, die vor Kippen überquoll.

»Wir möchten Turturro helfen, aus dieser bösen Situation herauszukommen, wissen Sie.«

»Klar, das dachte ich mir schon …«

»Schauen Sie, mein Kollege meint das ernst«, mischte Maffina sich ein. »Für Ihren … äh …«

»Verlobten«, half Franca weiter.

»*Bon*. Für Ihren Verlobten steht einiges auf dem Spiel … so zehn Jährchen sind da allemal drin.«

Franca Palumbo wurde blass.

Maffina machte eine ausholende Handbewegung. »Sie haben sich hier nett eingerichtet, ein schönes Haus …

Wie lange, glauben Sie, kommen Sie ohne Turturros Unterstützung aus? Was werden Sie tun, wenn Ihnen das Geld ausgeht? Haben Sie daran schon mal gedacht? Sie werden wieder auf den Strich gehen müssen …«

»Hören Sie mal, Sie …«

»Lassen Sie ihn ausreden. Mein Kollege sagt niemals etwas einfach so ins Blaue hinein. Wir wissen genau, was Sie gemacht haben, bevor Sie mit Turturro zusammenkamen«, sagte Rossi mit sanfter Stimme. Er trat ans Fenster; in dem gegenüberliegenden Haus hängte eine Frau gerade Wäsche auf. Die beiden Fenster lagen dicht beieinander, so dicht, dass Rossi das Gefühl hatte, der Frau zulächeln zu müssen. Sie reagierte mit einem angedeuteten Nicken. »Wenn Sie uns aber helfen«, fuhr er nun fort, »kommt Ihr Verlobter vielleicht mit einer geringeren Strafe davon. Glaubst du nicht auch, Maffina?«

»Aber klar doch. Sie müssen ihn nur dazu bringen, zu kooperieren und uns ein paar Namen zu nennen. Wir wissen, dass er ein Netz von Dealern um sich herum aufgebaut hat … Das ist das Einzige, was wir von ihm wollen.«

»Wir sind keine Verräter«, schnappte Franca hochmütig.

»Aber wer hat das denn behauptet? Morgen, wenn Sie ihn besuchen …«

»Heute Nachmittag, ich gehe heute Nachmittag zu ihm.«

»Sehr gut. Heute Nachmittag, wenn Sie ihn sehen, erzählen Sie ihm von unserer kleinen Unterredung.«

Rossi nickte ein-, zweimal. »Mein Kollege hat ganz Recht. Hören Sie auf ihn«, fügte er ruhig hinzu.

Maffina fragte sich, ob Rossi gerade die Anregungen

der Amis anwandte. Stunde um Stunde hatten sie sich mit den effizientesten Methoden beschäftigt, mit Hilfe derer man Zeugen dazu brachte, zu kollaborieren. »Also?«, fragte er.

»Ich werde es versuchen, aber versprechen kann ich nichts.«

Bevor sie sich verabschiedeten, fragte Maffina, wie es Bruno denn so gehe.

»Bruno? Kenne ich nicht.«

»Ein Freund von Angelo. Er wohnt in der Gegend von Lucento«, ergänzte Rossi.

Die Frau dachte nach. »Ich glaube, den kenne ich nicht ... Nein, warten Sie, es gibt einen Bruno, der hin und wieder Angelo anruft. Aber ich weiß nichts über ihn, das können Sie mir glauben. Ich weiß überhaupt nichts.«

Turturro kratzte sich nachdenklich am Kinn, nicht ohne hin und wieder einen lasziven Blick auf Franca zu riskieren, die ihm in ihrem orangefarbenen Minirock und dem bunten Hemd am Tisch gegenübersaß. »Und das haben sie wirklich zu dir gesagt?«, fragte er. »Bist du sicher, dass die Typen Bullen waren?«

Franca nickte nachdrücklich und ihre üppigen Brüste schaukelten. Turturro verschlang sie mit seinem Blick.

»Es waren zwei«, erzählte Franca, während sie sich eine Zigarette anzündete. »Ein Commissario, Maffina, und ein Beamter ...«

»Den Commissario kenne ich«, unterbrach er. »Hat einen guten Ruf, der Typ. Was ist mit dem anderen? Hat er seinen Namen genannt?«

»Rossi. Er hat gesagt, dass er Rossi heißt.«

Turturro kratzte sich noch immer am Kinn. »Nie gehört. Und sie haben dir genau das gesagt? Dass sie, wenn ich rede, die Strafe halbieren?«

Franca biss sich auf die Lippen. »Nicht genau so, Angelo. Sie haben gesagt, sie können dir entgegenkommen … Zehn Jahre sind viel, denk dran.«

Turturro stieß einen Fluch aus und verfiel dann in langes Schweigen. In dem Besuchszimmer herrschte ein unterschwelliges, gedämpftes Summen wie in einem Bienenstock. Außer ihm und Franca waren noch mindestens fünf weitere Paare anwesend, die alle miteinander flüsterten und den beiden Wachen böse Blicke zuwarfen. Franca schwitzte und immer, wenn sie die Beine bewegte, machten ihre Schenkel ein schmatzendes Geräusch auf dem Holz des Stuhls. Sie zog einen Schuh aus und reckte das Bein zu Turturro hinüber. Ihr Fuß kletterte langsam zu seinem Schoß hinauf und verharrte dort einen Augenblick, bevor er eine langsame und stetige Massage begann. Turturro schwieg und atmete leise. Ein Teil von ihm war schnell erregt, während ein anderer bei klarem Verstand blieb und nachdachte, wie er das Problem lösen konnte, ohne in den Augen seiner Freunde als Verräter dazustehen.

Es gab eine kurze, heftige Explosion und Turturro saß einen Moment mit leerem Blick da. Als er dann zu Franca sprach, verriet seine Stimme keine Spur von Emotion. »Du gehst zum Santo und erklärst ihm das Problem«, sagte er und zog tief an der Zigarette, die sie ihm gereicht hatte. »Dann hören wir, was er dazu zu sagen hat. Ein oder zwei Namen könnte ich denen schon nennen …«

Franca sah ihn hoffnungsvoll an.

»Von ein paar Arschlöchern, hirnlosen Verbrechern«, meinte Turturro mit lauter werdender Stimme. »Sie gehören nicht wirklich zu uns. Auf die könnte ich doch scheißen, meinst du nicht? Aber zuerst hören wir mal, was der Santo sagt. Ohne seine Zustimmung läuft gar nichts …«

4

Zu Beginn der Siebziger umfasste der Einflussbereich des organisierten Verbrechens in Turin beinah die gesamte Gegend um die Porta Palazzo. Innerhalb dieser Zone herrschte ein eiserner Verhaltens- und Ehrenkodex. Die Turiner selbst beispielsweise waren in einer genau umrissenen Zone angesiedelt, deren Grenze die Via del Cottolengo bildete; jenseits davon hatten sie keinen Einfluss mehr und es begann das Herrschaftsgebiet der Sizilianer, das wiederum bei den Parks endete, wo sich die Kalabrier eingerichtet hatten, und so war die ganze Gegend bis hinauf zur Piazza della Repubblica aufgeteilt. Es geschah selten, dass jemand sich in das angrenzende Territorium verirrte, und auch die Geschäfte wurden nach präzisen Abmachungen verteilt: Wer beispielsweise auf dem Schwarzmarkt aktiv war, hatte nichts mit den Drahtziehern der Prostitution zu schaffen, die ihrerseits wiederum aus den zahlreichen illegalen Handeln ausgeschlossen waren, welche in den Bars und Gassen betrieben wurden. Dieses System funktionierte recht gut und ermöglichte ein halbwegs friedliches

Nebeneinander von höchst unterschiedlichen Gruppierungen. Das gesamte Gebiet wurde darüber hinaus von dem eisernen Gesetz der Omertà beherrscht und einem unversöhnlichen Hass auf die so genannten Verräter.

Streitfragen und Reibereien, Grenzüberschreitungen in Zonen, die nicht zum eigenen Gebiet gehörten, wurden von einer Art Vermittler geregelt, der zuerst herauszufinden versuchte, was wirklich passiert war, und dann zu einer Art Urteil kam. Der Vermittler war eine Person mit hohem Ansehen, dem man größten Respekt entgegenbrachte und der gleichzeitg als Bindeglied zwischen Kriminellen und Polizei fungierte. Diese Art des Patentums wurde toleriert, da es in der Regel dazu beitrug, die Ausbreitung einer um Längen gefährlicheren Kriminalität zumindest ein klein wenig einzudämmen ...

Maffina bemerkte den Santo sofort, als er das Polizeipräsidium betrat. Er saß auf einer Bank und wartete, Hut und Stock auf seinen Schoß gelegt. Eine Gestalt wie aus einer anderen Zeit, so konnte es scheinen, wäre da nicht dieses Haifischlächeln gewesen, das hin und wieder über sein Gesicht glitt, wenn er den Blick senkte. Maffina ließ ihn in seinem Büro Platz nehmen, das er mit Randazzo teilte. Der war gerade nicht da, hatte aber gut sichtbar einen Zettel auf den Schreibtisch gelegt: BIN BEI DER TORBELLI: SIE IST WIEDER DA!!! Der Commissario hielt nichts von Randazzis Manie, immer und überall Nachrichten zu hinterlassen. Sie hatten schon mindestens ein Dutzend Mal darüber diskutiert, doch ohne Erfolg: Randazzo schrieb immer noch Zettel und Maffina regte sich immer noch darüber auf. Manchmal dachte er, dass ihr

Verhältnis dem eines alten Ehepaars glich und ähnlichen Hochs und Tiefs unterworfen war. »Setzen Sie sich«, sagte er zum Santo und wies auf ein Sofa.

»Zu Hause alles im Lot?«, fragte der Mann und zündete sich eine kleine Zigarre an.

Maffina nickte.

»Und die Gesundheit? Auch bestens, hoffe ich …«

Wieder ein zustimmendes Nicken.

»Das freut mich.«

Schweigen. Der Santo schaute sich mit kritischem Blick um. Seufzte vernehmlich. »Ich habe heute eine Dame vom Land getroffen«, rückte er schließlich mit dem Grund seines Besuchs heraus. »Franca Palumbo aus Milazzo … Sie kennen sie, nicht wahr?«

Maffina nickte noch einmal und ein komplizenhaftes Lächeln erschien auf den Zügen des Santo. »Tüchtiges Mädchen«, sagte er gelassen. »Ein wenig hitzköpfig, aber tüchtig … Auch ihr Mann genießt ein hohes Ansehen. Ihn kennen Sie ebenfalls, nicht wahr?«

Maffina bestätigte, dass er ihn kenne.

»Zurzeit sitzt er im Gefängnis. Ein so ehrenwerter Mann …«

»Im Haus Ihres ehrenwerten Turturro haben wir zehn Kilo Heroin gefunden.«

Der Santo seufzte erneut und strich seine Hose glatt. »Dieser großartige Sohn einer braven Frau hat einen Fehler gemacht. Nun gut. Aber wir wollen ihm doch noch eine Chance geben, nicht wahr, Dottore?«

Dieses Mal war es an Maffina zu seufzen. »Da müssen wir erst mal sehen, was Sie unter Chance verstehen«, sagte er, ohne sich aus der Ruhe bringen zu lassen.

»Turturro ist kein Verräter. Er ist eine aufrechte und in seinen Kreisen überaus geschätzte Persönlichkeit«, erklärte der Santo würdevoll. »Ich bin gekommen, um Ihnen ein Geschäft vorzuschlagen. Sie und Ihr Kollege haben mit Franca gesprochen und Franca hat mit Angelo gesprochen. Was ich Ihnen anbiete, ist Folgendes: Turturro könnte den ein oder anderen interessanten Namen nennen, im Gegenzug kümmern Sie sich darum, den Prozess zu beschleunigen. Mehr verlange ich gar nicht. Ich möchte nicht, dass Turturro Jahre im Gefängnis verbringt, bis es überhaupt zu einem Urteil kommt …«, der Santo betrachtete Maffina mit einem Lächeln, »… und wir wissen ja beide zur Genüge, was der Knast aus ehrenwerten Leuten macht, nicht wahr, Dottore? Das erscheint mir doch ein gerechtes Angebot. Mehr will ich gar nicht von Ihnen.«

Am darauf folgenden Tag hatten Maffina und Rossi fünf Namen, darunter auch den des berühmten Anrufers namens Bruno. Bruno, der mit Nachnamen Torresi hieß, wohnte in Brichet auf dem Corso Grosseto.

»Wie teilen wir uns auf?«, fragte Rossi Maffina.

Maffina blätterte im Telefonbuch. »Meine Leute könnten sich um Torresi und Francavilla kümmern; liegt alles in einer Richtung. Was meinst du?«

Rossi antwortete, er sei einverstanden, und begann, die Operation detailliert zu planen, da man »auf Zehenspitzen« vorgehen müsse, »mit Samthandschuhen« und »wachem Verstand«, denn bei den Namen auf der Liste handele es sich sämtlich um unbescholtene Bürger.

5

Maffina kam gegen neun Uhr nach Hause. Die Straße war schon in Dunkelheit getaucht, doch wenn er den Blick hob, sah er den hellen, rosarot gefärbten Himmel, der wie ein Meer über die Dächer flutete. Das Haus empfing ihn vereinsamt und ungastlich; Aurora hatte schon einiges mitgenommen, anderes wartete in aufeinander gestapelten Kisten im Eingang des Flurs, der dem Commissario in seiner Stimmung viel zu groß erschien. Das Läuten des Telefons riss ihn aus seinen Gedanken.

»Randazzo hier«, sagte die Stimme seines Stellvertreters. »Ich bin gerade nach Hause gekommen und meine Mutter hat köstlich gekocht. Warum kommst du nicht rüber?«

»Ein unergiebiger Tag, Maffina, höchst unergiebig!«, hatte Randazzo ausgerufen. Er erwartete ihn im Garten, der die kleine Villa umgab; ein winziger Garten, doch mit einer Unmenge von Pflanzen, die einen wild wachsenden Wald bildeten und das Haus zur Straße hin abschirmten. »Komm rein, aber lass uns nicht über Verbrechen reden, meine Mutter regt sich so leicht auf ...«

So sprachen sie wieder einmal über Science-Fiction. Randazzo sammelte Material zum Puritanismus und Dämonismus. »Die faszinierendste Hypothese ist, wobei mir leider die Zeit fehlt, mich näher damit zu beschäftigen ... Kennst du Hawthorne?«

»Hab mal was von ihm gelesen ...«

»Ich habe da nämlich gewisse Analogien entdeckt, wenn es sich nicht sogar um ein Remake handelt, zwischen zwei Novellen von Hawthorne und einem Roman von Hubbard. Wie heißt der Roman noch mal, Mama?«

»Fällt mir gerade nicht ein; auf jeden Fall lautete der italienische Titel *Die vier Stunden Satans*. Möchten Sie noch ein Stück Braten, Commissario?«

Maffina, der sich allmählich entspannte, reichte ihr mit einem dankbaren Lächeln seinen Teller. Obwohl er müde war, hatte er Randazzos Einladung sofort angenommen, weil er den Abend nicht allein zwischen Auroras Kisten verbringen wollte, die seine dauernde Aufmerksamkeit verlangten wie eifersüchtige Kinder. Nun war er froh über diese kleine Kur, darüber, wie mit stolzem Lächeln die Teller verteilt wurden, wie der Wein eingeschenkt und im Gegenlicht kritisch geprüft wurde, während Randazzo von Hawthorne und Poe sprach und seine Mutter bei Bedarf Namen und Daten beisteuerte. »Haben Sie *Rosemary's Baby* gesehen, Signora?«

Die Dame verzog ein wenig das Gesicht. »Ich mag Polanski nicht besonders. Er ist mir zu morbid und zu sehr *en vogue*. Und nach dem, was der armen Sharon Tate zugestoßen ist, werde ich mir bestimmt keinen Film mehr von ihm ansehen. Das könnte ich einfach nicht, verstehen Sie? Aber ich habe das Buch gelesen …«

Randazzo sagte, dass er früher oder später auch Levin in seine Forschungsarbeit einbeziehen werde. »Wenn ich mal mehr Zeit habe, was, Maffina?«

»Commissario, mein Sohn wird niemals für irgendetwas anderes Zeit haben als für diese fürchterlichen Verbrechen. Fangt mir jetzt bloß nicht davon an …«

Mit einem Lächeln merkte Maffina an, dass da wohl ein Widerspruch in ihrer Aussage liege. »Ich habe den Eindruck, dass sie doch sehr von Zuwiderhandlungen fasziniert sind. Ist denn dieses Interesse für Gothic und Horror nicht auch, wenn Sie mir die Bemerkung erlauben, irgendwie morbid?«

Indem sie eine Obstschale auf den Tisch stellte, sagte die Dame, bei dem einen handele es sich eben um die Wirklichkeit und bei dem anderen um Fiktion. »In der Erzählung gibt es immer eine Katharsis. Bei realen Verbrechen hingegen nicht, Commissario.«

Erst später kamen Maffina und Randazzo auf den zurückliegenden Tag zu sprechen. »Ein Schlag ins Wasser«, bemerkte Randazzo und zog eine Grimasse. »Die Torbelli hat diese Stelle seit knapp zwei Jahren und beschäftigt sich hauptsächlich mit Behinderten. Sie betreut auch ein paar kritische Familien, wie sie sich ausdrückt, aber erst seit kurzem. Sie hat mir geraten, mich an die Pfarreien zu wenden ...«

»An die Pfarreien?«

»Genau. In manchen Gemeinden werden ehrenamtliche Dienste angeboten.«

»Und worin bestehen die genau?«

»Soweit ich verstanden habe, versuchen sie, Jugendliche mit Vorstrafen in die Arbeitswelt einzugliedern, oder sie helfen bedürftigen Familien. Ich habe Anselmi aufgetragen, mal ein Wort mit den Pfarrern vom Corso Grosseto und der Strada della Campagna zu reden, aber du weißt ja, wie die Pfaffen so sind: immer bereit zu verstehen und zu vergeben ... Das wird auch ein Schlag ins Wasser werden. Und bei dir?«

»Nichts. Ich arbeite zurzeit bei Rossi mit, falls du das vergessen hast ... Wir versuchen dahinter zu kommen, über welche Kanäle die Drogen vertrieben werden, aber wenn ich ehrlich sein soll, scheint mir das doch alles ein rechtes Chaos. Zuerst nehmen wir Turturro fest und treiben ihn in die Enge, dann bearbeiten wir ihn, damit er uns ein paar Namen sagt …«

»Und hat er das getan?«

»Sicher. Ist ja nicht blöd, der Turturro. Er ist mit fünf Namen von irgendwelchen Tölpeln rausgerückt und glaubt, dass er damit davonkommt. Wir sind doch nicht in Amerika!«, rief Maffina aus, während er sich eine Zigarette anzündete. »Aber bring das mal Rossi bei. Ziemlich überspannt, der Kerl, das kann ich dir sagen! Diese Weiterbildung hat ihm das Hirn verbrannt. Wir sind doch nicht in Chicago!«, wiederholte er wütend. Plötzlich war er todmüde. »Ich würde jetzt gern nach Hause gehen, wenn es dir recht ist.«

»Ich bring dich.«

»Mit der Bahn geht es im Nu … Ich möchte, dass du morgen mit mir kommst.«

Randazzo zögerte. »Und die Pfarreien? Und die Fotos?«

»Um die Pfarreien kümmert sich Anselmi und Gualtieri ist noch im Urlaub.«

»Was ist mit Rossi?«

»Wir haben die Arbeit aufgeteilt. Morgen Vormittag bringen wir Torresi und Francavilla hinter uns, dann widmen wir uns den Mädchen.«

Während er auf das Taxi wartete (die letzte Bahn war vor einer Stunde gefahren), fragte sich Maffina, warum er den Ausdruck »Mädchen« benutzt hatte und warum ihn der Name von diesem Bruno Torresi nicht mehr losließ, obwohl er die Person noch nie gesehen hatte.

6

Intuition? Vorahnung? Die ganze Unterhaltung bei Tisch über das Irrationale und Dunkle? Dieser Bruno Torresi ließ mich unerklärlicherweise nicht mehr los ... Ich verband seinen Namen mit etwas Geheimnisvollem, und um mir einen Reim darauf zu machen, sagte ich mir, dass mich Randazzo mit seiner Manie für Science-Fiction in diesen Gemütszustand versetzt hatte; vielleicht rührte meine Unruhe aber auch aus der magischen Vene, die sich in der tiefsten Seele der Stadt verbirgt ... Ob ich mich bereits hatte anstecken lassen? Der Umstand, dass ich auf dem Gran Madre wohnte, schien mir jetzt eine Art Omen.

Auf dem Nachhauseweg durch die schwüle Nacht, während von den Bergen das Wetterleuchten herabblitzte, stellte ich mir Fragen, auf die ich keine Antworten wusste. Warum nur war all das vorgefallen?

Was war das für ein dunkles Übel, das unseren unbekannten Mörder verschlang?

Konnten wir seinem Wahn zuvorkommen oder ihn wenigstens hinauszögern?

Die Drogen, Rossi, Turturro waren das letzte der Probleme und ebenso Bruno Torresi, wäre da nicht dieses Gefühl der Leere und der Angst gewesen, das sein Name in meinem Kopf auslöste.

Am nächsten Morgen war ich schon um sieben auf den Beinen. Ich kam sehr früh im Präsidium an: verschlafen, zerschlagen, schlecht gelaunt. Der Beamte Anselmi traf gegen neun ein, unmittelbar gefolgt von Randazzo. Wir überlegten uns eine Vorgehensweise, die uns ausreichend

Handlungsspielraum ließ. Anselmi fuhr nach Olmi und Lucento, um dort mit den Vereinen zu sprechen, die in den Gemeinden aktiv waren, ich und Randazzo wollten bei Torresi vorbeifahren, um uns danach alle drei in einer Bar auf dem Corso Regina zu treffen. Wir entschieden auch, Verstärkung zu ordern, um Torresi und Francavilla beschatten zu lassen. Wenn Turturro uns nicht zum sprichwörtlichen Narren gehalten hatte, war es gut möglich, dass die beiden ihren Verkauf fortsetzten, während er im Knast saß.

»Aber wenn Turturro im Knast ist, wer versorgt sie dann mit neuem Stoff?«, fragte Randazzo skeptisch wie immer.

»Keine Ahnung, ist mir auch vollkommen gleichgültig«, antwortete ich übellaunig. »Das ist nicht unser Problem.«

»Unser Problem ist es, diesen Hurensohn zu fassen«, sagte Anselmi, während er in die Jacke schlüpfte. Sein Blick war hart. »Aber das scheint ja mittlerweile keinen mehr zu interessieren außer uns drei ...«

(Antonio Maffina: Interview vom 3. 3. 96)

Keiner von uns verstand, warum wir in der Drogenfahndung mitarbeiten sollten, wo doch dieser Fall noch ungelöst war. Der Commissario beugte sich jedenfalls nicht so leicht den Anordnungen von oben und setzte dickköpfig die Ermittlungen fort.

An jenem Morgen im Spätsommer (es war schon fast September, Maffinas Frau hatte ihn verlassen, worüber man sich im Präsidium das Maul zerriss) hätte ich eigentlich meinen Vorgesetzten zu Torresi begleiten sollen. Commissario Maffina und sein Stellvertreter Randazzo übernahmen die Verantwortung, dass ich mich absetzte und nach Olmi fuhr.

Als ich ankam, schien die Sonne, aber in der Luft lag der Gestank nach faulen Eiern. Von wegen Luftfilter und Umweltliga! In jenen Jahren verschmutzten und verpesteten alle die Atmosphäre um die Wette. Und in Olmi war die Luftqualität so schlecht wie nirgends sonst ...

Ich fuhr bei der Lupis vorbei ... Warum? Ich weiß es nicht. Ich weiß nur, dass ich auf einmal mit Maras Mutter sprach, die dünn und alt geworden war. Mir fielen die vielen grauen Haare auf, die vorher nicht da gewesen waren. Die Lupis war eigentlich noch jung, konnte nicht älter als vierzig sein, aber ich versichere Ihnen, dass sie um einiges älter aussah. Eine verzweifelte Frau, die keinen Lebenswillen mehr hatte. Sie bot mir Kaffee an und erkundigte sich nach den Ermittlungen. Ich zuckte mit den Achseln.

»Aber Sie werden sie doch rächen, meine Mara?«, fragte sie.

»Ich gebe Ihnen mein Wort darauf, Signora«, erwiderte ich und sie lächelte. Ein trauriges und resigniertes Lächeln.

»Viel Erfolg«, sagte sie auf der Türschwelle zu mir und mit diesem Wunsch ging ich zu dem Pfarrer von der Strada della Campagna.

(Anselmo Anselmi: Interview vom 5. 3. 96)

1970, als diese ganzen schrecklichen Morde geschahen, war ich noch sehr jung und als Pfarrer in mancher Hinsicht unerfahren. Ich war nach Lucento gekommen mit dem Gedanken, alles anders zu machen, die Jugendlichen um mich zu sammeln, ein Freizeitzentrum aufzubauen ... Stattdessen musste ich mich dauernd mit diesen Maoisten auseinander setzen, die sämtliche kulturellen Veranstaltungen gepachtet zu haben schienen, und mit den

Arbeitern, die ihren Frauen verboten, die Messe zu besuchen.

Was ich tat? Ich verschloss mich, wurde jähzornig und alterte vor meiner Zeit. Meine Gemeinde war immer sehr traditionell, was vielleicht meine Schuld war, das gebe ich zu. Doch ich war nicht vorbereitet auf diesen Sturm der Revolte und ich verabscheute diejenigen meiner Kollegen, die zur Gitarre griffen und sich als Protestler aufspielten.

Nein, in meiner Pfarrei hat es nie ehrenamtliche Tätigkeiten gegeben, vielleicht aus denselben Gründen, von denen ich eben sprach, außerdem gab es die Gemeinde vom Corso Grosseto, die, wie man heute sagen würde, viel mehr Publikum anzog und mir die Kunden wegnahm. Don Enzo war das genaue Gegenteil von mir: Er marschierte bei den Demonstrationen an der Seite seiner Gemeindemitglieder und hatte eine Gruppe aufgestellt, die mit den Kommunisten der Sektion von Lucento zusammenarbeitete. Sie kümmerten sich um straffällig gewordene Jugendliche ... Kurz gesagt, passierte im Corso Grosseto all das, von dem ich gehofft hatte, dass es in meiner Gemeinde passieren würde. Doch ich wiederhole: Ich war damals sehr jung und unerfahren. Ich weiß nicht, wie ich heute reagieren würde.

Woran ich mich bei den Verbrechen noch erinnere? An das Gefühl der unermesslichen, verheerenden Verzweiflung und Machtlosigkeit. Ja, daran erinnere ich mich.

(Don Franco Pisani: Interview vom 15. 3. 96)

In meiner Gemeinde, wir befinden uns im Jahr 1970 und in der heißen Phase der Proteste, gab es eine sehr aktive Gruppe von Ehrenamtlichen, die versuchten, die Lebensqualität zu verbessern, um mal ein Schlagwort zu benutzen, das eben in diesen Jahren entstand. Die Gruppe engagierte sich für in Not geratene Familien, organisierte Freizeitangebote und hatte eine Art Volksschule auf die Beine gestellt. Manche dieser Initiativen wurden gemeinsam mit der Sektion von Lucento durchgeführt, der auch die Mutter dieses armen ermordeten Mädchens angehörte und immer noch angehört.

Ich weiß noch, dass die Verbrechen uns tief erschütterten: War es möglich, dass sich unter uns ein so unmenschlich grausamer Mörder aufhielt? Offensichtlich ja, da der Mörder ja nicht nur aus Lucento kam, sondern auch genau in der Gegend geboren und aufgewachsen war, um die meine Gemeinde und die Kommunistische Partei sich am meisten kümmerten: Brichet ...

In den letzten dreißig Jahren hat sich eine Menge verändert, manches auch zum Guten, würde ich sagen. Wenn Sie nach Brichet gehen, werden Sie sehen, dass das Viertel ganz anständig ist: Vor kurzem wurden sogar Parks mit Rasen angelegt, Grünanlagen, wie man heute wohl sagt. Auch die Gegend um die Stahlwerke ist komplett saniert. Ich glaube, die Fabriken sollen in Mehrzweckhallen umgewandelt werden. Heute sucht sich die Verzweiflung, die sich in das Gehirn gräbt und einen manchen zum Mörder macht, andere Wege: die Lager der Roma bei Moncalieri, zum Beispiel, oder die Schlafsäle der Nordafrikaner bei der Porta Palazzo. Das sind die aktuellen Nischen der Ausgrenzung, für die ich immer noch kämpfe, solange ich Kraft und Mut habe ... Doch vor dreißig Jahren war Brichet unser Vietnam: Drogen, Prostitution, Schlägereien und dann diese furchtbaren Morde.

Nein, Bruno habe ich nicht gekannt. Er kam wohl als Kind in die Gemeinde, doch damals war ich noch im Seminar.

Ich weiß, dass er viele Probleme hatte, auch physisch, aber diese Dinge habe ich erst hinterher aus den Zeitungen erfahren. Als die Verbrechen sich ereigneten, war er eine farblose Gestalt, eine von vielen in der verzweifelten Leere von Brichet ...

(Don Enzo Belli: Interview vom 2. 4. 96)

1970 war ich als Soldat in Saluzzo und mit meiner Exfrau Sandrina Boffi verlobt, die mit Mara befreundet war. Natürlich hatte Sandra mich auch Mara vorgestellt ...

Meine Eltern wohnten in Brichet, und wenn ich ehrlich sein soll, schämte ich mich ein bisschen dafür. Ich fand alles so brutal und heruntergekommen. Sobald es irgendwie ging, sind wir in die Via Villar umgezogen ... Bruno Torresi habe ich niemals persönlich kennen gelernt, obwohl ihn alle in der Gegend kannten. Sie hatten ihm den Spitznamen Rodolfo Lavandino gegeben, Rodolfo das Waschbecken, wegen seinem Tick, sich die Haare immer mit Pomade zu glätten. Bruno war nicht hässlich, im Gegenteil, doch er war immer allein und die Mädchen des Viertels ließen ihn links liegen. Sehr viel später haben einige gesagt, dass sie Angst vor ihm hatten. Aber ich halte das für Unsinn, den sie sich später eingeredet haben. Ich habe eine jüngere Schwester, die wohnt jetzt in Novara, und sie konnte sich kaum an Bruno erinnern ... Das heißt, sie kannte ihn vom Sehen, wie wir alle, aber niemand wusste, in welchem Haus er wohnte. Sie ist auch von der Polizei vernommen worden, aber sie konnte nichts sagen, außer dass er zu den Jugendlichen gehörte, die immer vor der Bar Centrale herumhingen. Sie konnte sich noch nicht mal daran erinnern, ob sie ihn auf dem Motorrad gesehen hatte ... Er fuhr eine Guzzi, glaube ich, aber ich bin nicht mehr sicher. Aber eines weiß ich noch ganz genau: Bruno hat in Brichet nie mit Drogen gehandelt. Nie! Das war ein gewisser Osvaldo, der dealte, der ist irgendwann an einer Überdosis gestorben. Bruno machte seine Geschäfte anderswo, wo er sicher war, dass ihn niemand kannte ...

(Marco Ruggeri: Interview vom 2. 4. 96)

Wir kamen um zehn Uhr vormittags nach Brichet. Die Gebäude erhoben sich zehn Stockwerke hoch, grau und schmutzig, und die Straßen waren waren voller Schlaglöcher und Müll.

Wir schauten uns zuerst ein wenig um, bevor wir eine Bar betraten, ich glaube, sie hieß Bar Centrale ... Obwohl früh am Tag, waren schon einige Männer da, wahrscheinlich Arbeitslose, die tranken und Karten spielten.

»Wir suchen Bruno Torresi«, sagte Maffina in seiner typisch gleichgültigen Art, die er bei solchen Gelegenheiten immer an den Tag legt. »Kennt ihn jemand? Könntet ihr uns sagen, wo er wohnt?«

Zuerst sagte niemand was, keiner antwortete, keiner hob den Blick. Dann meldete sich der Typ an der Bar zu Wort, ein schlaksiger Junge mit pickeligem Gesicht: »Wen? Rodolfo Lavandino?«

Alle begannen zu lachen, lauthals, muss ich wohl hinzufügen, und die Sache gefiel mir nicht. Dann schickten sie uns zu einem der Hochhäuser, Nummer 6, Innenhof 4B. Es war wirklich der heruntergekommenste, dreckigste und ödeste von den ganzen Klötzen, den wir an diesem Morgen zu sehen bekamen ...

(Ettore Randazzo: Interview vom 5. 4. 96)

Uns öffnete eine dicke, schlampig aussehende Frau in einem Kittel mit Blumenmuster. Vorn auf dem Kittel hatte sie einen weißlichen Flecken und dieses Detail war es, zusammen mit dem von Möbeln voll gestopften Flur und dem sauren Geruch nach Zwiebeln, der mich völlig lähmte. Randazzo ging es wohl kaum anders, denn er hob die Schultern und sah mich fragend an.

»Ich habe nichts getan«, stammelte die Frau. Sie sagte, sie heiße Adele Torresi und sei Putzhilfe bei einem Arzt auf dem Corso Brin.

»Ich habe nichts mitgehen lassen, das schwöre ich!«, beteuerte sie noch einmal.

Randazzo und ich sahen uns perplex an. Es stellte sich heraus, dass die Torresi genau am Abend vorher von dem Arzt beschuldigt worden war, einen silbernen Bilderrahmen gestohlen zu haben. »Aber ich habe nichts mitgehen lassen ... Was soll ich denn jetzt tun? Er hat mich rausgeworfen. Dabei habe ich doch gar nichts gestohlen«, wiederholte sie.

Randazzo begann, sie zu trösten. Er sagte, dass keine Anzeige gegen sie vorliege und dass sie ganz beruhigt sein könne.

»Und was wollt ihr dann hier?«

Tja, was wollten wir eigentlich?

(Antonio Maffina: Interview vom 3. 3. 96)

ZWEITER TEIL
1970–1972

Ich wünsche mir, dass Geschichte,
Anthropologie und Soziologie eines Tages
zu einer einzigen Wissenschaft verschmelzen.

Jacques Le Goff

Kapitel 1: Adele

… kleiner Mann, heute ist dein Fest und deine Frau will Liebe mit dir machen …

1

Adele erwachte aus einem fürchterlichen Alptraum, der glücklicherweise verblasste, sobald sie die Augen öffnete. Schemenhafte Bilder schwebten wie schwarz gefiederte Unglücksboten durch das Zimmer, um dann gänzlich zu verschwinden und sie den Fängen der Trostlosigkeit zu überlassen.

Das Zimmer war dunkel und warm, die Ausdünstungen der Nacht hingen schwer im Raum. Neben ihr schnarchte laut Riccardo, hingestreckt auf die Matratze wie ein Ochse auf die Schlachtbank. Vorsichtig, um ihn nicht zu wecken, schob Adele die Beine aus dem Bett und blieb kurz auf der Kante sitzen, gähnte und rieb sich die Augen. Die Bedeutungsschwere der gestrigen Ereignisse umwogte sie wie ein böser Geist.

Dann schleppte sie sich zur Kommode, wo sie mit einem Ohr auf Riccardos gleichmäßige Atemzüge lauschte, während sie das im Portemonnaie verbliebene Geld zählte: vierzigtausend Lire, vier mickrige Zehntausend-Lire-Scheine! Am liebsten hätte sie geheult und geschrien, doch stattdessen schlich sie leise hinaus (nicht auszudenken, wenn Riccardo früher als gewohnt aufwachte!) und ging in die Küche, wo sie lange wie gelähmt auf einem Stuhl saß. Sie beobachtete, wie die Nacht zum Tag wurde, und das Licht hatte schon mindestens zweimal die Farbe gewechselt, bevor sie Bruno wecken ging.

Bruno schlief in ein vor Dreck starres Laken gewickelt, aus dem offenen Mund rann ihm ein Speichelfaden über das Kinn. Adele betrachtete ihren großen, dummen Jungen, der wie tot reglos dalag. Jetzt, wo er schlief und die Augen geschlossen hatte, wirkte sein Gesicht fast kindlich, doch Adele wusste, dass in Brunos Blick unergründliche Tiefen lauerten.

Das Zimmer roch nach Schweißfüßen und schmutziger Unterwäsche und es herrschte ein unbeschreibliches Durcheinander. Adele nahm noch einen anderen Geruch wahr, süßlich, intensiv und unangenehm. »He, Bruno«, flüsterte sie und schüttelte ihn leicht. Er murmelte etwas vor sich hin, ohne aufzuwachen.

»He, Bruno!«, wiederholte Adele.

»Was ist, Ma? Ich bin müde, lass mich in Ruhe.«

»Bruno, ich muss mit dir reden«, raunte Adele. »Los, wach schon auf ...«

»Scheiße verflucht ...«

»Bruno, ich bin entlassen worden, ich hab keine Arbeit mehr«, sagte Adele kläglich.

Bruno war auf einen Schlag hellwach und sah seine Mutter düster an, die in Bademantel und Hausschuhen einen erbarmungswürdigen Anblick bot. »Wie, du bist entlassen worden? War das denn keine sichere Stelle?«

»Sprich leise ... Riccardo weiß nichts davon. Klar war es eine sichere Stelle, aber es hat Streit mit dem Dottore gegeben ...«

»Dieser Bastard!«

»Er sagt, ich hätte ihm einen silbernen Bilderrahmen geklaut, so ein kostbares Ding aus seinem Empfangszimmer.«

»Und, hast du ihn geklaut? Sag, Ma, hast du ihn geklaut?«

»Aber was redest du denn da? Nein, ich habe ihn nicht geklaut ... ich hab ihm gesagt, dass ich nichts damit zu tun habe ...«

»Hat er dich angezeigt?«

»Nein. Er hat gesagt, dass ich entlassen bin und mich nie wieder bei ihm blicken lassen soll. Er hat mir vierzigtausend Lire gegeben und Amen.«

»Dieses dreckige Schwein!«, fluchte Bruno. »Dieser verdammte Scheißsohn einer dreckigen Hündin ...«

»Bruno, du musst mir helfen. Was soll ich denn bloß Riccardo sagen? Der bringt mich doch um, wenn er erfährt, dass ich entlassen bin. Wir müssen die Raten für das Auto und den Fernseher zurückzahlen, die Miete und das ganze Essen ... Was sollen wir nur machen, Bruno?«

Er überlegte, wie er sich aus dem Schlamassel ziehen könnte, denn seit Ferienende vor zwei Wochen war er nicht mehr arbeiten gegangen und seinen Monatslohn hatte er schon auf den Kopf gehauen. Wie und wann, daran konnte er sich nicht erinnern, doch das war im Moment auch völlig unwichtig.

»Kannst du nicht auf der Arbeit um einen Vorschuss bitten, Bruno? Dann gebe ich das Geld Riccardo und in der Zwischenzeit finde ich was Neues. Diese Frau von der Fürsorge ist tüchtig, du wirst schon sehen, die organisiert eine Stelle für mich … Hast du denn gar nichts mehr? Zehntausend würden mir schon genügen, um erst mal ein paar Tage über die Runden zu kommen.«

Als Bruno sagte, dass er nichts mehr habe, begann Adele leise hinter vorgehaltener Hand zu schluchzen.

Bruno überlegte, zu diesem elenden Bastard vom Corso Brin zu gehen und ihm den Arsch aufzureißen, einfach um zu sehen, was passierte. Er überlegte außerdem, dass seine Mutter verrückt sein müsse; wenn sie doch wenigstens diesen beschissenen Bilderrahmen gestohlen hätte … »Mach dir keine Sorgen, Ma, uns wird schon was einfallen.« Sein Gehirn arbeitete auf Hochtouren wie seit Tagen nicht mehr. »Als Erstes schiebst du diesem Riccardo mal ein bisschen Geld rüber, damit er Ruhe gibt und nicht nervt … Und lass diese Fürsorgentussi aus dem Spiel.«

»Aber …«

»Sonst macht die noch ein Riesentheater. Ich werde dir helfen … Du wirst sehen, morgen hast du das Geld, das du brauchst. Sogar noch mehr!«

»Aber woher denn, Bruno?«, fragte Adele. Eine kleine Hoffnung glomm in ihr auf, ein Schimmer in der Nacht, und sie betrachtete dankbar ihren Sohn.

»Lass das mal meine Sorge sein, alles wird gut, du wirst schon sehen«, versprach Bruno, während er seine Kleider zusammensuchte.

2

Die Bullen kamen gegen 10.00 Uhr am Vormittag: beide um die dreißig, einer groß und dunkelhaarig, der andere mit hellbraunen Haaren und Hornbrille. Der große mit den schwarzen Haaren hatte Jeans an und ein weißes Hemd, der mit der Brille war grau gekleidet, trug aber keine Krawatte. Zwei Bullen, zwei Feinde …

Adele starrte sie verwirrt an und wunderte sich, wie schnell der Arzt sie angezeigt hatte; sie merkte kaum, dass sie im Bademantel war, verschlafen und ungepflegt, die nackten Füße in Hausschuhen.

»Ich habe nichts getan«, stammelte sie mit ängstlichem Blick. »Ich habe nichts mitgehen lassen, das schwöre ich!« Dann begann sie zu erzählen, was in der Praxis vorgefallen war, während die Worte nur so aus ihr herauspurzelten, standen ihr Tränen in den Augen. »Aber ich habe nichts mitgehen lassen … Was soll ich denn jetzt tun? Er hat mich entlassen. Dabei habe ich doch gar nichts gestohlen.«

Der Polizist in Grau, der sich als Stellvertretender Leiter irgendeines Einsatzkommandos vorgestellt hatte und Randazzo hieß, legte ihr eine Hand auf die Schulter. »Beruhigen Sie sich, Signora, wir wissen ja gar nicht, was vorgefallen ist. Niemand hat gegen Sie Anzeige erstattet …«

»Was wollt ihr dann hier?«, fragte Adele daraufhin mit bezwingender Logik.

Der andere Polizist, der Maffina hieß und Kommissar war, erklärte ihr, dass sie nur wegen einer Routinekontrolle da seien.

»Aber was denn für eine Kontrolle?«, fragte Adele.

»Kennen Sie einen Angelo Turturro, Signora?«, fragte der Commissario.

Adele schüttelte den Kopf.

»Wohl ein Freund Ihres Sohnes …«

»Von Bruno?«

»Ist er zu Hause, Bruno? Vielleicht könnten wir direkt mit ihm sprechen, was meinen Sie?«

Adele sammelte das letzte bisschen Würde, das ihr geblieben war, und sagte, ihr Sohn sei zur Arbeit gegangen. Pünktlich. Er sei Lagerarbeiter im Zentrum der Stadt. »Jetzt lastet das Gewicht der Familie auf ihm, jetzt, wo ich ungerechterweise entlassen wurde. Ich erinnere mich ja noch nicht mal an diesen Rahmen, Signor Commissario. Ein Silberrahmen … Ich konzentriere mich eben auf meine Arbeit, um alles gut und richtig zu machen. Ich bin keine Diebin …«

Den ganzen Tag fragte sich Adele, ob sie Bruno von diesem vormittäglichen Besuch erzählen sollte. In Brichet waren die Bullen quasi zu Hause, und nachdem sie geklärt hatten, dass es nicht um den Silberrahmen ging, hatte sie sich beruhigt. Dennoch ließ sie die Sorge nicht los, in welche Schwierigkeiten Bruno da wohl verwickelt war, und wer war dieser Turturro? Bestimmt kein Heiliger, denn warum hätte sonst die Polizei nach ihm gefragt?

Bruno kam erst spät in der Nacht nach Hause. Adele, die noch wach lag, hörte ihn, da er einen Heidenlärm mit dem Schloss veranstaltete. Sie stand auf und schlich ihm entgegen. Er hatte die gleiche anmaßende Haltung wie immer, nur seine Augen schienen tiefer und klarer zu sein.

»Geht's dir gut?«, fragte sie schon wieder in Sorge.

Bruno sah sie abweisend an. »Klar geht's mir gut. Aber was zum Teufel willst du um diese Uhrzeit? Du bist echt abgedreht, Mann … Geh schlafen, sonst wacht noch dein Typ auf und verflucht alle Heiligen.« Dann schien ihm etwas einzufallen und ein hochmütiges Lächeln erschien auf seinem Gesicht. »Ich weiß, warum du auf mich gewartet hast. Von wegen abgedreht.« Mit wichtiger Miene wühlte er in seinen Taschen und zog eine Hand voll Scheine hervor. »Hier, nimm«, sagte er großtuerisch. »Das sind fünfzigtausend … Und jetzt lass mich eine Weile in Ruhe, okay?« Damit verschwand er in seinem Zimmer.

Adele stand mit dem Geld in der Hand im Flur und wunderte sich. Dann glättete sie die Scheine, zufrieden, dass Bruno das Problem gelöst hatte. Bevor sie einschlief, als die Augenlider ihr schon schwer wurden, dachte sie, dass sie am nächsten Tag zu dieser Frau von der Fürsorge gehen würde, oder vielleicht zu Don Enzo; sie war sicher, dass die etwas für sie finden würden …

3

Deshalb, um sie nicht dauernd zwischen den Füßen herumlaufen zu haben mit ihrem ewigen Gejammer, bin ich also los und hab Turturro gesucht. Ich ging zu dieser Bar in der Via di Cottolengo, weil ich ihn einfach nicht an die Strippe bekam, und da haben sie mir erzählt, dass der Trottel sich hat erwischen lassen mit einer Menge Stoff: Aber das wusste ich ja schon, obwohl ich mich in dem Moment nicht daran erinnern konnte ... Sie behaupten, dass er ein paar Jährchen kriegen wird. Der mit seinen Scheißgeschäften und seinen blöden Ringen ... Ich weiß, wo er sich seine Ringe nun hinsteckt. Aber ich bin jetzt echt gearscht. Ohne Kleingeld lebt's sich schlecht ...

Ich habe wieder Kopfweh. Manchmal glaube ich, verrückt zu werden. Ich habe das Gefühl, ein tollwütiger Hund sitzt in meinem Gehirn ...

Diese Tunte Osvaldo hat mir eine gute Adresse gegeben. Er selbst vertickt zwar echt üble Ware, früher oder später wird er ein beschissenes Ende nehmen. Dieser Dauerwichser schmeißt alles ein, was ihm in die Quere kommt. Aber die Adresse ist echt gut. Jetzt, wo sie Turturro eingebuchtet haben, muss ich so vorsichtig wie möglich sein. Kann ja sein, dass er denen meinen Namen sagt, um sich zu rächen, und dann stehen plötzlich die Bullen vor der Tür und peng! Bye-bye, Bruno ...

Zu Hause herrscht das Vollchaos. Meine Alte ist von ihrem knickerigen Arzt entlassen worden. Sie wollte Geld von mir. Und so hab ich mir den ganzen Tag die Füße platt gelaufen von einem zum anderen und hatte am Ende zweihunderttausend zusammen. Fünfzig habe ich meiner Mutter in die Hand gedrückt, damit sie eine Weile Ruhe gibt, den Rest brauche ich selbst. In dieses Scheißlager gehe ich nicht mehr! Die schauen mich an, als wär ich verrückt, und selbst Donato tut schon ganz überheblich ... Und außerdem muss ich seit der Sache mit Lucia sehr vorsichtig sein ...

Gestern war ich bei der Bar Centrale. Alle Kackeier aus dem Block 2A waren versammelt, die größten Schlitzohren des Viertels, wie man so schön sagt. Auch die halbe Portion von Arturo war da, der jetzt hinter dem Tresen steht und sich wer weiß wie klasse fühlt. »He, Rodolfo«, hat das kleine Arschloch zu mir gesagt – übrigens habe ich keinen blassen Schimmer, warum er mich so nennt. »He, Rodolfo, die Bullen haben nach dir gefragt.« – »Wann?«, erkundigte ich mich gleichgültig, aber innen drin mach ich mir voll ins Hemd, dass man fast den Gestank riechen kann. »Ach, keine Ahnung, gestern? Vorgestern?« – »Vorgestern«, sagt so ein anderes Arschloch und alle gucken mich grinsend an. Ich habe bis zehn gezählt und dann mit den Achseln gezuckt, voll cool. »Die können mich mal!«, habe ich gesagt, ganz harter Kerl, und dann mit versteinerter Miene raus, meine Spezialität.

Zu Hause fehlte nicht viel und ich hätte meine Alte vor Wut umgebracht. Ständig am Jammern, ein Heidentheater, fleht zu Jesus und allen Heiligen. Schließlich ist sie rausgerückt. Zwei Polizisten haben nach Turturro gefragt … ich hätte sie fast vor Erleichterung umarmt. »Bist du sicher? Sie haben wirklich Turturro gesagt?« Und sie: »Aber ja, sicher, aber was ist denn mit dir los, Bruno?« Sie wollte wissen, wer dieser Turturro ist. »Ein Bekannter. Sitzt gerade im Knast.« Da hat sie sich wieder erschreckt. »Du bist doch nicht in Schwierigkeiten, oder?«, und so fragt sie immer weiter und ringt die Hände. Aber die fünfzigtausend hat sie ohne Zögern genommen, die alte Kuh!

Seit ich Lucia kenne, habe ich wieder Kopfweh. Lucia ist eine richtige Frau; wenn die dir den Schwanz lutscht, verstehst du, warum du lebst und stirbst.

Ich habe Lucia bei einem verfickten Wasserrohrbruch kennen gelernt. Beim ersten Mal bin ich mit Donato hingegangen. Sie wohnt außerhalb von Turin, in einem nicht mal so schlechten Haus. Sie hat uns im Badeanzug die Tür aufgemacht, weil sie gerade ins Schwimmbad wollte, als ihr das mit dem Rohr aufgefallen ist. Do-

nato hat mir zugezwinkert, kaum dass er die Arschbacken von Lucia gesehen hatte.

Das zweite Mal bin ich dann alleine hin. Die dumme Kuh war komplett angezogen, aber es war trotzdem klar, dass sie geil war. Sie strich immer um mich herum und begann, mich zu umschmeicheln. Als ich sie fragte, ob sie mir einen blasen wollte, hat sie mich sofort rausgeschmissen. Die Nutte! Seitdem mache ich mit ihr, was ich mit Mara gemacht habe: Ich folge ihr, und manchmal, wenn es dunkel ist, stelle ich mich auf die andere Straßenseite und warte auf sie. Gestern habe ich sie hinter dem Scheißfenster auf und ab gehen sehen. Sah so aus, als warte sie auf jemanden … Sie stand eine Weile im erleuchteten Fenster, dann ist sie verschwunden und ich habe sie nicht mehr gesehen.

Lucia gefällt mir wahnsinnig. Sie hat einen echt starken Hintern und volle, schwarze Haare. Ihre Augen sind ganz hell … Echt, die macht mich unglaublich an …

Ich habe einen Weg gefunden, mit Lucia anzubandeln. Lucia fixt, das sehe ich an ihren Augen und an diesem gewissen fertigen Gesichtsausdruck, den meine Scheißfixer auch manchmal draufhaben … Morgen bringe ich ihr Stoff, von dem guten. Ich bin sicher, dass sie mir dann nicht mehr die Tür vor der Nase zuschlägt, diese blöde Zicke!

Ich muss vorsichtig sein … Kann sein, dass diese Wichser mir jemanden auf die Fersen gesetzt haben. Ich mache also immer wer weiß welche Umwege, um sie abzuhängen, meine Guzzi ist einfach fantastisch. Genau wie in den Filmen. Ich bin echt cool, Mann!

Bruno Torresi wurde zum ersten Mal am 30. September 1970 von dem Beamten Rossi gestoppt, auf einen Hinweis hin. Ein anonymer Anrufer hatte gemeldet, dass jemand in der Gegend von Vanchiglia mit Drogen handele, genauer gesagt in dem Park neben dem Friedhof. Rossi, gerade auf Streife unterwegs, war wenige Minuten später vor Ort. Diese kurze Zeitspanne genügte Torresi jedoch, um seinen ganzen Stoff loszuwerden.

Ich weiß nicht, wer den Jungen gewarnt hat, aber es steht fest, dass Torresi einen Tipp bekommen hat. Als wir eintrafen, und ich wiederhole, seit dem Anruf waren nur wenige Minuten vergangen, schlenderte er ganz gelassen umher, als mache er einen Spaziergang. Hände in den Taschen, kurze Lederjacke mit aufgestelltem Kragen, Nietengürtel. Ganz der kleine Halbstarke, der uns aber, das muss ich ihm zugestehen, mit einer gewissen Unverfrorenheit Paroli bot. Wir brachten ihn aufs Präsidium, obwohl wir genau wussten, dass wir ihn wieder laufen lassen mussten. Beim Verhör gab er sich sehr kooperativ: Er gab zu, Turturro zu kennen, leugnete aber zu wissen, dass dieser im großen Stil dealte. Als wir ihn fragten, wovon er lebe (Maffina hatte mir von seinen familiären Problemen berichtet), behauptete er, Erspartes zu haben und auf Arbeitssuche zu sein. Was mich im Licht der späteren Ereignisse wunderte, war die Selbstverständlichkeit, mit der er über bestimmte Themen sprach. Zum Beispiel log er nicht in Bezug auf seine Arbeit, vielleicht ahnte er, dass wir seine Aussagen überprüfen würden, und wollte keinen Verdacht erregen ...

(Giovanni Rossi, Polizeipräsident von Mailand:
Interview vom 28. 4. 96)

Ich sah Bruno zum ersten Mal am 30. September. Er saß in dem kleinen Raum, wo wir die Leute verhörten, und rauchte betont lässig und großspurig. Rossi hatte das Aufnahmegerät angeschaltet, daran erinnere ich mich noch ... Ob es das Band noch gibt? Müsste eigentlich, das gesamte Material wurde im Prozess zu den Akten genommen.

(Antonio Maffina: Interview vom 3. 3. 96)

(Protokoll des Verhörs von Bruno Torresi, festgenommen am Abend des 30. September 1970 von dem Beamten der Drogenfahndung Giovanni Rossi. Material der Prozessakten im Fall gegen Bruno Torresi, bereitgestellt vom Gerichtshof Turin im Sinne der Strafgesetzordnung – Aufnahmen auf Band)

ROSSI: Sie leugnen also, Angelo Turturro zu kennen.

TORRESI: Das habe ich nicht gesagt ... Ich habe gesagt, dass ich nichts von Drogen weiß, das ist etwas anderes.

ROSSI: Und bei welcher Gelegenheit haben Sie Turturro kennen gelernt?

TORRESI: Ach, irgendwo ... in einer Bar. Weiß ich nicht mehr genau. Ich habe manchmal Schwierigkeiten, mich zu erinnern.

ROSSI: Ich verstehe nicht ganz. Was meinen Sie damit?

TORRESI: Ich verliere manchmal das Gedächtnis ... Es ist eine Art Krankheit. Ich bin zu dreißig Prozent behindert.

ROSSI: Wir werden das überprüfen ... Aber Sie haben Turturro angerufen, daran erinnern Sie sich, oder?

TORRESI: Sicher ... Ich hatte lange nichts von ihm gehört.

ROSSI: Und Sie wussten nicht, dass er im Gefängnis saß?

TORRESI: Nein.

ROSSI: Turturro hat ausgesagt, dass Sie mit Drogen handeln ... Er hat Sie mit Stoff versorgt, nicht wahr?

TORRESI: Ich weiß nicht, warum Turturro so was behauptet. Vielleicht ist er im Gefängnis durchgedreht. Ich habe jedenfalls noch nie im Leben Drogen verkauft, nie!

ROSSI: Und was haben Sie dann im Park von Vanchiglia gemacht?

TORRESI: Ich bin spazieren gegangen. Das wird ja wohl noch erlaubt sein, oder?

ROSSI: Können Sie sich vorstellen, wer Sie da in etwas hineinziehen will?

TORRESI: In was sollte man mich hineinziehen? Ich habe nichts getan, überhaupt nichts!

Bruno Torresi wurde am Morgen des 1. Oktober wieder freigelassen. Er kam in die Kartei und man nahm seine Fingerabdrücke. Er war jetzt kein unbescholtener Bürger mehr: Sein Foto und sein Name standen am Ende einer langen Liste von Kleinkriminellen, die das Dickicht der Unterwelt bildeten und von denen die Beamten jeden einzelnen zu kennen schienen.

4

Es wurde also Oktober und wir hatte immer noch nichts Konkretes in der Hand. Wie es so häufig geschieht, waren die Ermittlungen wieder mal ins Stocken geraten: Immer, wenn sich eine Spur auftat, wenn man eine neue Chance sah, gab es irgendein störendes Element in der Szenerie. Es war frustrierend.

Gualtieri war aus Boston zurückgekehrt und hatte sich gleich an die berühmten Fotografien gesetzt. Hin und wieder half ihm Randazzo, aber natürlich nur in seiner Freizeit, da andere Fälle auf ihre Aufklärung warteten. Vom 1. bis 7. Oktober war ich mit einem Verbrechen aus Leidenschaft beschäftigt, das, so schien es, nicht so bald zu lösen sein würde. Doch dann knickte am 7. Oktober mein Hauptverdächtiger ein und gestand alles.

Am 8. Oktober kam die Stadt zum Stillstand ...

(Antonio Maffina: Interview vom 3. 3. 96)

Am Donnerstag, dem 8. Oktober, hing der Himmel bei Morgengrauen voller schwerer, dicker Wolken. Um 06.00 Uhr früh begann es zu regnen und hörte den ganzen Tag nicht auf. Um 12.00 Uhr mittags traten die beiden Flüsse Stura und Dora fast zeitgleich über die Ufer. Um 15.15 Uhr ...

Annalisa wandte den Blick vom Bildschirm ab und fuhr sich mit der Hand über die Augen. An ihrer Seite saß Erica und sah sie gespannt an. »Und, wie finden Sie es?«, fragte sie und nestelte in Erwartung der Antwort nervös an einem Knopf ihrer Bluse.

Die Professorin lächelte. »Nicht schlecht«, sagte sie und blickte wieder auf den Schirm. »Vielleicht die ein oder andere Wiederholung zu viel, aber schließlich wollen Sie ja keinen Roman schreiben.«

»Es ist erst die Rohfassung«, fügte Erica hinzu. »Die wird natürlich noch einmal überarbeitet, an der Form feile ich noch ... Außerdem muss ich meinen eigenen Beobachtungen mehr Raum geben, sonst laufe ich Gefahr, eine rein dokumentarische Arbeit abzuliefern.«

Annalisa reckte die Glieder. »Das stimmt … Eine Falle, vor der man sich hüten muss und die doch immer und überall lauert. Aber ich habe nicht den Eindruck, dass bei Ihnen die Gefahr besteht. Wenn wir jedoch unbedingt eine Schwachstelle Ihrer Arbeit finden wollen, würde ich sagen, dass manche Aspekte vielleicht nicht ausreichend entwickelt werden …«

»Zum Beispiel?«

Die ältere Frau dachte einen Moment nach und suchte nach den richtigen Worten, um Erica nicht zu verletzen. »Ich glaube, Sie müssten das Verhältnis zwischen Polizeiapparat und Mörder stärker hervorheben. Haben Sie beispielsweise jemals darüber nachgedacht, warum es fast zwei Jahre dauerte, bis man ihn geschnappt hat?«

Die Studentin wurde rot.

»Der erste Serienmörder«, fuhr Annalisa in ihrer ruhigen Art fort. »Eine gestörte, sprunghafte Persönlichkeit, die sich jeder klaren Einordnung widersetzt. Ein widerspruchsvoller *modus operandi* … Das sind die Elemente, die Sie herausarbeiten müssen.«

»Tue ich das denn nicht?«, fragte Erica leise.

»Nicht genug … Aus Ihrer Arbeit müsste deutlich werden, dass der Polizei jegliche Strategien fehlten, da es sich um ein neues, geschichtsloses Phänomen handelte. Es fehlte das theoretische Modell, ein System, auf dem man eine Hypothese hätte aufbauen können. Verstehen Sie?«

»Ja.«

Annalisa lächelte. »Darum wollte ich, dass Sie Mafs Tagebuch lesen und in die Arbeit integrieren.«

»Es ist sehr interessant«, sagte die junge Frau.

»Natürlich ... aber warum ist es interessant, was glauben Sie?«

»Weil es Bruchstücke sind, ohne durchgehende Linie ... wie ein Bild der naiven Malerei ... Alle kompositorischen Elemente sind vorhanden, aber sie sind ungeordnet, haben keine Grammatik ...«

»Sehr gut! Genau das ist es, was Sie anschaulich machen müssen: das Fehlen der Grammatik, die Anhäufung von Intuitionen, von nicht aufeinander abgestimmten Initiativen ... Die einzelnen Anstrengungen, ein Kompositionsschema zu finden, müssen stärker in den Vordergrund treten ...« Sie brach ab, weil Erica sie merkwürdig anblickte. »Warum gucken Sie mich so an?«

Die Studentin zuckte mit den Achseln. »Das Tagebuch ist etwas ganz Besonderes«, sagte sie schließlich, »und nicht nur aus den Gründen, die Sie genannt haben ...« Sie musterte Annalisa mit gereizter Miene: »Warum wollten Sie, dass ich diese Arbeit schreibe?«, fragte sie schließlich. »Warum all dieses Wühlen in der Vergangenheit des Commissarios? Warum?«

Annalisa strich sich mit der Hand über die Augen. Als sie sprach, war ihre Stimme leise, fast ein Flüstern. »Das Thema ist von sich aus sehr reizvoll und mir gefiel der Gedanke, eine Methode der Historiker auf etwas anzuwenden, das auf den ersten Blick nicht in diesen Bereich fällt. Dann dachte ich, dass es Maffina nützen würde, jene Zeit noch einmal zu durchleben, ohne den Druck von damals. War das falsch?«

Erica schwieg.

»Es war eine sehr harte Zeit für ihn«, fuhr die Professorin fort, »und das nicht nur wegen der ermordeten Mädchen, sondern auch wegen der Trennung von seiner Frau … Maf hat immer gesagt, dass er in diesen Monaten wie besessen war, dass die Wirklichkeit ihm permanent in den Händen zerrann, dass die Ermittlungen wie eine Krankheit waren …«

»Und ich soll ihn nun davon heilen?«

»Aber nein, wo denken Sie hin …«, lächelte Annalisa, doch dann betrachtete sie mit einer gewissen Unruhe Ericas junges Gesicht.

Eine Weile schwiegen beide, während auf dem bläulichen Bildschirm geometrische Figuren auftauchten, die sich in monotoner Abfolge wiederholten, dann erhob sich die Gastgeberin und sagte, sie koche jetzt einen Kaffee.

»Möchten Sie auch einen?«

Erica folgte ihr in die Küche. Maffinas Wohnung, die sie mit einer gewissen Ehrfurcht betreten hatte, war tatsächlich ungewöhnlich. Riesige Zimmer reihten sich eins ans andere. In jedem Raum gab es einen Kamin und hohe, mit Fresken bemalte Decken. Fasziniert hatte die junge Frau die mit der Zeit verblassten Farben betrachtet. Die Küche wiederum war winzig und daher ständig in Gefahr, im Chaos zu versinken. Doch die Spitzengardinen gaben ihr einen gemütlichen Anstrich.

»Wer weiß, wo Assunta den Zucker hingetan hat. Immer wenn sie aufräumt, stellt sie alles woanders hin, und Maffina und ich suchen wie verrückt nach Tassen oder Teekannen.«

Erica sagte, ihre Mutter mache es genauso. »Ich vermute, dabei handelt es sich um eine Form der indirekten Machtausübung.«

»Das vermute ich auch«, stimmte Annalisa zu. Dann sah sie Erica gedankenverloren an. »1970 war ich zwanzig«, sagte sie und machte sich wieder an der Kaffeemaschine zu schaffen. »Ich war in meinem ersten Jahr an der Uni, und als das Hochwasser hereinbrach, war ich gerade auf dem Weg zu einem Seminar. Ich steckte auf der Uferstraße vom Dora fest, stand auf dem Dach meines Fiat 600 und wartete auf Hilfe. Ich hoffte auf die Feuerwehr, aber stattdessen erschien Maf.« Sie schenkte Kaffee ein. »Ich kannte ihn natürlich nicht, wusste nichts von ihm, und weil er in Zivil war, hielt ich ihn auch nicht für einen Polizisten ... Maf sieht auch nicht gerade aus wie ein typischer Polizist, oder? Ich stand also auf diesem erbärmlichen Blechdach, während das Wasser das Auto mitzureißen drohte, da spüre ich, wie mich jemand bei den Beinen packt. ›Kommen Sie, Signorina! Schnell!‹, sagte ein hübscher Bursche mit schwarzen, regennassen Haaren. Er befand sich in einer Art Kanu, in dem das Wasser schwappte, das mir aber so schön vorkam wie ein Wunder ...« Die Frau lächelte bei der Erinnerung. »Wir haben uns in eine Kirche geflüchtet, ausgerechnet auf den Altar: der höchste Platz, den wir finden konnten ... Als ich mich von meinem Schrecken erholt hatte, war er schon nicht mehr da. Wir haben uns dann zwanzig Jahre später bei meinem Bruder wiedergetroffen. Maf war gekommen, um über einen Fall zu berichten, er war mittlerweile der berühmte Maffina, Chef der Turiner Kriminalpolizei, und kaum sah ich ihn, hatte ich alles wieder vor Augen: das Hochwasser, den Donner, das tanzende Autodach, das Kanu ...«

»Und er?«, fragte Erica gespannt.

»Er? Konnte sich natürlich an nichts erinnern. An jenem Tag hat er wer weiß wie viele Leute aus der Not gerettet, ich war nur eine unter vielen … Witzig, nicht wahr?«

5

Am 8. Oktober verließen Palmira und Alfonsina gegen 11.00 Uhr vormittags den Friedhof von Venaria. Es hatte seit dem Vorabend geregnet und der Fluss war angeschwollen, braun und schmutzig von dem Unrat, den die Strömung mit sich gerissen hatte.

»Ganz schön viel Wasser!«, rief Alfonsina aus, als sie ins Auto stieg. »Lass uns schnell heimfahren, ehe wir noch stecken bleiben.«

Palmira antwortete nicht. Sie zündete sich eine Zigarette an und beobachtete, wie das Friedhofstor kleiner wurde und mit dem unbarmherzigen Grau des Regens verschwamm. »Die Blumen werden kaputtgehen«, sagte sie mit flacher und tonloser Stimme. »Sie waren so schön …«

»In einer Grabkammer wären sie besser aufgehoben«, stellte Alfonsina trocken fest. »Aber dann bringen wir morgen einfach neue … Musst du noch etwas einkaufen, sollen wir beim Supermarkt vorbeifahren?«

Palmira sagte, sie habe alles.

»Na, zum Glück! Bei dieser Sintflut bin ich heilfroh, wenn wir wieder zu Hause sind … Wer weiß, ob meine

Kinder …« Sie hielt inne und biss sich auf die Lippen, doch Palmira hörte ihr gar nicht zu. Sie betrachtete das vom Wasser verschlungene Land und die Bauernhöfe, die braun aus den Fluten hervorragten und wie Flöße auf den Feldern zu treiben schienen.

»Hoffentlich bleiben wir nicht im Schlamm stecken«, meinte Alfonsina und schaltete einen Gang runter. Rechts von ihnen waren einen Augenblick lang die Häuser von Olmi zu sehen, aufgereiht am Fluss wie Wachen vor dem feindlichen Heer.

»Hoffentlich halten die Deiche, sonst werden die Häuser hier als Erste überflutet«, sagte Palmira. Sie sprach zu sich selbst und Alfonsina war zu sehr auf die Straße konzentriert, um ihr zuzuhören. »Sonst werden sie überflutet«, wiederholte sie leise. »Die armen Menschen … sie müssen immer dran glauben. Als ob sie nicht schon genug Sorgen hätten.«

Endlich bogen sie in die Straße ein, die zu ihrem Viertel führte. Das Wasser floss hier in kleinen Bächen und der Wagen geriet immer wieder ins Rutschen. Dann tauchte der Kirchturm auf und sofort hinter der Kurve das weiße Haus von Alfonsina und das graue von Palmira. Die Fensterläden waren geschlossen und der Garten sah unter der Geißel des Wassers trist und verlassen aus.

Alles ist tot, dachte Palmira angsterfüllt und ließ den Blick über die Felder schweifen, die von Regen und Nebel schnell ausgelöscht wurden.

In Olmi trat der Fluss, ein unbedeutender Seitenarm des Stura, ganz plötzlich über die Ufer, wie Palmira es vorausgesagt hatte.

In der Società di Mutuo Soccorso konnten die vier Karten spielenden Pensionäre und der Barmann sich gerade noch in Sicherheit bringen, bevor das Wasser das dünne Blech eindrückte und wie ein wild gewordener Stier hereinflutete.

Das Haus der Lupis war etwas höher gelegen als die Straße und nahm daher keinen Schaden. Keine Gnade jedoch hatten die Fluten mit dem Lebensmittelladen, der erst vorigen Monat eröffnet worden war. Konserven und Mehlsäcke wurden ins Tal geschwemmt in einem Wirbel aus Büchsen und billigen Pressspankonsolen. Um die Mittagszeit begannen die Lupis, Schlamm wegzuschaufeln und mit Hilfe der Anwohner der Strada della Campagna neue Deiche aufzuwerfen.

Eingepackt in einen alten Regenmantel, mit hohen Gummistiefeln an den Füßen, arbeitete Maras Mutter zehn Stunden am Stück mit kurzen Unterbrechungen, um mal eine Zigarette zu rauchen oder einen Kaffee zu trinken, den ihr jemand reichte. Als es dunkel wurde, fuhren sie beim Schein starker Taschenlampen fort, das Wasser herauszuschaufeln. Als sie Mann und Sohn anblickte, die neben ihr arbeiteten, schlammverkrustet und völlig durchnässt, aber lebendig, spürte sie plötzlich, dass das Leben langsam in sie zurückfloss, wie etwas, das lange unterdrückt worden war und sich nun schmerzhaft, aber unaufhaltsam wieder Bahn brach. Sie hob den Kopf und lächelte ihrem Mann und ihrem Sohn zu.

Um die Mittagszeit befand sich Adele auf dem Heimweg, als sie durch das gleichmäßige Plätschern des Regens ein dumpfes Geräusch hörte. Sie wandte gerade noch rechtzeitig den Kopf, um zu sehen, wie sich eine Masse von Wasser und Schlamm durch die Straße wälzte und alles mit sich riss, was sich ihr in den Weg stellte. Keuchend schlüpfte Adele in den Eingang und rannte die Treppen hinauf, während das Wasser seinem unaufhaltsamen Lauf folgte.

Innerhalb weniger Minuten hallte das Treppenhaus von Stimmen und Geschrei wider. Adele ängstigte sich nicht um sich und Bruno: Sie wohnten im vierten Stock. Doch sie dachte an die Dolcinis im Erdgeschoss und an die Witwe Porta, eine alte, allein stehende Dame, die im Souterrain wohnte.

»He, Mama, was ist denn da los?«, schrie Bruno. Er musste gerade erst aufgestanden sein, denn er hatte nur eine Unterhose an und nichts an den Füßen.

»Das Hochwasser, das Hochwasser …«, stammelte Adele, doch ihre Worte verloren sich in dem Stimmengewirr, das sich um sie herum erhoben hatte. Die Hände der Frau umschlossen krampfhaft das Geländer des Treppenhauses. »Was sollen wir nur tun, Bruno? Und Riccardo ist wer weiß wo unterwegs. Was sollen wir jetzt nur tun?«

Doch Bruno antwortete ihr nicht. Blass und reglos stand er in den Türrahmen gelehnt und dachte, dass alles wieder einmal zu Ende war. Und er war so müde, so kraftlos … Wenn das Wasser Lucia wegtrug, was sollte dann aus ihm werden?

Maffina begab sich mit einem Handtuch um die Schultern und einer Tasse Kaffee in der Hand zu der Versammlung, die der Polizeipräsident einberufen hatte. Im Treppenhaus begegnete er seinem direkten Vorgesetzten,

Alfio Milani, der ihn kritisch musterte. »Du siehst aus wie ein Hochwasseropfer«, sagte er im Versuch, witzig zu sein. »Du wirst sehen, dass Baldi die ›kritische und äußerst angespannte Lage‹ anbringen wird«, fügte er dann hinzu und hakte Maffina unter.

»Die Lage ist äußerst angespannt«, begann der Präsident tatsächlich seine Rede. »Wir haben kein Wasser mehr, in vielen Außenbezirken ist der Strom ausgefallen. Manche Vororte sind völlig von der Außenwelt abgeschnitten, vor allem in Richtung Caselle und Lanzo. Wie sieht die Lage an den Flüssen aus?«

»Kritisch«, sagte ein Mann, den Maffina nicht kannte. »Die Einheiten vom Bauamt kontrollieren ununterbrochen den Dora und den Stura, aber …«

»Aber?«, unterbrach Baldi ungeduldig.

»Aber die angeschwemmten Trümmer haben eine Art Barriere gebildet, die sehr gefährlich ist, schlimmer als ein Staudamm. Ich habe hier eine Karte der gefährdeten Zone … Wenn Sie mal einen Blick darauf …«

»Ist das Zentrum in Gefahr?«, fragte Baldi.

»Für den Moment scheint der Po der Wassermassen Herr zu werden, aber sicher kann man nicht sein. Wir müssen noch ein paar Stunden abwarten.«

»Weiß man was von Randazzo?«, fragte Maffina.

»Er hat vor einer halben Stunde angerufen. Das Wasser hat auf seiner Türschwelle Halt gemacht.«

»Es hatte wahrscheinlich Angst, einzutreten«, kommentierte Milani.

Es gab das ein oder andere hysterische Auflachen. Maffina zündete sich eine Zigarette an. Er dachte an Randazzos Wohnzimmer mit den gewachsten alten Möbeln und den mit Science-Fiction-Romanen gefüllten Bücherregalen und er wünschte, dass das Wasser wirklich im Garten Halt machte.

»Wir müssen die Überwachung verstärken«, sagte Baldi gerade. »Mir ist durchaus bewusst, dass ihr alle müde seid, aber dieser letzte Kraftaufwand ist notwendig … Hat es Tote gegeben? Vermisste?«

»Im Moment fünf Vermisste, aber da werden noch einige folgen«, antwortete Milani.

»Tote?«

»Drei sicher, aber auch diese Zahl wird noch ansteigen, fürchte ich.«

»Was ist mit der angefragten Verstärkung?«

»Ist unterwegs, wird aber noch ein bisschen dauern.«

Maffina, der quer in einem Sessel saß, war kurz vorm Einschlafen. Er hörte die Stimmen um sich herum, die in einem unregelmäßigen, hypnotischen Rhythmus an sein Ohr drangen. Er wollte aufstehen und noch eine Zigarette rauchen, doch da war er bereits eingeschlafen.

Im ersten Stock eines Mietshauses auf dem Lungo Stura Istria schwamm der nackte und leblose Körper von Lucia Valran in dem eineinhalb Meter hohen Wasser zwischen Kleidern, Schachteln, Konservendosen und Kissen …

6

Die Turiner Peripherie fand erst eine Woche später zum Alltag zurück, als die Straßen wieder befahrbar waren, Strom- und Gasleitungen funktionierten und der Schlamm von den Straßen gewaschen und entsorgt worden war, wie man eine giftige Pflanze entfernt und entsorgt.

Am Freitag, den 16. Oktober, strahlte eine runde, gelbe Sonne vom klaren blauen Himmel, in dem träge einige Wölkchen hingen wie in einer Schäferidylle des 17. Jahrhunderts. Kein Lüftchen regte sich und Maffina ging langsam zum Gebäude der Gerichtsmedizin, gegen seinen Willen fasziniert von dem Gegensatz zwischen den strengen Fassaden der Häuser und dem operettenhaften Himmel. Das Hochwasser hatte hier wie im gesamten Zentrum Turins keine Spuren hinterlassen. Die Wassermassen waren zwar wie ein wild gewordenes Pferd durch das Viertel gerast, doch ohne größere Schäden anzurichten.

Vor der Gerichtsmedizin traf Maffina auf Randazzo. »Ich dachte, du seist zu Hause«, stellte er fest.

Randazzo zog die Nase hoch. »Es geht mir schon viel besser, das Fieber ist weg. Ich habe in der Via Grattoni angerufen und Anselmi sagte mir, dass ich dich hier treffen könne.«

»Schäden?«, fragte Maffina.

»Die Bäume haben es ganz gut überstanden, aber die Rosenbüsche, die Azaleen und der Jasmin … alles weg. Genauso die Topfblumen, die Gartengeräte, die Weidenmöbel und Gott weiß was alles noch. Irgendwann wollte ich es gar nicht mehr so genau wissen. Dabei hatte ich noch Glück …«

»Und wie hat deine Mutter es verkraftet?«

Randazzo hob die Schultern. »Oh, die … am Anfang hatte sie Angst, doch dann hat sie gekämpft wie immer.« Er schaute ihn fragend an. »Weißt du, warum Avanzini dich herbestellt hat?«

Maffina sagte, er habe nicht die leiseste Ahnung.

Avanzini erwartete sie mit einer Tasse Kaffee in der einen Hand und einem blutgetränkten Kittel in der anderen. Er strahlte etwas Diabolisches aus, trotz des geselligen Tonfalls, mit dem er sie empfing. »Möchtet ihr auch eine Tasse?«, fragte er zuvorkommend. »Giuseppe hat ihn ganz frisch gekocht.«

Giuseppe war Avanzinis Laborassistent: Er hatte die fünfzig bereits überschritten und humpelte stark. Stets durchwandelte er das Institut in seinem schwarzen Drogistenumhang, den er niemals ablegte, selbst dann nicht, wenn er bei einer Autopsie assistierte. Außer sich um Avanzinis Leichen zu kümmern, chauffierte er die gesamte Ärzteschaft des Instituts umher, und wenn die Kollegin von der Histologie nicht da war, kümmerte er sich auch um die Objektträger zum Mikroskopieren. Um 12.00 Uhr mittags konnte ihn selbst ein Weltuntergang nicht daran hindern, seine aktuelle Beschäftigung zu unterbrechen und sich in seinem Kämmerchen, das für Notfälle reserviert war, ein Mittagessen zu kochen.

Maffina fand das unappetitlich und irgendwie obszön. Obwohl sein Beruf ihn zwang, sich ständig mit dem Tod auseinander zu setzen, hatte er sich doch nie an ihn gewöhnt.

»Also möchtet ihr jetzt einen Kaffee?«, fragte Avanzini noch einmal, während er zuerst in den Kittel und dann in eine Schürze aus Wachstuch schlüpfte.

Randazzo und Maffina schüttelten den Kopf.

»Auch gut«, sagte Avanzini. »Ich gehe vor, folgt mir.« Sie taten wie geheißen. »Zurzeit bekomme ich die Leichen von diesen armen Seelen herein, die bei dem Hochwasser umgekommen sind«, erzählte er, als er durch eine Tür trat. »Ich erspare euch die Einzelheiten. Grauenhaft, wirklich grauenhaft. Aber eine Sache wollte ich euch doch zeigen ...«

Sie betraten einen breiten und langen Raum, dessen Fenster mit schweren schwarzen Tüchern verhängt waren. Auf den Seziertischen lagen drei Leichen, alle mit Laken zugedeckt. Randazzo fragte, ob er rauchen dürfe, und Avanzini lachte kurz auf. »Aber natürlich ... Du kannst auch ruhig auf den Boden aschen, mir ist das egal. Also, ich sprach von diesen armen Toten ... Bis heute sind es zehn, wie ihr vielleicht wisst.«

Maffina nickte. »Zwanzig wurden bisher bei uns als vermisst gemeldet, daher werden wohl noch mehr Leichen auftauchen.«

»Ja. Eine undankbare Aufgabe, die ich da habe. Größtenteils wurden bereits Namen und Vornamen ermittelt. In manchen Fällen gab es sogar schon Beerdigungen ... Hier hingegen bewahren wir die noch nicht identifizierten Leichen auf.«

»Sind es viele?«

»Drei. Plus die, die ich euch zeigen wollte ... Der

Leichnam einer Frau, sie wurde heute Vormittag identifiziert: Es ist Lucia Valran. Wohnhaft Piazzale Tacito, eine der am schwersten getroffenen Gegenden.«

»Ich verstehe noch nicht ganz, was …«, setzte Maffina an.

»Lass mich ausreden«, unterbrach ihn Avanzini. »Das hier ist ein besonderer Fall, der dich sehr interessieren dürfte. Schau dir mal an, was wir gefunden haben.« Mit einer schnellen Bewegung hob er das Laken hoch und zeigte auf die Leiche. »Hier: Die Beckengegend wurde gänzlich aufgeschlitzt. Die Brustwarzen herausgeschnitten …« Er fuhr mit einer Hand durch die Luft. »Weg … Die hier ist nicht im Wasser gestorben, da kannst du sicher sein«, endete er mit einem Seufzer.

Lucia Valran war dreißig Jahre alt und arbeitete als Verkäuferin im Kaufhaus Upim von Borgaro. Sie lebte allein, im ersten Stock eines hässlichen Mietshauses am Piazzale Tacito. Das Haus gehörte zu einer kurz nach dem Krieg erbauten Arbeitersiedlung. Die zweistöckigen Gebäude waren lang gestreckt und schmal, ohne jede Eleganz oder Stil. Fast wirkten sie, als hätte sich jemand einen Spaß daraus gemacht, den großen Platz mit diesen Häuserblocks zu füllen, die allen Unbillen des Wetters schutzlos ausgesetzt waren …

Als der Stura über die Ufer trat, liefen die Häuser auf dem Piazzale Tacito als Erste mit Wasser voll und erlitten die schwersten Schäden. Die Bewohner des Viertels, die an diesem Nachmittag zu Hause waren, konnten sich noch rechtzeitig in Sicherheit bringen, indem sie sich auf die Dächer ihrer Häuser retteten. Dort warteten sie lange auf Hilfe, während um sie herum das Weltende hereingebrochen zu sein schien, Autos und Bäume gegen die Häuserwände krachten und in einem Gewirr aus Blech und Zweigen hängen blieben.

Keiner dachte an Lucia Valran, keiner suchte nach ihr.

Nach dem Zustand der Leiche zu urteilen, musste der Tod bereits drei Tage vor dem tragischen 8. Oktober eingetreten sein. Auf Anordnung des Gerichts und der Polizei wurde die Entdeckung des Dottor Avanzini nicht publik gemacht und Lucia Valran blieb offiziell auf der Liste der Hochwasseropfer.

Der Asphalt des Piazzale Tacito lag unter dem Schlamm vergraben, der mittlerweile getrocknet war und eine feste Erdkruste bildete. Die Bäume waren verschwunden und an ihrer Stelle gähnten Löcher wie offene Wunden, gefüllt mit Abfall und anderem Unrat.

Das Wohnhaus von Lucia Valran befand sich direkt an der Straße, von der es nur durch ein Geländer getrennt war, das nun herausgerissen war und quer in dem kleinen Innenhof lag.

»Was sollen wir tun? Gehen wir rein?«, fragte Randazzo. Von der Bronchitis, die er sich bei dem Hochwasser geholt hatte, kündeten noch seine raue Stimme und die Neigung zum Nasehochziehen. An diesem Morgen trug er trotz der milden Temperaturen einen dicken, dunkelblauen Pullover über einem hellblauen Rolli. An den Füßen hatte er Schnürschuhe und Wollstrümpfe.

»Bist du nicht etwas zu dick angezogen?«, hatte Maffina gefragt. »Auf diese Art wirst du dir noch eine zweite Bronchitis holen und einen Monat das Bett hüten müssen.«

»Genau wie meine Mutter«, hatte Randazzo lachend und hustend geantwortet.

Nun standen sie steif in diesem erbärmlichen Innenhof und die Oktobersonne warf ein unbarmherziges Licht auf die Szenerie. Randazzo zog die Nase hoch und fragte erneut: »Gehen wir rein?«

»Das würde ich vorschlagen. Wir werden ja erwartet ...«

Die beiden Männer von der Spurensicherung richteten sich erwartungsvoll auf, als sie den Commissario und seinen Begleiter bemerkten.

»Schwierige Sache, Dottore«, sagte der Ältere der beiden. Er hieß Tolomei und hatte Biologie studiert. Er machte seinen Job mit äußerster Sorgfalt und immer noch siezte er Maffina und nannte ihn »Dottore«.

»Wirklich schwierige Sache ...«

»Wie weit seid ihr, Tolomei? Schon was gefunden?«

»Es ist so gut wie aussichtslos, Dottore. Das Wasser hat alles mitgenommen oder weggewischt.«

»Irgendwelche Blutspuren?«

»Sieht nicht danach aus. Bisher haben wir lediglich Spuren von Schlamm und Putz gefunden ...«

»Und natürlich keine Fingerabdrücke.«

»Natürlich nicht.«

Die Wohnung bestand aus zwei Zimmern und einem winzigen Bad. In dem vorderen Raum, den man von Hof und Straße aus betrat, befand sich eine kleine Kochnische. Die Einrichtung war unordentlich aufeinander gestapelt, schlammverkrustet und immer noch feucht. Maffina sah zwei Korbstühle, einer ohne Rückenlehne, außerdem einen Haufen Kissen von undefinierbarer Farbe. Auf der

Erde lagen zwischen Schlammresten Büchsen, Töpfe und ein indianischer Vorhang, der vielleicht mal teuer gewesen, aber nun nicht mehr zu gebrauchen war. Hier und da blitzten billiger Schmuck und kleine Handspiegel auf, die der Wucht des Wassers widerstanden hatten. In dem zweiten Raum, dem Schlafzimmer, gab es ein niedriges Holzpodest, auf dem die Matratze gelegen haben musste. Auch diese war wie alle anderen Einrichtungsgegenstände voll gesogen mit Wasser und Schlamm.

»Wir haben uns auf die Matratze konzentriert«, sagte Tolomei. »Zwar haben wir darauf viele Flecken gefunden, aber zurzeit kann ich noch nicht sagen, ob von Blut, Schlamm oder etwas anderem ...«

»Ich möchte, dass die Matratze mit äußerster Sorgfalt analysiert wird«, sagte Maffina.

Tolomei lächelte. »Das dachte ich mir schon. Ich bin sicher, dass wir die Gewebespuren von dem restlichen Material trennen können. Aber das wird einige Zeit dauern.«

Maffina zuckte die Achseln. »Tun Sie Ihr Möglichstes, mehr verlange ich gar nicht. Sonst noch etwas, das wir mit dem Fall Lupis-Fumagalli in Verbindung bringen könnten?«

Randazzo brummelte etwas vor sich hin.

»Entschuldige, was hast du gesagt?«, fragte Maffina.

Randazzo hustete mühsam. »Das sitzt alles noch ganz schön fest bei mir ... Ich meinte, dass der berühmte *modus operandi* unseren Mörder kaum interessieren wird. Überleg doch mal: Es ist völlig egal, wie er sie umbringt. Nicht das Morden verschafft ihm Befriedigung ...« Seine Worte wurden von einem weiteren Hustenanfall erstickt.

7

Gualtieri rief Randazzo um sechs Uhr desselben Tages an. »Warum kommst du nicht einen Augenblick bei mir vorbei?«

»Im Institut?«

Leises Lachen. »Aber nein! Ich bin zu Hause. Passt es dir zum Abendessen?«

Randazzo sagte, es passe ihm.

»Und könntest du bitte auch Maffina Bescheid sagen?«

Randazzo sagte, er könne.

»Eine bemerkenswerte und bizarre Angelegenheit, wirklich bizarr«, schloss Gualtieri.

Maffina strich wie ein eingesperrtes Tier durch seine weitläufige Wohnung. Auf der Rückfahrt vom Piazzale Tacito war er ins Gericht gerufen worden und anschließend hatte es ein letztes Treffen mit den Amerikanern gegeben. Sie würden am nächsten Tag abreisen und Rossi hatte im Präsidium einen kleinen Umtrunk vorbereitet. »Wir wollten zum Abendessen ein bisschen rausfahren, möchtest du nicht mitkommen?«, fragte er.

Maffina sagte, er sei sehr müde.

»Aber einen Martini trinkst du doch mit uns, oder?«

Die Amerikaner saßen alle in einer Ecke und lachten ausgelassen über das, was einer von ihnen gerade erzählte. Groß und blond, alle in dunkler, gedeckter Kleidung mit umso leuchtenderen Krawatten, sahen sie aus wie eine Klasse auf Schulausflug. Einer von ihnen fragte Maffina, ob es Neues vom Killer gebe; der Commissario machte eine vage Handbewegung, worauf sein Gegenüber verständnisvoll nickte.

Endlich konnte er sich losmachen und fuhr eilig nach Hause, aber in diesem Zuhause, das ihm plötzlich fremd geworden war, überkam ihn die Angst. Er überlegte, im Polizeipräsidium anzurufen und zu hören, ob Rossi noch da war und zechte, als Randazzo in der Leitung war.

»Dein Freund Gualtieri will, dass wir zum Essen vorbeikommen.«

»Gibt es was Neues?«

»Er hat sich nicht näher geäußert ... Also, kommst du?«

»Gib mir nur Zeit zum Duschen.«

Langsame, verstohlene Schritte auf der Treppe, das Knarzen einer Tür, die selten geöffnet wurde, ein Schleifen, als wenn etwas verschoben würde. Maffina stellte das Duschwasser ab, warf sich den Bademantel über und trat so leise wie möglich aus dem Bad. Seine Pistole lag im Schlafzimmer auf dem Nachttisch. Er nahm sie und schlich hinunter. Die Geräusche kamen aus dem Wohnzimmer; Maffina dachte an die Stereoanlage, an die Platten, an die Bücher, über die er fast manisch wachte.

Er hielt die Pistole in beiden Händen und ließ eine feuchte Spur hinter sich zurück, als er behutsam durch den langen Korridor ging, der in das Wohnzimmer mündete, wo die Tischlampe einen Lichtkegel auf den Boden warf.

Aurora kniete vor dem Kamin und durchwühlte die Schachteln mit ihren persönlichen Sachen. Sie war ganz in Schwarz gekleidet, trug enge Hosen und einen weiten Pullover, die Haare hatte sie sehr kurz geschnitten. Ihre

Lippen waren rot geschminkt (Maffina konnte sich nicht daran erinnern, sie jemals mit Lippenstift gesehen zu haben!) und das Gesicht weiß gepudert. Sie hob den Blick, doch sie lächelte nicht, als sie ihn sah.

»Heute Abend hätte ich beinahe Aurora erschossen«, erzählte Maffina bei Tisch.

Randazzo und Gualtieri sahen sich verlegen an.

»Nicht was ihr jetzt denkt! Oh Gott, zurzeit täte es mir noch nicht mal besonders Leid, aber dennoch ...«

Caterina, Gualtieris Frau, zog eine Grimasse. Einige Monate lang hatte sie sich mit Aurora getroffen, kurz nach der Hochzeit, doch dann hatten sie von einem auf den anderen Tag aufgehört, sich zu sehen. Es war eine recht merkwürdige Freundschaft zwischen ihnen gewesen, allein schon, weil die beiden Frauen nichts zu verbinden schien. Caterina hatte Aurora immer mitgenommen bei ihren Ausflügen zum Antikmarkt Balôn und sie war es auch gewesen, das wusste Maffina noch sehr gut, die seiner Frau zur Pille geraten hatte. Caterina war Gynäkologin und besorgte das Medikament aus Frankreich oder der Schweiz.

Caterina knabberte an ihrer Lippe. »Dann ist sie also zurückgekehrt. Geht es ihr gut?«, fragte sie schließlich.

»Hervorragend! Sie hat sich die Haare abgeschnitten und malt ihre Lippen rot an. Und sie hat abgenommen ... *Bon*, es bringt nichts, darüber zu sprechen, meint ihr nicht auch? Außerdem ist sie nicht zurückgekehrt, Caterina, sie ist nur gekommen, um ihre Sachen abzuholen: Bücher, Drehbücher, Masken ... Sie zieht nun endgültig nach Berlin. Sie sagt, die Stadt sei wunderschön.«

»Ost- oder Westberlin?«, erkundigte sich Randazzo pedantisch.

»Ostberlin.«

»Ach was, aber wer die sozialistische Realität mag, dem gefällt vielleicht auch diese Stadt«, warf Gualtieri ein.

»Wenn du doch noch nie da warst!«, sagte Caterina.

»Ja und? Ich habe Fotos gesehen; einen Eindruck habe ich also schon bekommen.«

»Ja, Fotos, das ist typisch für dich. Du bist manchmal unfassbar reaktionär.«

»Ich glaube jedenfalls, dass Berlin eine sehr traurige Stadt ist, sei es nun Ost oder West. Aurora hat da eine regelrecht bizarre Wahl getroffen.«

»Ich würde lieber nicht länger darüber sprechen, wenn es euch nichts ausmacht«, sagte Maffina. Dieses ganze Gerede demoralisierte ihn, denn es schien ihm vollkommen sinnlos. Aurora hatte ihn verlassen und diese Salongespräche würden sie auch nicht wieder zurückholen.

Später führte Gualtieri sie in sein Fotolabor, einen kleinen, professionell ausgestatteten Raum innerhalb seines Büros. Er sagte immer, er habe sich in dem Augenblick in die Fotografie verliebt, als er die eingefärbte Scheibe einer Bauchspeicheldrüse unter dem Mikroskop gesehen habe, und wahrscheinlich stimmte das sogar, dachte Maffina. Die Kammer war mit Vergrößerungen von allen möglichen Dingen tapeziert.

»Bemerkenswert!«, flüsterte Randazzo verzückt. »Wirklich bemerkenswert ...«

»Warte ab, bevor du das sagst.« Gualtieri schaltete eine helle Lampe an. »Zuerst dachte ich ja, dass es ein Schlag ins Wasser würde … zu viel Material und, meiner Meinung nach, auch zu unterschiedlich. Ich gestehe euch, dass ich nicht wusste, wo ich anfangen sollte. Natürlich interessierten mich nicht die Großaufnahmen oder Porträts, wie immer ihr sie nennen wollt, sondern ich suchte nach etwas Ungewöhnlichem, versteht ihr? Also habe ich damit begonnen, Gruppen von Gesichtern oder von Menschen zu isolieren und sie nach und nach zu vergrößern …«

»Genau wie in *Blow Up*!«, bemerkte Randazzo hustend.

»Exakt. In Boston habe ich einen ganz großartigen Apparat aufgetrieben … Hier in Italien wird er noch nicht hergestellt: Er verfügt über einen außergewöhnlichen Vergrößerungsmechanismus, eine Art Zoom. Kannst du mir folgen, Maffina? Auf diese Art bin ich dieser mehr als sonderbaren Sache auf die Spur gekommen. Schaut es euch an. Seht ihr dieses Foto? Es ist beim Begräbnis der Lupis entstanden. Im Vordergrund sieht man Eltern und Verwandte …«

»Wer hat es gemacht?«, fragte Randazzo.

»Ein Fotograf der *Stampa*. Hervorragendes Negativ: richtige Schärfe, optimale Körnung …«

»Und weiter?«

»Warte es ab. Hinter den Eltern erkennt man ganz deutlich das Gesicht einer Frau. Es gehört immer noch zum Vordergrund, würde ich sagen.«

»Zeig mal …«

»Kennst du sie?«

»Ist das nicht die Freundin der Lupis, diese Boffi? Schau du mal, Randazzo.«

Randazzo bestätigte, dass sie es war.

»Die Boffi wollte ich euch aber nicht zeigen. Guckt hier, links von ihr … Seht ihr diese halb verdeckte Gestalt?«

»Ist ziemlich undeutlich«, meinte Maffina skeptisch.

»Genau. Das ist das Foto von der *Stampa.* Jetzt schaut euch an, was ich herausgefunden habe.«

Der Lichtstrahl leuchtete auf eine Bildfolge; auf dem letzten Foto sah man einen jungen Mann, der sich die Hände vor das Gesicht hielt.

»Am Anfang dachte ich, er weint oder betet, aber ich war neugierig. Deshalb habe ich andere Fotos daraufhin untersucht … wir sprechen immer noch von der Beerdigung der Lupis … und seht euch an, was ich entdeckt habe. Hier wird der Sarg aus der Kirche getragen.«

Gualtieri hatte einen roten Kreis um eine undeutliche Gruppe von Menschen im Hintergrund des Bildes gemacht. »Hier sind die Vergrößerungen … Der gleiche Junge wie eben, seht ihr? Derselbe Anzug, gleiche Körpermaße … Auch hier verbirgt er das Gesicht hinter den Händen …«

»Als wollte er nicht erkannt werden.«

»Ganz offensichtlich.« Gualtieri fragte, ob sie einen Cognac wollten.

»Am liebsten wäre uns, wenn du einfach weitermachen würdest«, erwiderte Maffina und Randazzo nickte heftig.

Gualtieri betrachtete sie mit einem feinen Lächeln. »Das Interessanteste kommt erst noch. Ich glaube, ein Cognac wäre an dieser Stelle wirklich angebracht.«

Die zweite Fotoserie stammte von Teodoras Begräbnis und gehörte zu den Bildern, die Sabatini geschossen und dann der Polizei übergeben hatte.

Auch hier war Gualtieri auf die gleiche Art vorgegangen: Er hatte leicht verschwommene Gestalten im Bildhintergrund herausgegriffen, isoliert und nach und nach vergrößert. Auf drei davon war eindeutig der Unbekannte zu sehen, der auch bei Maras Beerdigung dabei gewesen war. Er trug ein weißes Hemd oder zumindest irgendetwas Weißes. Auch auf diesen Bildern verbarg er sein Gesicht hinter den Händen, in scheinbar zufälligen und völlig natürlichen Gesten. Auf einem Foto sah man den Unbekannten im Halbprofil. Vielleicht hatte er den Fotografen nicht bemerkt oder er hatte sich nicht mehr rechtzeitig verstecken können.

Die Vergrößerung war sehr unscharf, so dass der Commissario starke Zweifel hatte, ob es sich wirklich um dieselbe Person handelte. Immerhin gab es einige wichtige Übereinstimmungen: die helle Farbe des Hemdes, die besondere Kopfform, die Schulterhaltung ...

Wenn die Hypothese von Commissario Maffina stimmte, hatten sie endlich ein wichtiges Bindeglied zwischen Mara Lupis und Teodora Fumagalli gefunden.

8

»Wie sieht es denn zurzeit mit Beamten aus?«, fragte Maffina einen Tag später Alfio Milani. Sie saßen beim Mittagessen in der Kantine, als er scheinbar beiläufig diese Frage stellte.

Sein Gegenüber musterte ihn neugierig, während er einen Apfel schälte und ihn pedantisch in exakt gleich große Schnitze teilte. »Gibt es ein Problem?«, fragte er.

»Da ist immer noch diese Ermittlung … Der Fall Scassi-Lupis-Fumagalli …«

Milani unterbrach ihn mit einem Achselzucken. »Der Fall Scassi liegt, soweit mir bekannt ist, seit fünf Jahren bei den Akten. Und was die Lupis betrifft, sind wir doch nahe dran, wenn man sich die bisher erzielten Ergebnisse ansieht.«

Hörte er da einen unterschwelligen Vorwurf heraus? Maffina zwang sich zur Ruhe. »Wir haben es hier nicht mit einem der üblichen Morde zu tun, Alfio, und du weißt so gut wie ich, dass der Fall Scassi wieder aufgerollt wurde. Deshalb …«

Doch Milani hörte ihm nicht mehr zu. Seine volle Aufmerksamkeit war der Tür zugewandt, wo in einem Schwarm von Leuten ein Mann in Uniform eintrat.

»Colonello Tassistro!«, rief Milani aus, sprang auf und nahm eine militärische Haltung ein.

»Ich komme gerade aus Griechenland!«, sagte der Colonello anstelle einer Begrüßung. »Ein wundervolles Land!«

»Da herrschen ja auch die Obristen«, entfuhr es Maffina.

Tassistro sah ihn hart an. »Genau!«, erwiderte er mit Nachdruck. »Ordnung, Disziplin und ein arbeitsames, glückliches Land. Kennen wir uns?«, fügte er dann hinzu.

Milani beeilte sich, die beiden einander vorzustellen.

»Sie sind also Kommissar bei der Polizei«, stellte Tassistro skeptisch fest.

Maffina reckte die Schultern.

»Nun, ich will doch hoffen, dass Sie ihren Pflichten nachkommen, Commissario. Das will ich doch stark hoffen!«

»Deine Bemerkung hättest du dir wirklich sparen können, Maffina«, sagte Milani, als sie wieder allein waren.

»Schon, aber zu behaupten, Griechenland sei ein arbeitsames und glückliches Land … So ein aufgeblasener Esel!«

»Ich wäre froh, wenn du bestimmte Ansichten für dich behalten würdest. Letztlich bist du ja auch ein Teil des infamen und korrupten Systems.«

Maffina reagierte nicht auf die Provokation. Der Geräuschpegel im Saal zeugte von allgemeiner Aufregung. »Also?«, fragte er ungeduldig.

»Also was?«

»Die Beamten …«

»Was willst du eigentlich genau?«

»Ich möchte Verstärkung für meine Leute«, forderte Maffina. »Wir sind zu dritt mit einem Berg Arbeit und der Fall ist immer noch nicht abgeschlossen …«

Milani sah ihn fragend an.

»Ich würde gern die Überwachung einiger Gebiete intensivieren: Olmi, zum Beispiel, und Corso Grosseto …«

»Laufarbeit?«, fragte der Kollege und verzog das Gesicht zu einer Miene, die er sich in einem Krimi abgeschaut hatte, weil sie ihm so gut gefallen hatte.

»Auch«, antwortete Maffina müde.

An diese Monate habe ich nur sehr vage und konfuse Erinnerungen …

Zum Beispiel erinnere ich mich noch an einige äußerst triste Pizzerien, wo ich zahlreiche Stunden zubrachte in der schwachen Hoffnung, jemanden zu entdecken, der sich mit der Person auf den Fotos in Übereinstimmung bringen ließe.

Ich erinnere mich an gewisse Kneipen voll mit Schwachköpfen und alten geschwätzigen Trunkenbolden oder an das sinnlose Warten an Straßenbahnhaltestellen oder auch an lange Abende, die ich im Kino Principessa auf dem Corso Grosseto verbrachte ... Nein, die Filme verfolgte ich kaum ... Ich setzte mich in die hinterste Reihe und beobachtete die Leute, die hereinkamen, und zerfraß mich bei dieser nutzlosen und nervraubenden Warterei.

Dann ging ich nach Hause, studierte die Fotos von Sabatini und versuchte, mich in den Kopf des Mörders hineinzuversetzen. Aber vergeblich ... Meistens jedenfalls.

(Antonio Maffina: Interview vom 3. 3. 96)

(Auszug aus dem privaten Tagebuch von Commissario Maffina, das er freundlicherweise für die Veröffentlichung zur Verfügung gestellt hat. Die Aufzeichnungen umfassen den Zeitraum November–Dezember 1970)

5. November
Komme gerade vom Corso Grosseto, wo ich schon zum dritten Mal *Die süße Qual deiner Küsse* gesehen habe.

Wenn mich jemand fragte, wovon der Film handelt, könnte ich keine genaue Auskunft geben. Auch dieser Abend also ohne Ergebnis.

10. November
Die von Alfio zugesagte Verstärkung ist eingetroffen, und zwar in Person von Berto Fasani, einem zwanzigjährigen

Gefreiten bei seinem ersten Einsatz. Als er vor mir stand, fast noch ein Milchgesicht in Uniform, floss mir die Galle über ... Nun ja. Zum Glück ist Rossi mir zu Hilfe gekommen (tüchtiger Kerl, dieser Rossi) und hat sich bereit erklärt, das Bürschchen zu entwöhnen. Da ich zurzeit befreit bin von den Zwängen der Drogenfahndung (und überdies auch von familiären Zwängen), widme ich mich mit Leib und Seele meinen nächtlichen Überwachungen.

Wir haben uns folgendermaßen aufgeteilt: Anselmi kümmert sich um Olmi, da er sich in der Zwischenzeit mit den Lupis angefreundet hat; Randazzo schaut sich in Borgaro um (in der Hoffnung, Näheres über Lucia Valran herauszubekommen) und ich übernehme den Corso Grosseto. Allmählich kenne ich hier alle Pizzerien, alle Kneipen und Bars. Ich bin immer in Jeans und Pulli unterwegs, in Parka und mit dem Lederrucksack in der Hoffnung, als Student im höheren Semester durchzugehen ... Aber eigentlich ist es mir egal, ob ich erkannt werde. Soll dieser Bastard sich doch in die Hose machen vor Angst!

11. November

Als ich heute Morgen aus der Via Grattoni komme, höre ich meinen Namen rufen. Es war Sabatini, der mit den Fumagalli befreundete Fotograf, der wissen wollte, ob seine Bilder etwas genutzt hatten. Er sah mich mit einer gewissen Herablassung an, als wüsste er wer weiß was für Geheimnisse. Ich habe erwidert, dass wir dran seien, und gefragt, ob ich ihn zu einem Kaffee einladen dürfte. Sabatini spielte mit seiner Tasse herum und erzählte, dass Teodoras Eltern »am Boden zerstört« seien. Dieser Ausdruck war für mich die Quintessenz der Banalität und ich habe ihn skeptisch angesehen. Sabatini hat kein Alibi für den Abend, als Teodora starb, aber für die Lupis ist er unantastbar: Er befand sich zu der Zeit in Moskau, wegen einer Fotoreportage im Auftrag seiner Partei, und in den Tagen vor dem Hochwasser war er in London. Ein Weltenbummler.

13. November

Gestern bin ich zu einer Psychologin gegangen, die Gualtieri kennt; sie heißt Paggi und hat eine Assistentenstelle in der Neurologie.

Paggi sprach von dem Mörder ausschließlich als »unser Freund«; ihrer Theorie nach hat »unser Freund« eine schizoide Persönlichkeit, die sich fortlaufend spaltet; das würde auch den zeitlichen Abstand von fünf Jahren zwischen dem ersten und dem letzten Verbrechen erklären. Die Paggi sagt, dass solche Personen dem Anschein nach völlig normal seien und ein äußerst kontrolliertes Leben führen könnten, bis irgendetwas das Gleichgewicht störte.

Ich habe sie gefragt, was »unserem Freund« denn passiert sein könnte. Sie meinte, wahrscheinlich habe das erste Delikt die Schleuse geöffnet. Paggi zufolge hat der Mord an der Scassi alle Hemmungen gelöst; das Übrige ist dann nur noch die Konsequenz daraus ...

Wieder zu Hause, war ich ziemlich demoralisiert. Ich habe mir die Vergrößerungen von Gualtieri im Büro aufgehängt und lange darauf gestarrt. Ich überlegte, was für ein Gesicht sich wohl hinter diesen Händen verstecken könnte: ein junges Gesicht oder ein Gesicht, das schon vom Laster zerfressen war? Oder ein krankes, gezeichnetes Gesicht? Eine dem Anschein nach völlig normale Person, hat die Paggi gesagt ... Aber wie viele dem Anschein nach völlig normale Personen habe ich die letzten Abende gesehen?

18. November

Seit einigen Tagen lese ich *Abriss der Psychoanalyse*, der Paggi zufolge ein grundlegendes Buch. Ich erfahre viele interessante Dinge über sexuelle Perversion und Sadismus, der nach Freud seinen Ursprung in einer verdrängten Homosexualität haben könnte. Trotz dieser Lektüre merke ich, dass ich mich absolut nicht daran gewöhnen kann, dass »unser Freund« pervers sein soll. Aber ich muss mich wohl mit dieser Vorstellung anfreunden, wenn ich die düsteren Beweggründe bestimmter Verhaltensweisen verstehen will ...

19. November

Noch nie habe ich eine Ermittlung als so mühselig empfunden wie diese ...

25. November

Gestern wäre ich in Lucento beinah enttarnt worden. Ich war im Kino, als dieser Bruno Torresi hereinkam, Turturros Kontaktmann, den wir im September vergeblich überprüft haben.

Torresi hat sich einige Reihen vor mich gesetzt. Er war allein und ist bei jeder ansatzweise komischen Szene in übertriebenes, kindisches Gelächter ausgebrochen. Ich habe ihn misstrauisch beobachtet, weil ich ihn verdächtigte, hier zu dealen. Ich wollte durch nichts und niemanden gestört werden. Am Anfang einer Jagd bin ich immer sehr angespannt, Randazzo behauptet, ich sei geradezu paranoid, und vielleicht hat er sogar Recht.

Jedenfalls habe ich das Kino unmittelbar zu Beginn der letzten Vorstellung verlassen. Das ist ein ganz besonderer Moment: Der Saal leert sich mit einem diffusen Stimmengewirr, dann kommt die letzte Welle von Zuschauern, die nicht weniger Lärm machen und fast immer ein völlig rücksichtsloses Verhalten an den Tag legen.

Als ich hinausging, warf mir die Platzanweiserin einen langen und forschenden Blick zu. Wahrscheinlich fragt sie sich, was ich bloß an diesen Filmen finde, dass ich sie mir vier Mal hintereinander anschaue ...

26. November

Seit gestern Abend geht mir das Gelächter von diesem Torresi nicht mehr aus dem Kopf. Bei jedem schlüpfrigen Witz stieß er ein hysterisches Lachen aus, irgendwie künstlich ...

28. November

Ich jage ihn jetzt ganz systematisch, aber ohne Ergebnis. Außerdem merke ich, dass noch etwas anderes hinter dem ständigen abendlichen Ausgehen steckt, wenn ich mich in die kalte und feindliche Peripherie stürze. Ich möchte nicht allein zu Hause sein, das ist offensichtlich! Die Wohnung ist zu voll mit Erinnerungen, als dass ich dort zur Ruhe käme. Auch die Fotos, die ich über alle Räume verstreut aufgehängt habe, gehören zu dieser freiwillig herbeigeführten Kontamination ... Es ist, als wollte ich mit diesen Bildern die Luft verschmutzen, die ich atme. Kurz gesagt, verbrannte Erde schaffen!

30. November

Wieder ein vergeudeter Tag. Heute habe ich frei, deshalb bin ich morgens auf die Vespa gestiegen und trotz Kälte und Nebel kreuz und quer durch Lucento, Madonna di Campagna und Venaria gekurvt.

Unter anderem bin ich bei den Stahlwerken vorbeigefahren. Mehrmals wäre ich fast gestürzt, aber schließlich stand ich dann doch vor der zerfallenen Hütte. Nichts zu sehen: durchnässte weiße Blumensträuße vor der versiegelten Tür, sonst nur der Regen, der eintönig auf die kaputten Ziegel trommelte.

Mara hat fünfzehn Tage dort gelegen und fünfzehn Tage lang ist er regelmäßig zu ihr gegangen ... Warum? Was hat ihn zu dieser baufälligen Hütte getrieben, wo er ständig Gefahr lief, von jemandem gesehen und erkannt zu werden?

Auf der Rückfahrt zum Corso Grosseto bin ich bei Brichet vorbeigefahren. Den Häusern sieht man die Wucht des Wassers noch deutlich an. Ich verstehe nicht, warum mich von allen Ecken Lucentos am stärksten der Corso Grosseto anzieht, auf fast morbide Weise, wo ich letztlich die meiste Zeit auf der Lauer liege.

Abendessen mit Rossi und Randazzo. Turturro scheint mit weiteren Namen herausrücken zu wollen. Rossi sprach davon, dass dies vielleicht einen Krieg rivalisierender Banden auslösen könnte, da die Namen, die Turturro jetzt nennen wolle, »echte Schwergewichte« seien ...

5. Dezember

Im Präsidium habe ich mir noch einmal die Aufnahme des Verhörs von Bruno Torresi angehört. Seine Stimme klingt sehr kalt und beherrscht, manchmal fast tonlos. Während das Band lief, versuchte ich mir die massige Gestalt des Jungen in Erinnerung zu rufen. Irgendwie besteht eine vollkommene Unvereinbarkeit von Stimme, Äußerem und dann diesem Gelächter ...

10. Dezember
Manchmal habe ich das Gefühl, dass ich ganz nah dran bin ...

Kapitel 2: Lucia und Bruno

Ich saß alleine im Café,
die Gedanken fern von dir …

1

Ein drückender, schwüler Augustnachmittag, die Smogkonzentration hatte die zulässigen Grenzwerte längst überschritten. Ozon, die Pest des zwanzigsten Jahrhunderts, lastete auf der Stadt und teilte mit der Sorglosigkeit eines freigebigen Gastgebers Lungenemphyseme und asthmatische Reaktionen aus. Der Corso Francia lag wie gelähmt in der sengenden Sonne, deren Widerschein skurrile Lichtspiele auf den Asphalt und die Häuserwände zeichnete. Erica konnte von ihrem Sitzplatz aus im Vorüberfahren das alte Arbeiterviertel sehen, mit seinen dunklen Sandsteinfassaden, welche die Hitze komplett aufzusaugen schienen.

Während der Bus Richtung Rivoli fuhr und die wenigen Autos hinter sich ließ, die sich trotz der Hitze an Mariä Himmelfahrt Mitte August auf die Straße wagten, fragte sich Erica, wie es hier wohl vor dreißig Jahren ausgesehen hatte, als sie noch nicht geboren war und die Protagonisten ihrer Abschlussarbeit keine Gespenster der Vergangenheit waren, sondern Menschen, die das Leben gierig in sich aufsogen, ohne zu ahnen, dass die Tragödie nur wenige Schritte von ihnen entfernt hinter der nächsten Ecke lauerte.

»Endstation«, ertönte die Stimme des Busfahrers.

Die junge Frau stieg aus und fühlte sich wie eine Schiffbrüchige, die auf dem großen Platz gestrandet war, wo die Ausfahrten der Autobahn und der neue Zubringer zur Umgehungsstraße mündeten, der dem aufgerissenen Maul eines riesenhaften Urzeittieres glich.

Mit dem Gedanken, dass die Zeit ein Monster war, das alles verschlingt, was ihm begegnet, machte sie sich auf den Weg zum Altersheim.

»Ich möchte mit Adele Torresi sprechen. Ich bin mit ihr verabredet«, sagte sie zu der Dame am Empfang.

»Sie heißen ...«

»Erica Franzoni.«

»Einen Moment bitte ...« Die Frau betätigte die Sprechanlage. »Maria Luisa, hier ist eine Signorina Franzoni, die zu der Torresi möchte. Was soll ich tun? Ja. Gut, sag ich ihr.« Sie wandte sich mit einem mechanischen Lächeln an Erica. »Wenn Sie einen Moment Platz nehmen möchten, die Pflegerin kommt sofort.«

Erica ließ sich unter einem großen Marienbild nieder. Die Maria trug die stereotypen weißen und hellblauen Gewänder und blickte über den schmutzig braunen Hintergrund hinweg in die Ferne, wo ein Dickicht von Gesichtern und grausamen Fratzen ihre friedfertige Gelassenheit herauszufordern schien.

»Signorina Franzoni? Ich bin Maria Luisa Poltronieri. Mir wurde gesagt, Sie wollten Signora Torresi sprechen.«

»Ja. Ich bin mit ihr verabredet. Ich habe vor zwei Tagen mit ihr telefoniert …«

»Signora Torresi ist sehr krank, wissen Sie das?«

Die Studentin nickte.

»Sie hat erhebliche Probleme mit dem Herzen. Außerdem ist sie bettlägerig …«

»Ich weiß, es tut mir Leid.« Erica wurde gegen ihren Willen rot. »Aber ich würde sie wirklich sehr gern kennen lernen.«

Maria Luisa Poltronieri musterte die junge Frau herablassend. Mit harscher und aggressiver Stimme erwiderte sie: »Leider möchte Signora Torresi das aber nicht, verstehen Sie das?«

»Nein, ganz und gar nicht. Vorgestern schien sie noch gewillt, mich zu treffen …«

»Heute aber nicht mehr«, erwiderte die Poltronieri mit der gleichen herablassenden Art. »Wir sollten die Entscheidungen unserer alten Mitmenschen respektieren, meinen Sie nicht? Außerdem ist Signora Torresi eine ganz besondere Frau. Seit sie hier ist, haben wir immer versucht, sie vor der Außenwelt in Schutz zu nehmen. Wenn Sie wüssten, wie viele Leute mit ihr reden möchten: Reporter, Autoren, Kolumnisten, sogar Priester … Sie sind da wahrlich nicht die Einzige, daher …« Ohne den Satz zu beenden, breitete sie die Arme aus und schüttelte den Kopf. Ein kleines Lächeln des Triumphes erschien auf ihrem Gesicht, als Erica sich resigniert entschuldigte.

»Ich wollte wirklich keine Probleme bereiten, tut mir Leid.«

»Noch nie war ich so wütend und frustriert, noch nie habe ich mich so hilflos gefühlt gegenüber der Macht dieser mickrigen Angestellten, die sich für einen Augenblick als die Vertreterin wer weiß welcher Autorität ansah!«, sagte Erica und versuchte, sich aus der Umarmung zu lösen.

Daniele ließ sie nicht los und streichelte sie beruhigend.

»Vorgestern noch hat sie gesagt, sie will mich sehen, sie freut sich, mit jemandem zu reden, und heute ist plötzlich alles wieder anders ... Warum nur? Kannst du mir das erklären?«

Daniele meinte, er wüsste es auch nicht, und begann, sanft an ihrem Ohrläppchen zu knabbern.

»Sie ist alt, nun gut ... Sie ist krank ... das weiß ich ja alles. Aber ich kann dir versichern, dass sie noch lange nicht im Sterben liegt. Sie wird den ganzen Tag nichts anderes zu tun haben, als aus dem Fenster zu glotzen ... so wie alle anderen im Heim auch. Für mich wäre dieser Besuch wirklich wichtig gewesen ...«

Daniele streifte ihr das letzte Kleidungsstück ab, einen schwarzen Slip mit Spitzenbesatz, den Erica manchmal anzog, wenn sie wusste, dass sie sich sehen würden.

Als sie an diesem Abend nach Hause kam, blieb sie noch lange auf und ging immer wieder ihre Aufzeichnungen durch. Irgendetwas passte nicht ins Bild, aber sie wusste nicht, was ...

2

Einige Wochen nach dem Hochwasser fiel Adele wieder dieser Geruch auf: süßlich, intensiv, ekelerregend. Am stärksten war er im Flur, von dem die Türen zu den beiden Schlafzimmern abgingen.

»Wie es hier stinkt«, stellte Riccardo eines Abends fest. »Machst du eigentlich überhaupt nicht mehr sauber?«

Adele murmelte etwas über das Hochwasser.

»Aber das riecht nicht nach Schimmel! Es riecht nach Scheiße«, sagte Riccardo, während er sich die Hand auf den Magen legte, bevor er laut und anhaltend rülpste. »Ah, das tut gut«, sagte er und zwinkerte ihr zu.

Der nächste Tag war ein Samstag und die Sonne schien sanft durch die geöffneten Fenster herein. Riccardo verließ sehr zeitig die Wohnung mit den Worten, er habe zu tun. Doch es war Samstag und Riccardos einzige Beschäftigung am Samstag bestand darin, in irgendeinem Wirtshaus Biancosarti bis zum Umfallen zu trinken …

Auch Bruno war früh aufgebrochen. Er hatte sich herausgeputzt: dunkle Hose, hellblauer Pullover und ein Mantel aus Rentierleder, der ein Vermögen gekostet haben musste. Bruno schwamm zurzeit im Geld; wenn er spätabends nach Hause kam, legte er immer zwei Zehntausend-Lire-Scheine auf das Radio in der Küche. Adele wusste nicht, ob sie sich darüber freuen sollte oder nicht. Die Frau von der Fürsorge hatte ihr eine neue Arbeit versprochen. »Sie werden sehen, ich finde etwas für Sie«, hatte sie gesagt, aber bisher kam kein Geld ins Haus außer dem von Bruno.

Samstagvormittag, die Sonne schien sanft durch die geöffneten Fenster herein und mischte sich mit dem durchdringenden Geruch ... Adele packte Lappen und Scheuermittel und machte sich ans Putzen.

Die Tiere, drei Ratten und zwei kleine Vögel, fand sie in Brunos Zimmer hinter einem Stapel alter Kartons, von denen sie sich noch nicht hatte trennen können. Die Vögel waren erst wenige Tage tot, ihr Flaum war noch ganz frisch, doch die Ratten verwesten schon und waren von den Gasen ganz aufgebläht.

Adele stieß einen Schrei aus und rannte ins Bad. Über die Kloschüssel gebeugt, erbrach sie sich, während ihr die Tränen über die Wangen liefen. Danach blieb sie lange auf der Toilette sitzen, wie gelähmt vor Schreck und unentschlossen, was sie tun sollte. Allein bei dem Gedanken, noch einmal dieses Zimmer zu betreten, wurde ihr sofort wieder schlecht ... aber irgendetwas musste sie ja tun.

Schließlich nahm sie alte Zeitungen und einen Müllbeutel, ging in das Zimmer und deckte das Aas ohne hinzuschauen mit dem Papier zu. Dann packte sie die Kehrschaufel, den Blick immer noch abgewandt, während sie den Brechreiz unterdrückte, ließ die Tiere in den Beutel fallen, verschloss ihn und stellte ihn in den Hausflur.

Bis zum Nachmittag lief sie gut zwanzigmal die Treppe rauf und runter, jedes Mal mit einem entschuldigenden Lächeln auf den Lippen, wenn ihr jemand begegnete; sie hielt nur inne, um Atem zu schöpfen und ihren Beinen ein wenig Ruhe zu gönnen. Schließlich hatte sie sämtliche Schachteln und Kartons weggeschafft und mit ihnen all die Sachen, die ihrer Mutter gehört hatten und die sie nicht mehr brauchte, und Bruno noch viel weniger. Als das Zimmer leer geräumt war, schrubbte sie den Fußboden, die Wände und die Fenster, zuerst mit Reinigungs- und dann mit Desinfektionsmittel, anschließend bearbeitete sie den Boden mit Bohnerwachs, wechselte die Bettwäsche und warf die Vorhänge weg, speckige und verstaubte Fetzen, die sie durch saubere, weiße Handtücher ersetzte. Und weil sie immer noch nicht zufrieden war und der Verwesungsgeruch noch in der Luft lag, ging sie eine Dose Möbelwachs kaufen und polierte damit ausgiebig die Kommode und den Schrank.

Als Riccardo nach Hause kam, saß sie mit starrem Blick und im Schoß gefalteten Händen in der Küche. Der Mann schnüffelte und stellte zufrieden fest, dass der Geruch verschwunden war, vielleicht war es ja doch die Feuchtigkeit von diesem verfluchten Hochwasser gewesen.

Adele antwortete nicht, sondern begann zu weinen und wiegte sich mit demselben starren Blick auf dem Stuhl hin und her.

Neulich abends bin ich nach Hause gekommen und mein Zimmer glänzte und funkelte wie eine Nutte von der Porta Nuova. Meine Mutter hatte anscheinend geweint, ihre Augen waren ganz rot und geschwollen, und sie hat kaum gegrüßt, als ich reinkam. Ich habe ihr die zwei Scheine zugesteckt und bin ins Bett gegangen, in ein wunderschönes Bett, ganz frisch und sauber und irre bequem …

Ich kann sie nicht mehr finden … Dabei hatte ich sie so gut versteckt! Sie waren gerade so schön, vor allem die Ratten mochte ich mit ihrem Geruch … Das muss sie in ihrem Putzwahn gewesen sein … Aber ohne den Müll von Oma lebt's sich eindeutig bes-

ser: Das Zimmer ist größer und ich kann das Fenster wieder aufmachen …

Warum hat Mutter sie bloß weggeworfen?

Ich habe wieder angefangen, die Listen und die Straßennamen durchzugehen … Ich verliere immer mehr das Gedächtnis … ich vergesse Dinge. Andauernd ist dieser Köter in meinem Kopf, der mir das Hirn zerkratzt … Diese Irre von Mutter sieht mich an und fängt an zu heulen. Um sie zu trösten, hab ich ihr gestern fünf Scheine gegeben. »Ich will dein Geld nicht!«, hat sie gesagt. Aber dann hat sie sich auf mein Bett gesetzt und lange meine Hände gehalten, wir haben ausgesehen wie irgendein beklopptes Liebespaar.

Mit den Drogen läuft alles wie geschmiert. Osvaldo hatte mich mit Roberto bekannt gemacht, genannt der Schöne, und dieser Roberto hat mich Ballerini vorgestellt. Ballerini ist ein bisschen wie Turturro, bloß eine Nummer größer. Ich deale jetzt in Asti, in der Gegend von Castelalfero, und verdiene einen Haufen Geld. Ich hab mir neue Jacken und Hemden gekauft und bald besorge ich mir eine neue Maschine. Kurz, ich bin in Topform …

Manchmal denke ich, eine Art, nicht sterben zu müssen, ist es, immer zu schauen, was danach passiert. Ich beobachte gern, wie sich alles verändert, unsere Farbe und unser Geruch … So war es bei Evangelina, bei Mara, bei Teodora und bei Lucia … Aber dann kommt immer irgendetwas oder jemand und nimmt sie mir weg … Wie diese Scheißratten, wie die Katze, die unter meinem Bett liegt. Ich schaue sie an und versuche, die Dinge zu begreifen, doch am Ende begreife ich nur, dass mein Gedächtnis immer mehr den Bach runtergeht.

Im November suchte Adele einen Arzt auf …

3

»Hier, schöne Frau! Das ist alles, soweit ich weiß«, sagte der Archivar und warf einen Stapel Mappen auf den Tisch. Eine trockene Staubwolke stieg auf und der Archivar musste husten. Er lächelte Erica wohlwollend zu. »Da haben Sie aber eine ganze Menge Material, was?«

Die Studentin verzog das Gesicht. »Und es gibt noch viel mehr. Ständig tauchen neue Aufzeichnungen, Protokolle und Unterlagen auf …«

»Im Papier liegt die Gerechtigkeit!«, rief der junge Mann aus, während er sich mit einer kleinen Verbeugung die Hand auf die linke Brust legte. »Vergessen Sie's«, sagte er dann, »war nur ein dummer Spruch.«

Die junge Frau lächelte nachsichtig.

»Brauchen Sie sonst noch etwas? Wenn ich Kaffee koche, möchten Sie dann auch ein Schlückchen?«

Erica nickte zustimmend.

»Ich bin dort drüben. Wenn Sie etwas brauchen, rufen Sie mich einfach. Und bald gibt es ja dann Kaffee …«

Erica lächelte wieder. Seit sie Annalisa kannte, war sie etwas umgänglicher geworden, eine Entwicklung, die sie nicht bedauerte.

(Vernehmung des Zeugen der Verteidigung Ivano Pozzuoli – Richter: Mario Arvali, Staatsanwalt: Marco Finocchiaro, Verteidiger: Luigi Ansaldi, Protokoll: Ferdinanda Chioma – Sitzung vom 13. 6. 72 – Stralcio)

ANSALDI: Wenn Sie so freundlich wären, dem Gericht darzulegen, wie Sie Lucia Valran kennen lernten?

IVANO POZZUOLI: Ich habe Lucia Valran vor zwei Jahren an der Bushaltestelle kennen gelernt. Es regnete und ich habe sie gefragt, ob sie sich unter meinen Schirm stellen wolle. Lucia sagte ja. So habe ich sie kennen gelernt ...

ANSALDI: Und am selben Abend kam sie zu Ihnen nach Hause ...

FINOCCHIARO: Einspruch. Der Verteidiger legt damit voreilige Schlussfolgerungen über das Opfer nahe.

RICHTER ARVALI: Einspruch stattgegeben.

ANSALDI: Dann formuliere ich meine Frage anders: Wann haben Sie begonnen, sie privat zu besuchen ...

FINOCCHIARO: Einspruch ...

Richter Arvali: Einspruch abgelehnt.

ANSALDI: Wann haben Sie begonnen, die Valran privat zu besuchen?

POZZUOLI: Ja, also, das war noch am selben Abend. Ich habe sie nach Hause gebracht und bin dann bei ihr geblieben.

ANSALDI: Und Sie haben die Valran auch danach wiedergesehen?

POZZUOLI: Manchmal ...

ANSALDI: In welchen zeitlichen Abständen?

POZZUOLI: Ein oder zwei Mal im Monat ... Normalerweise hat sie mich angerufen ...

(Vernehmung der Zeugin der Anklage Ludovica Magnani – Richter: Mario Arvali, Staatsanwalt: Marco Finocchiaro, Verteidiger: Luigi Ansaldi, Protokoll: Ferdinanda Chioma – Sitzung vom 17. 6. 72 – Stralcio)

MAGNANI: ... an jenem Tag erzählte mir Lucia, dass sie den Klempner bestellt hatte: Ein Rohr im Bad war kaputt und es trat Wasser aus.

FINOCCHIARO: Sie erinnern sich nicht mehr an den genauen Tag?

MAGNANI: Nein, leider nicht. Ich weiß nur, dass es irgendwann im Sommer war ...

FINOCCHIARO: Könnten Sie das etwas genauer eingrenzen?

ANSALDI: Ich wüsste nicht, warum die Geschworenen das interessieren sollte.

RICHTER ARVALI: Tatsächlich, Avvocato, ich verstehe nicht, warum Sie so auf dieser Frage beharren.

FINOCCHIARO: Verzeihung, aber es ist wichtig zu klären, wann das Opfer und der Mörder ...

ANSALDI: Einspruch! Der Staatsanwalt stellt es als erwiesen dar, dass der Angeklagte die Valran ermordet hat.

RICHTER ARVALI: Einspruch stattgegeben. Bemühen Sie sich, keine persönlichen Schlussfolgerungen oder Kommentare abzugeben, die hier nicht gefragt sind.

FINOCCHIARO: Ich bitte um Entschuldigung. Zurück zu Ihnen, Signorina Magnani, Sie erinnern sich also nicht mehr, welcher Monat es war?

MAGNANI: Juli ... Ja, ich glaube, es war im Juli.

FINOCCHIARO: Im Juli also lernt der Angeklagte die Valran kennen. Könnten Sie dem Gericht erzählen, was Ihnen das Opfer im Folgenden berichtete?

MAGNANI: Ja. Sie sagte, da sei so ein Kerl wegen des Wasserschadens bei ihr gewesen. Sie sagte, es sei ein merkwürdiger Vogel und er habe Sachen gesagt, die sie beunruhigten ...

FINOCCHIARO: Sie wissen nicht zufällig, um was für Sachen es sich da genau handelte?

MAGNANI: Nein, tut mir Leid.

(Vernehmung des Zeugen der Anklage Donato Parenti – Richter: Mario Arvali, Staatsanwalt: Marco Finocchiaro, Verteidiger: Luigi Ansaldi, Protokoll: Ferdinanda Chioma – Sitzung vom 17. 6. 72 – Stralcio)

FINOCCHIARO: Signor Parenti, zur Zeit der Verbrechen waren Sie bei der Firma von Signor Fugazza angestellt? Genauer gesagt Sanitäre Installationen Fugazza?

PARENTI: Ja.

FINOCCHIARO: Könnten Sie dem Gericht bitte Ihren genauen Aufgabenbereich beschreiben?

PARENTI: Ich war mit der Installation und Wartung der sanitären Anlagen betraut, außerdem habe ich im Lager ausgeholfen.

FINOCCHIARO: Und so lernten Sie auch den Angeklagten kennen?

PARENTI: Ja, genau so.

FINOCCHIARO: Ist Ihnen während Ihrer gemeinsamen Arbeit mit dem Angeklagten irgendetwas Merkwürdiges hinsichtlich seines Charakters aufgefallen ...

ANSALDI: Einspruch!

RICHTER ARVALI: Stattgegeben. Avvocato Finocchiaro, bitte verzichten Sie auf voreingenommene Fragen.

FINOCCHIARO: Ich ziehe die Frage zurück. Haben Sie im Zeitraum, in dem die Morde geschahen, jemals mit dem Angeklagten zusammengearbeitet?

PARENTI: Ja, ein paarmal.

FINOCCHIARO: Und ist es im Sommer 1970 jemals vorgekommen, dass Sie gemeinsam mit dem Angeklagten Reparaturen ausgeführt haben oder zu Noteinsätzen gefahren sind?

PARENTI: Ja, ein Mal.

FINOCCHIARO: Können Sie das präzisieren?

PARENTI: Anfang Juli habe ich in der Wohnung dieser Lucia Valran ein Rohr repariert.

FINOCCHIARO: Am Piazzale Tacito?

PARENTI: Ja.

FINOCCHIARO: Und bei der Gelegenheit war auch der Angeklagte anwesend?

PARENTI: Ja.

FINOCCHIARO: Stimmt es, dass es einen zweiten Anruf gab?

PARENTI: Ja, zwei Tage später.

FINOCCHIARO: Und was genau passierte dann?

PARENTI: Das war kurz vor den Sommerferien und in der Firma war noch viel Arbeit fertig zu machen. Weil es sich eh nur um eine Kontrolle handelte, schickte der Chef ihn hin ...

FINOCCHIARO: Allein?

ANSALDI: Einspruch!

RICHTER ARVALI: Abgelehnt! Fahren Sie fort, Avvocato Finocchiaro.

FINOCCHIARO: Danke. Der Angeklagte fuhr also allein zu dieser Kontrolle?

PARENTI: Ja.

FINOCCHIARO: Was geschah dann?

PARENTI: Die Firma machte, wie gesagt, für die Urlaubszeit dicht, und als wir Mitte August wieder aufmachten, ist der Angeklagte nicht mehr erschienen. Ich glaube, er hat gekündigt, aber sicher bin ich mir da nicht.

FINOCCHIARO: Sie haben den Angeklagten nie wieder gesehen?

PARENTI: Nein.

(Vernehmung des Zeugen der Anklage Matteo Fugazza, Geschäftsführer der Firma S.I.F. – Richter: Mario Arvali, Staatsanwalt: Marco Finocchiaro, Verteidiger: Luigi Ansaldi, Protokoll: Ferdinanda Chioma – Sitzung vom 17. 6. 72 – Stralcio)

FINOCCHIARO: Könnten Sie dem Gericht Ihr Verhältnis zu dem Angeklagten näher beschreiben?

FUGAZZA: Der Angeklagte hat von September '69 bis Juli '70 in meinem Betrieb gearbeitet, als Hilfsarbeiter im Lager.

FINOCCHIARO: Wie kam es zu dieser Zusammenarbeit?

FUGAZZA: Über die Pfarrei vom Corso Grosseto. Der Angeklagte kam auf Empfehlung von jemandem, den ich kannte und der sich mit der Eingliederung von verhaltensgestörten Jugendlichen in die Arbeitswelt beschäftigte.

ANSALDI: Einspruch! Der Zeuge trifft damit eine moralische Wertung zu Lasten des Angeklagten, nach der nicht gefragt war.

RICHTER ARVALI: Stattgegeben. Der Zeuge soll sich darauf beschränken, die Fragen zu beantworten, ohne persönliche Urteile abzugeben.

FINOCCHIARO: War der Angeklagte ein gewissenhafter Arbeiter?

ANSALDI: Ich wüsste nicht, was das mit unserem Fall ...

RICHTER ARVALI: Der Herr Verteidiger möge sich beruhigen. Der Oberste Staatsanwalt hat das Recht, diese Frage zu stellen ... Fahren Sie fort, Avvocato.

FINOCCHIARO: Danke. Also, welches Verhältnis zu seiner Arbeit hatte der Angeklagte Ihrer Meinung nach?

FUGAZZA: Ein sehr wechselhaftes ... manchmal ließ er sich tagelang nicht blickten und immer ohne Entschuldigung ... Aber bei der Arbeit selbst war er ziemlich genau. Er versuchte, sein Bestes zu geben.

FINOCCHIARO: Was ist mit den anderen Angestellten? Wie gestaltete sich seine Beziehung zu denen?

FUGAZZA: Gut, würde ich sagen ... Er erzählte nicht viel von sich, hielt sich lieber ein bisschen abseits ...

FINOCCHIARO: Das Arbeitsverhältnis endete also schlagartig im Juli 1970, wenn ich mich nicht irre?

FUGAZZA: Eigentlich war ...

FINOCCHIARO: Ja oder nein?

FUGAZZA: Der Betrieb machte für drei Wochen zu und danach erschien der Angeklagte nicht mehr.

FINOCCHIARO: Was taten Sie da? Haben Sie Ihren Bekannten angerufen? Oder der Familie Bescheid gegeben?

FUGAZZA: Nein, eigentlich nicht. Ich habe dem Angeklagten lediglich seine Entlassung mitgeteilt.

FINOCCHIARO: Danke, keine weiteren Fragen.

4

Ich hab geträumt, dass ich Lucia gebumst habe. Im Traum war sie weiß und unbeweglich. Im Traum war sie tot. Ich bin aufgewacht, weil mein Schwanz wehtat. Ich bin aufgestanden und habe die verdammten Kartons zur Seite geschoben. Gestern habe ich eine Ratte am Dora gefunden und mitgenommen. Es hat mir gut getan, sie anzusehen, so leblos und steif … Ich habe sie ewig lange betrachtet und ganz langsam verschwanden das Kopfweh und die Angst …

Ich hab geträumt, dass ich Lucia gebumst habe. Im Traum war sie weiß und unbeweglich. Lucia hat massenhaft Typen, die andauernd kommen und gehen. Die lässt sich von allen vögeln außer von mir, die Hure! Letztens bin ich wieder zu ihr hin. Die Sonne schien und ich hatte Angst, die Kuh könnte vielleicht im Schwimmbad sein. Aber sie war zu Hause. »Ach, du bist das«, sagt sie, als sie mich vor ihrer Scheißhaustür stehen sieht. Ich lächele ihr zu … Ich hatte ihr Stoff mitgebracht: ein paar Joints und ein bisschen Kokain. Als sie die Joints sieht, wird sie ganz locker. »Wo hast du denn die her? Nicht schlecht, schau mal einer an!« Dann hat sie mich reingelassen und wir haben gekifft. Sie hat ein riesiges und wahnsinnig bequemes Bett. Ich hab ihr eine Hand zwischen die Beine gelegt und sie hat sich anfassen lassen und ist auch gekommen, aber dann, als ich an der Reihe war, hat sie gesagt, sie ist müde, sie hat noch eine Verabredung, da hab ich ihr nicht gesagt, dass ich noch Kokain habe.

Lucia hat mich gefragt, ob ich sie regelmäßig mit Stoff versorgen kann. Ich hab ihr gesagt, dass ich kein Dealer bin, sie soll doch zu so einem Scheißdealer gehen. Sie hat angefangen zu lachen und gesagt, wenn ich ihr Gras bringe, besorgt sie es mir. Da hab ich ihr zwei Tüten gebracht, so richtig große und heftige, aber vielen Dank und auf Wiedersehen, das Kätzchen lässt mich einfach nicht ran …

Diese Geschichte mit Lucia wird böse enden, das spüre ich. Ich habe schon wieder von ihr geträumt, dasselbe wie letztes Mal … Lucia ist eine dumme Kuh, aber ich hänge an ihr und ich möchte nicht, dass ihr etwas zustößt. Ich habe ihr die Telefonnummer von diesem Wichser Osvaldo gegeben, weil ich Angst habe, dass Lucia mich reinreißen will … Soll sie doch Osvaldo reinreißen, die Kuh! Ich bin schlau, ich lass mich von niemandem verarschen …

Fast hätten mich die Scheißbullen geschnappt. Ich war in der Gegend von Vanchiglia, da haben sie mich angehalten. Die verfluchten Hurensöhne! Zum Glück hatte ich gerade keinen Stoff bei mir, weil ich auf Nachschub vom schönen Roberto wartete. Der schöne Roberto ist ein ausgebuffter Hund. Wenn wir uns treffen, steht er da mit seiner Schrottkarre, und wenn ihm etwas verdächtig vorkommt, blinkt er zum Zeichen mit den Scheinwerfern auf. So hat er es auch gestern gemacht …

Die Polizisten haben mich ein bisschen verhört, aber ich war supercool. Plötzlich war mein Kopfweh wie weggeblasen und ich hatte jede Menge Spaß dabei, ihnen den harten Typen vorzuspielen …

Schließlich mussten sie mich gehen lassen, die Hurensöhne!

Seit zwei Wochen habe ich nichts mehr von Lucia gehört, weil Osvaldo sie jetzt mit Stoff versorgt …

Mir geht's richtig scheiße und ich kann mit niemandem darüber reden … Meine Mutter würde sofort diese Tussi von der Fürsorge anrufen oder einen beschissenen Arzt …

Ich habe noch eine Maus hinter den Kartons versteckt …

(Vernehmung des Zeugen der Verteidigung Osvaldo Parenti – Richter: Mario Arvali, Staatsanwalt: Marco Finocchiaro, Verteidiger: Luigi Ansaldi, Protokoll: Ferdinanda Chioma – Sitzung vom 20. 6. 72 – Stralcio)

ANSALDI: Signor Parenti, möchten Sie dem Gericht vielleicht erzählen, wie Sie Lucia Valran kennen gelernt haben? Ich erinnere Sie daran, dass Sie hier Zeuge in einem Mordprozess sind und keine Anklagen gegen Sie vorliegen.

PARENTI: Ja, also ... Ich habe die Valran über den Angeklagten kennen gelernt.

ANSALDI: Wann genau war das?

PARENTI: Im August 1970. Mitte August, glaube ich.

ANSALDI: Und bei welcher Gelegenheit?

PARENTI: Tja, also ...

RICHTER ARVALI: Der Zeuge soll freiheraus antworten.

PARENTI: Ja, also ... Der Angeklagte sagte mir, dass er jemanden kenne, der an Drogen interessiert sei.

ANSALDI: Und dieser jemand war Lucia Valran?

FINOCCHIARO: Einspruch! Der Zeuge stellt damit die Anständigkeit des Opfers in Frage ...

RICHTER ARVALI: Einspruch abgelehnt. Die Frage ist rechtmäßig. Der Zeuge soll mit seiner Aussage fortfahren.

PARENTI: Also, ja, das war die Valran.

ANSALDI: Mit welchen Drogen genau haben Sie die Valran versorgt?

PARENTI: Gras, meistens, also Marihuana, Haschisch und manchmal auch Acid.

ANSALDI: Haben Sie dafür das Opfer zu Hause aufgesucht?

PARENTI: Nein. Die Valran rief mich an und ich brachte ihr die Sachen dann auf die Arbeit.

ANSALDI: Wie viele Male haben Sie dem Opfer Drogen verkauft?

PARENTI: Ich glaube, drei Mal ... Also, ja ... drei Mal war es.

ANSALDI: Wann haben Sie die Valran zum letzten Mal gesehen?

PARENTI: Das weiß ich nicht mehr genau ... Mitte September vielleicht, aber sicher bin ich nicht ...

ANSALDI: Dann haben Sie sie nach Mitte September also nicht mehr gesehen?

PARENTI: Nein, sie hat mich nicht mehr angerufen.

... und so war schnell bewiesen, dass der Angeklagte und das Opfer, in diesem Fall Lucia Valran, sich kannten. Der Angeklagte sagte außerdem aus, dass seine Bekanntschaft mit der Valran lediglich und immer an Drogengeschäfte gebunden war, und er stritt bis zuletzt ab, in den Tagen vor dem Hochwasser in der Wohnung der Frau gewesen zu sein ...

Mit einer entschiedenen Handbewegung klappte Erica das Heft mit den Aufzeichnungen zu. Irgendetwas an dieser Geschichte passte nicht zusammen und warf ein zweideutiges Licht auf die ganze Sache, doch sie bekam es einfach nicht zu fassen.

Als sie den Raum verließ, war von dem Archivar weit und breit nichts zu sehen und der Flur lag stumm, kalt und dunkel da wie eine Krypta.

5

Immer, wenn Erica ins Polizeipräsidium kam, empfing sie das komplizenhafte Grinsen des Commissarios, der seinen Raum neben Maffinas Büro hatte. Auch an jenem Tag betrachtete der Beamte – er hieß Bordon und war wohl so um die dreißig – sie mit einer Mischung aus väterlicher Zuneigung und blanker Neugierde.

»Wenn Sie zu Commissario Maffina wollen, warten Sie vergeblich, fürchte ich«, begrüßte er sie und schaute sie interessiert an. »Gerade ist der Polizeipräsident bei ihm rein«, fügte er mit gesenkter Stimme hinzu.

»Dann warte ich eben«, erwiderte die Studentin und ließ sich auf einem abgenutzten Armstuhl nieder.

»Der Commissario hat mir von Ihrer Abschlussarbeit erzählt«, sagte Bordon. »Tolle Sache! Wie weit sind Sie denn?«

»Fast fertig.«

»Ob man sie dann mal lesen darf? Was machen Sie damit, wollen Sie die Arbeit veröffentlichen?«

Erica sagte, dass sie darüber noch nicht nachgedacht habe, und plötzlich kam sie sich blöd vor, denn entweder wollte sich dieser Bordon bei ihr einschmeicheln oder sich über sie lustig machen, und beides passte ihr nicht. Demonstrativ beugte sie sich über ihre Ledermappe, bis der Polizeibeamte in sein Zimmer zurückkehrte.

»Nun, Erica?«, fragte Maffina, als das Mädchen endlich in seinem Büro Platz nahm. »Gibt es Probleme?«

»Nein, eigentlich nicht.«

»Sondern?«, hakte der Commissario nach. Seine Urlaubsbräune verblasste allmählich und er sah abgearbeitet aus. »Ich bin ziemlich müde«, sagte er tatsächlich mit einem kleinen Seufzer. »Ich schlafe schlecht in letzter Zeit …« Er schwieg.

»Ich komme gerade aus dem Gerichtsarchiv«, begann Erica.

»Haben Sie gefunden, was Sie suchten?«

»Ja.«

»Was ist los, Erica? Sie wirken so unruhig … Ist etwas nicht in Ordnung?«

»Ich habe darüber nachgedacht, wie der Mörder sich seinen Opfern näherte.«

Maffina atmete tief durch und setzte sich auf seinem Stuhl zurecht. »Schießen Sie los«, sagte er schließlich.

»Die Scassi war Prostituierte … Wahrscheinlich hat er sie auf diese Art kennen gelernt, nicht wahr?«

»Warum sagen Sie wahrscheinlich? Es steht doch alles in den Protokollen und Prozessakten.«

Das Mädchen errötete. »War nur so dahergesagt.«

»*Bon*, also weiter.«

»An die Valran kam er über dieses kaputte Wasserrohr heran, auch hier alles im grünen Bereich. Korrigieren Sie mich, wenn ich mich irre.«

»Sie irren sich nicht. Ich verstehe nur nicht, was das Ganze soll.«

»Aber die Lupis und die Fumagalli? Darüber habe ich nichts finden können. Der Mörder hat immer ausgesagt, dass er sich nicht erinnern kann …«

Maffina machte eine müde Handbewegung. »Das wurde kurz nach seiner Festnahme rekonstruiert … Mara

Lupis traf ihren Schlächter direkt vor dem Arbeitervereinsheim …«

»Ja, ich weiß.«

»Er konnte sie überreden, in sein Auto zu steigen, indem er ihr versprach, sie zu ihrem Freund Simone zu fahren. Mara stieg ein und alles Übrige …«

»… steht in den Protokollen und Prozessakten!«, unterbrach ihn die junge Frau missmutig.

Maffina sah sie neugierig an.

»Verzeihung«, sagte sie. »Ich weiß selbst nicht, was mit mir los ist …«

»Glauben Sie denn, dass es nicht so abgelaufen ist?«, fragte Maffina. Da es sich eigentlich um eine rhetorische Frage handelte, war er umso erstaunter, als Erica erwiderte, dass es überhaupt nicht so gelaufen sein könne, wie man bisher angenommen habe.

»Aber wenn es doch im Protokoll steht!«, rief der Commissario starrköpfig.

Erica war in Gedanken versunken und antwortete nicht sofort. »Ja, und?«, platzte sie schließlich heraus. »Die Protokolle sind ja nicht die Bibel. Das haben Sie selbst mir gesagt, wissen Sie noch?«

Die Rekonstruktion der Tathergänge ist der heikelste Punkt der ganzen Ermittlung. Wahrscheinlich war es der Tod von Lucia Valran, anhand dessen man ein Schema aufstellte, nach dem der Mörder angeblich vorgegangen war, indem er sich immer mit plausiblem Grund an seine Opfer heranmachte.

Wenn es nun aber stimmt, dass dieses Schema sowohl auf die Valran als auch auf die Lupis passt, ist es ebenso wahr, dass der Ablauf bei den anderen beiden erwiesenen Opfern ein völlig anderer war.

Wir wollen also kurz zusammenfassen:

1. Die ermittelnden Beamten konnten feststellen, dass Mara Lupis aus freiem Willen in den Wagen des Mörders einstieg, weil sie glaubte, sie würden schnell bei ihrem Freund vorbeifahren.

2. Es ist erwiesen, dass die Valran ihren Mörder persönlich kannte, und es liegt nahe, anzunehmen, dass die Frau ihn ruhigen Gewissens in ihre Wohnung ließ. Diese These des Staatsanwalts konnte von der Verteidigung nicht entkräftet werden, obwohl kein Anwohner des Piazzale Tacito sich erinnern konnte, den Mörder gesehen zu haben. Besonders interessant ist in diesem Zusammenhang die Meinung von Ludovica Magnani, einer Freundin von Lucia. Die Magnani hat immer auf ihrer Position bestanden, da sie einer Aussage des Opfers ihr gegenüber große Bedeutung zumaß. Dennoch war auch sie sich nicht sicher, den Mörder in den Tagen vor dem Hochwasser gesehen zu haben.

3. Bleibt immer noch das große Fragezeichen im Fall von Teodora Fumagalli, denn es konnte nicht sicher ermittelt werden, ob und wie der Mörder sie im Vorhinein kennen lernte. Die von den Beamten vorgenommene Rekonstruktion des Tathergangs beruhte ausschließlich auf Annahmen, die vor Gericht nicht nachgewiesen werden konnten, so dass einiges im Dunkeln geblieben ist.

4. Dasselbe gilt für Evangelina Scassi, obwohl es hier angesichts des besonderen Berufs des Opfers nahe liegt, von einer zufälligen Begegnung auszugehen.

6

Maffina hasste den Dezember und er hasste Weihnachten. Er hasste den Lichterschmuck, die überfüllten Geschäfte, den vielen Verkehr und die Leute, die gestresst und mit einem Gesichtsausdruck herumliefen, als hinge von diesen Einkäufen ihr persönliches Seelenheil ab.

Maffina hasste den Dezember, vor allem an Tagen wie diesem: In der Innentasche seiner Jacke steckte ein Brief von Aurora, den er am Morgen erhalten hatte. Es geht mir gut, Berlin überrascht mich jeden Tag aufs Neue, in zwei Tagen gehe ich auf Tournee nach Leipzig, ich habe Avvocato Maggioni mit der Abwicklung der Scheidung beauftragt, versuch bitte, einen Termin für die Anhörung zu bekommen, aber nicht im Januar, da bin ich in London …

An die kühle Fensterscheibe gelehnt, beobachtete Maffina, wie die blinkenden Reklameschilder auf dem Corso Vinzaglio den Nebel durchbrachen und die tausend bunten Lichtchen an der großen Tanne vor dem Präsidium leuchteten. Es musste sehr kalt sein, denn das Glas war beschlagen. Als kleiner Junge hatte Maffina immer gerne Landschaften aufs Fenster gemalt und dann zugesehen, wie sie sich in viele kleine Rinnsale auflösten. Er ertappte sich dabei, wie er die Skyline einer Stadt zeichnete: ein Dach neben dem anderen, dazu Schornsteine, eine Laterne. Er sah zu, wie die Zeichnung wuchs und fast im selben Moment wieder zerrann, und dabei fragte sich der Commissario, wie Weihnachten wohl in Ostberlin war. Kalt und melancholisch wahrscheinlich. Er stellte sich Aurora in Stiefeln und Fellmütze vor, wie sie durch die ungastlichen und tristen Straßen lief, doch einen Augenblick später sah er sie bei jenem Francesco untergehakt lachen und scherzen, während der Schnee um sie herumtanzte und beide durch das vergängliche Weiß spazierten. Diese Version des Doktor Schiwago hinterließ einen bitteren Geschmack in seinem Mund, als hätte er Gift geschluckt. Mit einer verärgerten Geste wischte er die kläglichen Reste der Fensterzeichnung weg.

Ein Krächzen ertönte aus der Sprechanlage. »Hier ist Randazzo. Bist du noch da?«

»Sonst hätte ich ja wohl kaum antworten können ...«

»Nur weil der Pförtner gesagt hat, du seist weggegangen. Warte, ich komme hoch.«

Kurz darauf betrat der Kollege das Büro, dick eingepackt und mit vor Kälte geröteten Wangen. »Draußen erfriert man fast.«

Maffina antwortete nicht. Mit methodischen Bewegungen begann er, den Schreibtisch aufzuräumen. Die Uhr über der Tür zeigte zehn nach sieben. Er dachte, dass er heute mal früh nach Hause gehen würde.

»Ich komme gerade von der Freundin der Valran, diese Magnani, die im Oktober den Leichnam identifiziert hat ...«

Maffina schwieg immer noch. Irgendwo in einer Straße Ostberlins wanderte Aurora durch das Schneegestöber; im Hintergrund intonierten Violinen das Thema der Lara und durch den Schneesturm rief ein in einen Pelzmantel gehüllter Francesco nach ihr. Das Bild war so klar und anschaulich, dass er ganz benommen davon war und seine Augen nicht von dem inneren Film abwenden konnte.

»... und da hat sie mir von dieser Geschichte mit dem

Typen erzählt, verstehst du? Sag mal, hörst du mir überhaupt zu?«

»Was für eine Geschichte?«, fragte Maffina aus Ostberlin.

Erst später erfasste Maffina die ganze Bedeutung dessen, was Randazzo erzählt hatte. Der Magnani zufolge lässt Lucia im Juli das Bidet im Bad reparieren. Der Typ, der vorbeikommt und die Rohre repariert, ist ein komischer Kerl, dessen Reden sie beunruhigen ... so sehr beunruhigen, dass sie ihrer Freundin davon erzählt. Ebenfalls laut Freundin »raucht Lucia ab und zu Gras, vielleicht nimmt sie auch härtere Sachen, weiß nicht, aber nun ist sie ja tot, Friede ihrer Seele, meine Worte können ihr also nicht mehr schaden«.

Während er im schützenden Halbschatten des Büros saß, versuchte Maffina seinen Gedanken Gestalt zu verleihen. Endlich war es ihm gelungen, sich von Aurora zu lösen; auf jener schneebedeckten Straße hatte er sich von ihr verabschiedet und nun, in der einsamen Weite seines Büros, versuchte er zu verstehen, was geschehen sein mochte, und zwar nicht in Ostberlin, sondern in Turin ...

Der Mörder trifft Lucia Valran im Juli und im Oktober wird die Frau tot in ihrer überfluteten Wohnung am Piazzale Tacito aufgefunden.

Was passiert zwischen Juli und Oktober? Sehen sich Lucia und ihr Mörder mit einer gewissen Regelmäßigkeit unter dem Vorwand jenes defekten Rohrs oder der Drogen? Beginnen sie ein Verhältnis oder spioniert der Mörder Lucia lediglich aus, verletzt Tag für Tag ihre Intimsphäre?

Er betrachtete die Vergrößerungen, die er überall im Büro aufgehängt hatte: breite Schultern, dunkle Haare, verschwommenes und hinter Händen verstecktes Gesicht. Große Hände, Hände die festhalten, quälen, Gewalt antun können … Es lag etwas Vertrautes in diesen Bildern, etwas, nach dem er nun schon seit einem Monat vergeblich suchte, wenn er sich in den dunklen und nebligen Straßen von Lucento herumtrieb. Maffina fühlte, dass auch er nur noch einen Schritt vom Wahnsinn entfernt war, denn seine nächtlichen Wachen hatten ihm den Verstand geraubt und den Fängen eines Deliriums ausgeliefert, das Tag für Tag ein Stück von ihm verschlang.

Ein defektes Rohr, eine dringende Reparatur, vielleicht ein bisschen Unterhaltung, bis der Schaden behoben ist, ein wenig gemeinsam gerauchtes Gras … Ein defektes Rohr, ein unartikuliertes Lachen wie ein Hilferuf, eine kalte und beherrschte Stimme, die sich über die ganze Welt lustig zu machen schien … Vier junge Frauen, alle dunkelhaarig mit hellen Augen, massakriert, gefoltert, vergewaltigt, dann der Verwesung überlassen, tagelang in der allmählichen Zersetzung von Flüssigkeiten, Haut, Knochen …

Sollte das etwa die Person sein, der er seit einem Jahr vergeblich auf der Spur war?

Dieselbe Person, der er zu begegnen hoffte, wenn er ganze Abende in den trostlosen Pizzerien der Außenbezirke zubrachte?

Ein unartikuliertes Lachen wie ein Hilferuf, eine kalte und beherrschte Stimme, die sich über die ganze Welt lustig zu machen schien …

Mit einem Seufzer griff Maffina nach dem Telefonbuch: Es gab dreißig Betriebe, die sich der Reparatur von Wasserschäden annahmen, nicht inbegriffen natürlich die Handwerker, die auf eigene Rechnung arbeiteten, und all jene, die einer anderen Arbeit nachgingen und ihre Einkünfte aufbesserten, indem sie in der Gegend dies und das reparierten, ohne im Telefonbuch zu stehen.

Ein schönes Stück Arbeit, aber nicht aussichtslos. Nicht aussichtslos …

»Je näher ich dem Mörder kam, desto mehr widerstrebte es mir, mit anderen darüber zu sprechen. Noch nicht mal mit Randazzo oder Anselmi, obwohl sie mir immer loyal zur Seite gestanden und alles gemeinsam mit mir durchgemacht hatten … es war, als müsste ich diese Partie alleine spielen, verstehen Sie?«

»Ich glaube nicht, dass es nur das war«, sagte Erica. »Ich glaube, da steckte noch etwas anderes dahinter.«

»Und was?«

»Ach, zum Beispiel die Ahnung, jemanden zu suchen, der krank und geistesgestört war … In diesem Moment waren Sie ja das Spiegelbild des Mörders: Sie kannten ihn zwar noch nicht, aber sie hatten gelernt, sich mit ihm ›anzufreunden‹, ich zitiere wiederum Ihre Worte; Sie lernten zu denken, wie er gedacht haben musste, wenn er ein Opfer auswählte … Sie begannen selbst, sich in einen Schlächter zu verwandeln, Commissario!«, endete die Studentin mit Nachdruck.

Der dreizehnte Anruf traf ins Schwarze. Die richtige Beschwörungsformel, dachte er zu seiner eigenen Überraschung, ein glücklicher Zauber. Die Firma S.I.F hatte tatsächlich im Juli eine Reparatur am Piazzale Tacito durchgeführt: »Zum ersten Termin wurde Donato Parenti geschickt, ein Facharbeiter, zum zweiten, der nur der Kontrolle diente, Bruno Torresi, der nicht mehr bei uns arbeitet, tut mir Leid«, wie ihm die Angestellte freundlich mitteilte.

7

Adele verstand einfach nicht, was die beiden Polizisten von ihr wollten, und immer, wenn sie etwas zu ahnen begann, schob sie diesen Gedanken ärgerlich beiseite. So stand sie in dem kleinen Flur und dankte dem Herrgott, dass die Wohnung nach Wachs und Putzmittel roch. Eine kleine, künstliche Tanne leuchtete in der Ecke, ihre vielfarbigen Lämpchen warfen bunte Punkte auf die nackte, graue Wand.

Die Frau wusste nicht, ob sie die Herren hereinbitten sollte. Sie dachte, wenn sie hier in der Enge des Flures stehen blieben, würden die Polizeibeamten sich vielleicht beeilen und sie bald wieder in Frieden lassen.

»Macht es Ihnen etwas aus, wenn wir auf Ihren Sohn warten?«, fragte dann aber Commissario Maffina.

»Aber warum denn? Warum?« Adele knetete ihren Hauskittel und warf ihnen ängstliche Blicke zu. »Mein Sohn hat nichts getan!« Doch noch während sie die Worte aussprach, wusste sie, dass es nicht stimmte. Woher kam sonst das ganze Geld? Die Scheine, die Bruno jeden

Abend auf das Radio legte und die sie und Riccardo einsteckten, ohne Fragen zu stellen, ohne sich jemals nach der Quelle all dieses Geldsegens zu erkundigen.

»Wenn Sie in die Küche kommen möchten«, sagte sie schließlich und versuchte, das Zittern in ihrer Stimme zu verbergen.

In der Küche ließen sich Maffina und Randazzo auf zwei Strohstühlen nieder. Die Räumlichkeiten waren nicht gerade winzig, aber spärlich eingerichtet: ein billiger Tisch, ein paar Stühle, ein Gasherd und ein Kühlschrank. Die Wände waren nackt und die vorhanglosen Fenster gingen auf den Innenhof.

»Bei dem Hochwasser neulich«, stammelte Adele zusammenhangslos, »das ganze Erdgeschoss ist voll Wasser gelaufen … Wir hatten keine Schäden, wir wohnen ja hoch genug.« Sie sagte das Erstbeste, das ihr in den Sinn kam, und versuchte so, eine Unterhaltung in Gang zu bringen, an der niemand interessiert war.

»Um wie viel Uhr kommt Ihr Sohn zurück?«

Adele sagte, das sei sehr unterschiedlich.

»Was macht er denn? Arbeitet er?«

»Er ist Hilfsarbeiter im Lager von einem Betrieb.«

Maffina sah sie ausdruckslos an. »Dort ist er Mitte August entlassen worden. Wussten Sie das?«

Adele antwortete, dass sie das nicht wusste, und begann leise zu weinen. »Er ist kein schlechter Junge, mein Bruno«, sagte sie mal an Maffina, mal an Randazzo gewandt. »Er hatte viel Pech, das ist es … Aber schlecht ist er nicht.«

»Ist Ihnen in letzter Zeit irgendetwas Ungewöhnliches an Bruno aufgefallen?«, fragte Maffina.

Adele schluchzte. »Nein, nichts«, erwiderte sie flüsternd, doch dann fielen ihr all die Tierkadaver ein, die sie vor einigen Monaten im Zimmer ihres Sohnes entdeckt hatte, und sie begann hemmungslos zu schluchzen.

»Ich weiß noch, dass Randazzo und ich es vermieden, uns anzusehen, während die Frau sprach, aus Angst, sie könne in unseren Blicken das wahre Motiv für den Besuch lesen«, sagte Maffina und nippte an seinem kochend heißen und sehr süßen Kaffee. »Sie erzählte uns diese Scheußlichkeiten, sprach von den ganzen Tieren, hauptsächlich Mäuse, die sie unter dem Bett ihres Sohnes gefunden hatte, und sie ahnte nicht, dass jedes einzelne Wort Bruno verurteilte und ihn für immer dem Wahnsinn auslieferte.«

»Sie wollte mich ja nicht empfangen«, sagte Erica leise. »Ich hätte ihr gern ein paar Dinge gesagt ...«

»Es ist besser so, glauben Sie mir. Sie hätten ihr auch nicht helfen können ... Ich glaube, dass sie die Konfrontation mit der Wahrheit nicht ertragen hat. Sie hat niemals die Realität akzeptiert und ihren Sohn immer für ein Opfer böser Machenschaften gehalten. Sie wollte noch nicht einmal im Prozess aussagen, aus Angst, ihm noch mehr zu schaden. Ich glaube, sie hat sich nie verziehen, uns das alles erzählt zu haben.«

»... und im November bin ich dann zu einem Arzt gegangen«, sagte Adele und zog die Nase hoch.

Randazzo sah Maffina fragend an. »Und was hat der Arzt gesagt?«, fragte er dann gleichgültig.

Die Frau zog ein Taschentuch aus ihrem Kittel hervor und trocknete sich die Augen. »Genau weiß ich es nicht mehr. Er sprach davon, dass Bruno Störungen hat ... Sagt man so?«

Maffina nickte.

»Schwere Störungen. Dass er behandelt werden muss, dass er Hilfe braucht ... Aber wir sind arm. Wenn sie ihn einliefern, kann ich mir schon vorstellen, wo. Sie bringen ihn nach Collegno zu den Irren. Deshalb habe ich getan, als wär nichts ... mittlerweile ekele ich mich auch nicht mehr vor den Tieren. Ich werfe sie weg und fertig, wenn Bruno schon nicht dran denkt ...«

»Ihr Sohn braucht wirklich Hilfe, wissen Sie das?«, sagte Maffina.

Adele sah ihn böse an. Jetzt weinte sie nicht mehr, ihr Gesicht war mit großen, roten Flecken übersät. »Ich weiß schon, wie ihr ihm helfen wollt«, murmelte sie tonlos. »Einsperren wollt ihr ihn. Schöne Hilfe! Aber Bruno ist kein Dieb, nein, nein!«

Im Hauseingang traf Bruno auf Osvaldo. Osvaldo war allem Anschein nach stoned und stank aus dem Mund wie eine Jauchegrube. »Du hast Besuch«, nuschelte er.

»Was für Besuch?«, fragte Bruno alarmiert.

Osvaldo sah ihn schief an. »Woher soll ich das wissen? Sie sind zu zweit. Sahen aus wie Bullen ...«

Der Junge spürte, wie die Angst Adrenalin in sein Blut pumpte. »Vielleicht Freunde meiner Mutter ...«

»Ja, bestimmt, schöne Freunde hat deine Mutter ...« Er sah Bruno mit trüben Augen an. »Hast du ein bisschen Gras? Von dem guten, he? Oder vielleicht ein paar Pillen, ich hab nämlich nichts mehr ...«

»Verschwinde!«, sagte Bruno. »Hau ab!«

»Komm schon ... Wir sind doch Freunde, oder?«

Aber der Junge schrie, er sei niemandes Freund, und rannte davon, in Richtung Felder, in das Niemandsland, über das die Nacht und die Kälte ihr weißes Segel aus Eis und Raureif gebreitet hatten.

8

»Und was tun wir jetzt?«, fragt Randazzo. Sein Gesicht blickt bleich aus der Pelzjacke hervor, in die er eingepackt ist. Die Nacht hält die Stadt in ihrem eisigen Griff gefangen und der einzige Anhaltspunkt in diesem Niemandsland, trostlos und kalt wie das Reich der Toten, ist unser Auto, das zwei Hauseingänge von Brunos Wohnung entfernt steht. Randazzos Frage, die er schon mindestens hundertmal wiederholt hat, geht mir auf die Nerven und ich würde ihn am liebsten anschnauzen. Stattdessen sage ich gar nichts und stiefele zum Auto. Sbarbi hat schon den Motor angelassen. »Und nun, Dottore?«, fragt auch er. »Nichts nun«, gebe ich schlecht gelaunt zurück. »Abwarten.« Randazzo wirft mir einen Blick zu und setzt sich dann neben Sbarbi, macht das Radio an und schweigt, ganz gekrümmt und in sich versunken. Die Nacht ist lang und vor der Nummer 24, wo wir parken und von wo man Brunos Haus bestens im Blick hat, tut sich gar nichts. Um Mitternacht kommt ein blonder und blasser Junge nach Hause, der leicht gebeugt geht, um sich vor der Kälte zu schützen; um eins kämpft sich eine Frau Mitleid erregend die Straße entlang, denn mittlerweile hat es zu schneien begonnen; um zwei beginnt ein gefleckter Kater die Verfolgung eines anderen Katers undefinierbarer Farbe. Sbarbi ist eingenickt, Randazzo schläft, im Radio läuft die Sendung *Notturno dall'Italia* und ich rauche und halte die Hand unter die Zigarette, um nicht auf die frisch gesäuberte Fußmatte zu aschen. Brunos Telefon wird seit heute Morgen abgehört, aber bisher hat niemand angerufen, informiert mich Anselmi, mit dem ich über Funk spreche. Seiner Stimme entnehme ich, dass er lieber hier bei uns wäre, anstatt im Präsidium vor einem Aufnahmegerät zu sitzen, das nicht richtig funktioniert.

»Was machst du da, schreibst du?«, fragte plötzlich Randazzo. Er hatte sich umgedreht und äugte in das Heft, das Maffina wie ein Kind zu verbergen suchte. »Sag schon, was machst du? Schreibst du?«, insistierte er.

»Ich dachte, du schläfst«, gab Maffina zurück. Er schloss das Heft und steckte es in die Tasche seines Parkas. Randazzo sah ihn neugierig an und der Commissario sagte gleichgültig: »Ist nur ein Notizbuch ...«

»Also ein Tagebuch.«

»Nenn es so, wenn's dir Spaß macht.«

Im Dunkeln lächelte Randazzo verständnisvoll. »Nimm es mir nicht übel ... Ist halt eher ungewöhnlich für einen Polizisten, aber bei dir ...« Er brach ab und sah hinaus auf die kalte Schneewüste. »Jetzt schneit es also auch noch, Scheiße!«, sagte er und zündete sich eine Zigarette an. »Warum fordern wir nicht eine Ablösung an? Zwei, drei Stunden Schlaf und dann wieder auf die Piste. Bist du dabei?«

Es war 04.00 Uhr morgens und der Tag war noch fern. Maffina sagte Sbarbi, er solle sie ins Präsidium fahren.

... und genau in diesem Augenblick, als Sbarbi den Wagen wendete, um auf die Hauptstraße zu gelangen, war ich mir plötzlich sicher, wo ich Bruno finden konnte. Ich wusste mit einem Mal auch, dass er auf uns wartete, denn er musste müde sein, nach all dem Morden ... Müde und krank. Einen Moment lang tat er mir Leid, er und seine vergeudete Jugend. Es hielt nicht lange an, doch in diesem Augenblick begriff ich, dass auch Bruno ein Opfer war, wie Evangelina, wie Mara, wie Teodora und Lucia ...

(Antonio Maffina: Interview vom 3. 3. 96)

9

Bruno Torresi wurde um 04.30 Uhr am Silvestermorgen in der verfallenen Hütte gefunden, die ihm als Schlachthaus für Mara und Teodora gedient hatte. Commissario Maffina, sein Stellvertreter Randazzo und der Fahrer Sbarbi ließen das Auto bei den Stahlwerken hinter der Lastenwaage stehen und gingen die holprige Straße zu Fuß weiter. Sie versuchten, so wenig Lärm wie möglich zu machen. Um sie herum herrschten Stille, Schnee und eine stechende Kälte, die auf Magen und Kehle schlug.

Die Hütte schien ausgestorben, doch als sie herankamen, bemerkten sie ein schwaches Licht, das durch die Ritzen der vor die Fenster genagelten Bretter fiel. Die Tür war angelehnt.

Als erstes sahen sie das noch frische Blut, das eine glitschige Lache auf dem Boden bildete. Auch die Wände waren mit Blut beschmiert, in großen Abdrücken wie Zeichnungen eines Opferritus. Das Licht, das man von außen sah, stammte von den Scheinwerfern der Guzzi, die mit laufendem Motor im Zimmer stand und Kohlendioxid in die Luft pustete. Auf dem Motorrad lag aufgeschlitzt ein großer Hund: Es war sein Blut, das Boden und Wände bedeckte, und seine Eingeweide waren ihm wie ein makabres Halsband um den Kopf geschlungen. Bruno Torresi kniete nackt und mit einem Taschentuch vor dem Gesicht über dem Tier. Der Commissario berichtete, dass er mit sanftem Singsang auf den Hund einredete.

Noch nie hatte ich etwas Ähnliches gesehen ... Ich war angewidert und fasziniert zugleich, außerdem unfähig, den Blick abzuwenden. Torresi sprach mit einer weichen, fast weiblichen Stimme, einer zärtlichen Stimme, die ich niemals vergessen werde ... in seinem Gefasel zitierte er Mara und Teodora, als hätten sie teil an diesem Gemetzel eines Wahnsinnigen. Ich weiß noch, dass ich mich wunderte, wie Torresi bei dem ganzen Kohlendioxid, das sich in einer dicken, grauen Wolke sammelte, überhaupt noch bei Kräften sein, noch auf das arme Tier einreden konnte, das er seinem wahnhaften Rausch geopfert hatte ...

(Ettore Randazzo: Interview vom 5. 4. 96)

Wir standen auf der Schwelle wie gelähmt. Torresi schwang das Messer, mit dem er wahrscheinlich den Hund getötet und aufgeschlitzt hatte, auch er war blutüberströmt. Ich weiß noch, dass ich dachte: »Genauso hat er die armen Mädchen ermordet«, und ich wollte auf ihn losgehen, doch der Commissario hielt mich zurück.

Dann drehte sich der Verrückte zur Tür und erblickte uns ... An seinen Augen erkannte ich, dass er ganz und gar weggetreten war, an dieser Grimasse, die sein Gesicht verzerrte. Sowohl der Commissario als auch sein Stellvertreter hatten die Pistolen gezogen, aber er ließ sich ohne jede Gegenwehr festnehmen. Ich erinnere mich, dass er das Messer auf den Boden warf und die Arme ausbreitete, um sich zu ergeben.

Der Commissario kettete ihn mit den Handschellen an den Türgriff, während ich zum Wagen rannte und Verstärkung rief. Als ich zurückkam, warf ich ihm eine Decke über die Schultern, und wir warteten in Schnee und Eis auf unsere Kollegen und die Soldaten vom Weißen Kreuz. Keinem von uns kam in den Sinn, sich ins Auto zu flüchten. Wir waren wie gelähmt ...

(Luciano Sbarbi: Interview vom 10.4.96)

Bevor sie ihn von der Hütte abtransportierten, fragte Bruno Torresi, ob er den Hund mitnehmen dürfe, weil er sehen müsse, was danach geschehe. Es waren seine einzigen Worte vor einem langen und hartnäckigen Schweigen. Auf dem Polizeipräsidium wurde er verarztet und verbunden, da ihm der Hund an Beinen und Armen Bisswunden zugefügt hatte, und für einige Tage unter strenger Bewachung in Isolationshaft genommen.

Die ersten Aussagen machte er ausschließlich vor Commissario Maffina. Torresi gestand alle vier Verbrechen, doch was die Rekonstruktion der Tathergänge betraf, schien er verwirrt, unsicher und von starkem Gedächtnisschwund befallen.

Am 6. Januar, dem Dreikönigstag, bat mich Commissario Maffina, mir Bruno anzuschauen. Ich wusste, dass er bereits von anderen Kollegen untersucht worden war, dennoch überraschte mich die Anfrage nicht. Der arme Gualtieri hatte mir schon mal von dem Commissario erzählt, als die Festnahme Torresis noch in weiter Ferne lag.

Was soll man zu ihm sagen? Er war ein armer Irrer, im wahrsten Sinne des Wortes; einen Irrsinn wie aus dem Handbuch, würde ich es nennen, eindeutig und schon im Alter von zehn Jahren diagnostiziert, als die ersten obsessiven Störungen manifest wurden. Ich weiß, dass er bei einem Arzt in Behandlung war, dem er schon als Kind seine Hochachtung erwies, indem er ihm verweste Tierkadaver schickte. Ich erinnere mich nicht an den Namen des Kollegen ... Er ist immer im Dunkel der Anonymität geblieben, vielleicht angesichts der mangelnden Resultate seiner Therapie. Obwohl ich angesichts der tragischen Ereignisse nicht sicher bin, ob der Junge überhaupt therapierbar war. Aber natürlich, wäre mein Kollege damals vorsichtiger gewesen, hätte seine Familie mehr darauf geachtet, was passiert, vielleicht hätte all das Leid verhindert werden können ...

Als Bruno mit dem Töten anfing, war er noch ein kleiner Junge von nicht mal fünfzehn Jahren ... Ein Kind ... aber ein vollkommen verrücktes Kind. An jenem 6. Januar war das Erste, was er bei meinem Anblick fragte, ob ich ihm ein Tier mitgebracht hätte. Er war besessen vom Tod und in der Wahnvorstellung seiner Allmacht glaubte er ihm entfliehen zu können, indem er seine Mechanismen durchschaute. An jenem Tag fantasierte er ... Er sagte mir, dass alles in einem Tagebuch stehe, wie er die Mädchen getötet hatte, aber natürlich waren auch das reine Hirngespinste.

Als ich mit ihm sprach, wurde mir bewusst, dass er im Zustand der völligen Entfremdung lebte und sich bei ihm das Gefühl der absoluten Omnipotenz mit Phasen der totalen Selbstverachtung abwechselten. Verbal zeigte er sich sehr aggressiv und benutzte eine Art selbstkreierten Slang (heute würden wir wohl sagen eine Trash-Sprache), worüber ich mir lange den Kopf zerbrochen habe, weil er diesen Slang manchmal völlig ablegte und ganz und gar anders sprach. In solchen Momenten des Wahns änderte sich auch sein Tonfall, er wurde sanft und weich, sehr weiblich, würde ich sagen ... Im Übrigen war eine latente Homosexualität festzustellen, die am deutlichsten in Augenblicken heftiger Gefühlsregungen war.

Was ich Ihnen hier erzähle, habe ich auch vor Gericht ausgesagt, und meine Erkenntnisse wurden von den Kollegen bestätigt, die ihn nach der Festnahme in Behandlung hatten.

(Andrea Paggi – Direktor der Neurologischen Klinik der Universität zu Turin: Interview vom 12.5.96)

Ich übernahm für Bruno Torresi die Verteidigung, weil ich den Eindruck gewann, dass er es nötig hatte. Wie Sie wissen, war die Familie sehr arm, sie lebte praktisch von der Fürsorge und dem, was der Sohn ihnen zukommen ließ, und sie hätten niemals die Gerichtskosten aufbringen können. Deshalb suchten sie sich keinen Anwalt, die Mutter flüchtete sich in ablehnendes Schweigen und ihr Lebensgefährte verließ die Stadt. Beide waren Opfer der Scham und der Angst und konnten nichts für ihren Jungen tun, während ich ihm vielleicht helfen konnte. Ausgangspunkt meiner Verteidigung war Torresis erwiesener Wahnsinn; im

Übrigen hatte er sämtliche Verbrechen gestanden. Ich wollte erreichen, dass er nicht in ein normales Gefängnis kam, wo er möglicherweise mit seinen makabren Spielchen weitergemacht hätte. Bis zuletzt setzte ich mich dafür ein, dass er in eine Einrichtung käme, die in irgendeiner Weise seinen Anfällen würde vorbeugen können. Der Staatsanwalt und die Anwälte der Zivilkläger vertraten die These der vorsätzlichen Handlung mit sexuellem Hintergrund und gingen in Berufung, als Torresi in Volterra eingeliefert wurde. Zum Glück siegte dann der gesunde Menschenverstand ... In einem normalen Gefängnis wäre Bruno für sich und die anderen zu einer ernsten Gefahr geworden.

(Avvocato Luigi Ansaldi: Interview vom 13. 5. 96)

10

»Das ist alles sehr interessant, aber es fehlt der Epilog«, sagte Annalisa und klappte den Schnellhefter zu. »Und Ihr persönliches Schlusswort natürlich«, fügte sie hinzu.

»Klar ... mein persönliches Schlusswort natürlich.« Klang da ein Vorwurf in Ericas Stimme mit? Die junge Frau sah aus dem Fenster, wo die Pflanzen des Botanischen Gartens einen grünen, undurchdringlichen Vorhang bildeten. »Irgendwann möchte ich gern mal da rein«, sagte sie gedankenverloren.

»Bitte?«

»In den Botanischen Garten ... In all den Jahren hatte ich nie die Gelegenheit, ihn mal von innen zu sehen.«

»Sie würden ihn gern besuchen? Das können wir jetzt tun. Wir können uns im Gehen unterhalten.«

Erica schüttelte den Kopf. »Nein«, sagte sie entschieden. »Ich möchte erst hin, wenn alles zu Ende ist.«

Annalisa betrachtete sie schweigend. Die Studentin sah müde und abgespannt aus und der weite, graue Pullover, den sie heute Nachmittag trug, verstärkte diesen Eindruck noch. So viel Nachlässigkeit war nicht normal, dachte die Professorin. Sie sagte resolut: »Kommen Sie. Wir gehen was essen, ich habe sowieso nichts mehr im Haus.«

»Mit dem Epilog hab ich noch nicht mal angefangen«, sagte Erica unvermittelt und einen Augenblick lang dachte Annalisa, das Mädchen wolle sich nur rückversichern.

»Keine Sorge, Sie werden die Zeit bekommen, die Sie brauchen.«

Erica antwortete nicht. Sie schritten durch die kalte Novemberluft, die leicht die Blätter auf der Allee bewegte. Zu ihrer Rechten erhob sich die grüne Anhöhe des Monte dei Cappuccini mit seinen schönen, hinter undurchdringlichen Gärten verborgenen Häusern. Annalisa stieß einen tiefen Seufzer aus. »Ist Ihnen aufgefallen, wie manche Viertel Turins immer gleich bleiben? Es scheint, als habe sich seit Jahren nichts verändert, weder die Farben noch die Gerüche oder der Geschmack … Finden Sie nicht?«

Die junge Frau antwortete nicht. Sie war verfroren und nervös und hing im Gehen ihren eigenen Gedanken nach, die Hände in den Taschen ihrer Windjacke vergraben, den Blick ins Leere gerichtet.

»Möchten Sie ein belegtes Brötchen?«, fragte Annalisa.

Erica nickte stumm. Sie kauften zwei Tramezzini und

eine Tüte Chips und setzten sich auf ein Mäuerchen; der Po floss träge und schimmernd dahin, wie er es allzeit getan hatte.

Immer noch Schweigen.

»Wie gesagt, ich liebe Veränderungen«, fuhr Annalisa fort. »Sie faszinieren mich, vor allem wenn sie eine Verbesserung darstellen ...« Sie brach ab und sah das Mädchen an. »Was ist los, Erica?«

»Mit dem Epilog habe ich noch nicht mal angefangen«, wiederholte die Angesprochene. Sie stieß einen tiefen Seufzer aus, doch als sie zu erzählen begann, war ihre Stimme fest und klar.

Als Maffina an jenem Abend nach Hause kam, stand Annalisa in der Küche und kochte. »Was für eine Überraschung!«, rief er und stellte seine Plastiktüten auf dem Tisch ab.

»Sag jetzt bloß, du hast eingekauft!«, stöhnte Annalisa.

»Äh, ja ... war das falsch?«

Die Frau zuckte mit den Schultern. »Aber nein ... Es bedeutet lediglich, dass ich morgen auch noch hier bleibe. Bei mir zu Hause schaffe ich es sowieso kaum, mich richtig zu ernähren.«

Maffina lächelte. »Mir ist das nur recht«, sagte er und umarmte sie. Er lugte in den Topf, in dem eine Dinkelsuppe köchelte. »Hast du heute Erica getroffen?«

Annalisa nickte.

»*Bon*. Sie ist fertig, oder? Ich muss dir gestehen, dass ich erleichtert bin ... Diese Sache mit dem Betreuen wurde allmählich doch ein wenig beschwerlich. Wie findest du die Arbeit?«

»Interessant«, antwortete Annalisa. Sie sah Maffina neugierig an und strich ihm dann leicht mit der Hand über die Wange. »Der Epilog fehlt allerdings noch«, fügte sie leise hinzu.

Wie immer kamen sie später noch einmal darauf zurück, nachdem sie die Suppe gegessen und den Wein getrunken hatten, nachdem sie abgedeckt und die Teller in die Spülmaschine geräumt hatten, nach der Musik und nach der Liebe.

Annalisa war der Meinung, die schwierigsten Dinge sollten im Bett besprochen werden, wenn er sie in den Armen hielt und beide auf den Schlaf warteten. Eingehüllt in die sichere Intimität des Dunkels, wusste die Frau, dass ihre Worte in diesem Moment nicht in den Wind gesprochen waren.

Maffina hörte ihr schweigend zu. Seine Zigarette zeichnete helle Muster in die Dunkelheit.

»Bist du dir sicher?«, fragte er schließlich.

Annalisa lächelte. »Erica ist sich sicher …«

»Und du?«

»Ich vertraue da ganz ihrem Urteil und ihrer Intuition.«

»Wenn sie sich entschließt, Polizistin zu werden, gäbe sie eine hervorragende Ermittlerin ab«, sagte Maffina und lächelte.

Annalisa drückte sich fester an ihn. »Sie möchte allein dorthin gehen. Aber es ist gefährlich … Lass sie im entscheidenden Moment nicht allein! Sie braucht dich.«

11

»Hier, das ist die Straße«, sagte Erica aus dem Seitenfenster gelehnt. »Ich hätte gern, dass Sie hier auf mich warten, wenn es geht.«

Maffina erwiderte, dass er sie eigentlich lieber begleiten wolle.

»Ich muss da alleine durch, bitte!«

»Ich möchte nicht, dass Ihnen etwas zustößt ...«

»Mir kann gar nichts zustoßen. Sie sind ja hier ... Ein Schrei genügt und Sie sind im Nu bei mir. Lassen Sie am besten den Motor laufen ...«, fügte sie dann mit einem kleinen Lächeln hinzu.

Maffina sagte, er werde den Motor laufen lassen. Sie schauten sich ernst an, angespannt und besorgt, dann stieg Erica schnell aus dem Wagen aus und ging die holprige Straße entlang. Der Commissario konnte noch eine Weile ihre Gestalt sehen, wie sie aufrecht voranschritt, dann wurde sie von den hohen Gräsern verschluckt.

Er sah sie die Straße entlangkommen, die sich über den Deich schlängelte. Er sah sie und wartete auf sie, während sein Herz ihm sagte, dass dieser Besuch einmal mehr sein Leben verändern würde.

»Ich hatte Sie älter geschätzt«, stellte er fest, als sie nah genug war, um seine Worte zu verstehen. Er hatte eine tiefe und sanfte Stimme, die einen merkwürdigen Kontrast zu seiner massigen Gestalt bildete. Eine freundliche Stimme, frei von dialektalen Einflüssen. Eine Stimme, die einen Moment lang die lastende Stille um ihn herum durchbrach. Hinter ihm, jenseits des schweren Eisentors, erstreckte sich ein niedriges, längliches Gebäude, das nach Jahren der Vernachlässigung und Verwahrlosung völlig verwandelt war und nun einer von Wind und Vögeln bewohnten Festung glich.

»Da bin ich. Nun bin ich also doch gekommen«, sagte Erica und ließ sich neben ihm nieder.

Der Mann musterte sie schweigend. Er betrachtete ihr resolutes Profil, die Locken, die der Wind um ihren Kopf wehte, die vollen Kurven ihrer festen Brüste. »Sie erinnern mich an Teodora«, sagte er schließlich. Er lächelte.

Erica lächelte nicht. Mit tonloser Stimme entgegnete sie: »Das hat ihre Mutter auch gesagt.«

Der Mann nahm eine Hand voll Erde und ließ sie durch die Finger rieseln. Es waren kräftige Hände, faltig, alt. Auch seine Schultern waren die eines alten Mannes und ebenso die Haare.

»Wie alt sind Sie?«, fragte die Studentin. »Siebzig? Achtzig?«

Der Mann wollte wissen, ob das wichtig sei, und sie zuckte mit den Achseln. »Ich bin siebenundsiebzig«, sagte er schließlich. »Ich bin alt …«

»Ja.«

Wieder Stille. Die Gräser des Moors bewegten sich im Wind, der Erde und Staub aufwirbelte.

»Lassen Sie uns ins Haus gehen, da redet es sich besser.«

»Nein«, sagte Erica entschieden.

»Wie sind Sie denn auf mich gekommen?«

Sie hob den Blick und zum ersten Mal, seit sie da war, lächelte sie. »Sie waren es doch, Signor Sabatini, der mich zu sich gerufen hat, ich bin nicht von mir aus gekommen.«

»Sie sind ein kluges Mädchen, Erica«, sagte Sabatini. Aus der Tasche zog er einen Zigarrenstummel, den er zwischen den Fingern hin und her drehte.

»Ich bin nicht für Komplimente hier«, erwiderte die junge Frau barsch.

»Ich vermute, Sie sind gekommen, um die Wahrheit zu erfahren ... zu erfahren, was damals wirklich passiert ist.« Ein leiser Spott lag in seinen Worten. »Es ist passiert, wie alles andere auch, Erica, und indem man darüber spricht, kann man es nicht ungeschehen machen, nicht wahr? Warten Sie, wo wollen Sie hin? Setzen Sie sich doch bitte wieder ... Der weite Weg und jetzt wollen Sie nicht einmal die ganze Wahrheit hören?«

»Ich möchte nicht auf den Arm genommen werden!«

»Aber ich nehme Sie doch nicht auf den Arm ... Sie sind noch so jung. Sie ähneln Teodora ... Außerdem habe ich auf Sie gewartet, wissen Sie nicht mehr? Haben Sie Angst vor mir?«

Erica sah ihn lange an. »Nein«, sagte sie schließlich. »Ich habe keine Angst vor Ihnen ...«

»Genau wie Teodora«, stellte Sabatini fest. »Zäh, dickköpfig und vor allem neugierig ...«

»Und die Neugierde war ihr Untergang.«

»Meinen Sie? Ich glaube, ihr Untergang war es, mir zu begegnen, finden Sie nicht?«, sagte der Mann in einem Flüstern.

»Ja, ich denke schon.«

»Was wissen Sie genau, Erica?«, fragte er dann. Es war nicht Angst, die da aus seiner Stimme sprach, nur ein klein wenig Verwunderung.

Sie antwortete nicht sofort, weil sie fürchtete, ihre

Stimme könnte zittern. Schließlich sagte sie ebenfalls in einem Flüstern: »Ich glaube zu wissen, wie die Dinge genau gelaufen sind … Ich glaube, dass Sie an jenem Tag mit Teodora verabredet waren, nicht wahr?«

Sabatini nickte erneut.

»Was sind denn das für Päckchen?«, fragte Sabatini.

Teodora brach in fröhliches Gelächter aus. »Geschenke, aber nicht für dich. Möchtest du sie sehen?«

Der Mann verneinte. Er war sehr angespannt. Er wusste selbst nicht genau, warum, aber er wollte nicht hier mitten auf der Straße stehen, wo alle sie sehen konnten. »Los, komm«, sagte er drängend.

Teodora schloss den Cinquecento ab und stieg in Sabatinis Fiat 850. Sie trug ein gelbes Kleid, gelb und warm wie die Sonne. »Das Kleid steht dir sehr gut«, sagte er.

»Ich habe es für die Fotos gekauft … Ist es ein Farb- oder Schwarz-Weiß-Film?«

»Farbfilm.«

Der Wagen bog in eine holprige Straße ein. Sabatini bremste wegen der Schlaglöcher und der Staubwolken ab. Teodora schloss eilig das Fenster. »Was für ein Staub!«, rief sie und verzog das Gesicht. »Findest du mich eitel?«, fragte sie dann.

»Nein, warum?«

»Weil ich mich gern fotografieren lasse. Ich schaue mich gern im Spiegel an … Glaubst du, dass das schlecht ist? Mama würde bestimmt sagen, dass ich eine spießige Hedonistin bin …« Wieder lachte sie fröhlich. »Hierher kommen die Liebespärchen, nicht wahr? Ich hatte mir eigentlich etwas Romantischeres und Klassischeres erhofft …«

»Gefällt es dir nicht?«

»Nein. Es ist alles so heruntergekommen, so trostlos.«

Sabatini parkte den Wagen auf der Lichtung, direkt vor dem Haus, da Teodora hohe Stöckelschuhe anhatte und sich nicht schmutzig machen wollte.

Sie stieg mit anmutigen Bewegungen aus dem Auto, wobei sich ihr Rock bis über die Oberschenkel hochschob. Sabatini sah das Weiß ihrer Unterhose aufblitzen.

»Na ja, so schlecht ist es hier auch wieder nicht ... hat irgendwie ein eigenes Flair, dieser Ort. Die Hütte von Hänsel und Gretel. Darf ich hineingehen?«, fragte Teodora.

Ihr Begleiter nickte.

»Auf der Schwelle umarmte ich sie und in demselben Moment, als ich meinen Körper gegen ihren presste, wusste ich, dass ich einen Fehler gemacht hatte. Teodora war nur wegen der Bilder gekommen und nicht, um schnellen Sex zu haben ... Sie drehte sich um und sah mich mit großen, feuchten Augen an. ›Was machst du denn da?‹, fragte sie. ›Lass mich, du verknitterst mein Kleid ...‹

Doch ich hatte nicht vor, aufzuhören; ich wollte sie umarmen, sie berühren, mich mit ihr vereinen ... und sie fing an zu lachen. Sie sagte, ich sei genau wie alle anderen und dass sie keine Lust auf dieses Getue habe. Sie sah mich an und lachte, und dann sagte sie etwas, das mich sehr verletzte. Sie sagte ... sie sagte, dass nur ein alter Dummkopf ... genau das waren ihre Worte, sich diese trostlose Lichtung als Ort für ein romantisches Stelldichein hatte aussuchen können. Sie sagte, ich hätte nichts von ihr begriffen, sie sei zwar eitel, aber lange nicht so eitel, dass sie sich für ein paar mickrige Fotos, die jeder andere auch machen könne, von mir bumsen lasse. Genau das sagte sie. Ich weiß noch, dass ihre Worte auf ein Schweigen aus Wut und Raserei trafen. Teodora stand aufrecht im Türrahmen, die Arme an den Körper gepresst, als habe sie Angst, sich schmutzig zu machen, und ihr Kleid schien die letzten Sonnenstrahlen aufzusaugen. Ihre hellen Augen waren zu Eis gefroren. Ich hatte sie verloren, ohne sie jemals besessen zu haben ... deshalb, weil sie meinen Stolz verletzt hatte und mich auslachte, rächte ich mich auf die einzige Art, die mir in diesem Moment zur Verfügung stand. Ich stieg ins Auto und ließ sie dort in der Hütte zurück. ›Du kannst mich mal!‹, schrie ich, während ich den Motor anließ. Das letzte Bild, das ich von Teodora in Erinnerung habe, ist, wie sie dort in der Tür steht, der Zopf ein wenig aufgelöst, das Kleid mit einem kleinen Riss an der Schulter. Und dann ... und dann noch ein anderes, fürchterliches Bild, dass ich vergeblich aus meinem Gedächtnis zu löschen versuche. Ich bog schon auf die Straße ein, als ich im Rückspiegel einen Jungen sah, der aus dem Gebüsch hervortrat. Ich dachte, dass er uns wohl beobachtet und alles mit angehört hatte. Vielleicht ein Spanner ... In dieser Gegend mit all den Liebespärchen gab es reichlich davon. Ich hätte umkehren und Teodora mitnehmen können, aber ich war stolz und sie hatte mich gekränkt. So überließ ich sie den Händen ihres Schlächters.«

»Wenige Minuten später wurde sie getötet«, sagte Erica mit rauer Stimme. »Bruno muss euch auf dem Motorrad gefolgt sein; wahrscheinlich spionierte er schon länger hinter Teodora her.«

Sie sah Sabatini an, der grau und steif wie die Luft um sie herum auf den Stufen saß. In dem Haus hinter dem Tor schlug ein Fensterladen: ein lautes und unvermitteltes Geräusch, das die junge Frau auffahren ließ.

»Wenige Minuten später ermordete Bruno Teodora. Er tötete sie auf der Türschwelle, genau da, wo Sie sie zurückgelassen hatten, indem er ihr einen Wattepfropfen in die Kehle schob. In den medizinischen Berichten steht, dass es ein schrecklicher und schmerzhafter Tod gewesen sein muss. Teodora hat sich bis zuletzt gewehrt, aber vergeblich …«

»Nicht!«, bat Sabatini.

Doch Erica sprach unerbittlich weiter. »Bruno zog sie aus und band sie an den Stützpfeiler. Sie war noch warm, als er sein Gemetzel begann. Er hat sie richtiggehend aufgeschlitzt, von der Kehle bis zur Scham, wussten Sie das? Er hat ihr Zeichnungen in die Hüfte geritzt, die Brustwarzen herausgeschnitten, die Scham und die Eingeweide, er hat wie ein Wahnsinniger in ihrem Blut gepanscht. Einige Stunden war er dort mit ihr zugange, Stunden des puren, erschütternden Wahns. Das Blut war einfach überall: an den Wänden, auf dem Boden, an der Tür … Nutzlose Spuren, weil Bruno Handschuhe trug. Ein Massaker, Sabatini, ein wahres Massaker, das Sie vorsätzlich provoziert haben!«

»Hören Sie auf, ich bitte Sie.«

»Sie haben mich herbestellt, wissen Sie noch? Ihr Brief war es, der mich begreifen ließ, wie alles gekommen ist. Ein zweideutiger, anklagender Brief. Letztlich ein Geständnis.«

Der Mann erhob sich. »Kommen Sie mit«, sagte er und reichte ihr die Hand.

Erica wich zurück.

»Keine Angst, kommen Sie.«

»Ich bin nicht allein gekommen. Commissario Maffina wartet im Wagen auf mich.«

Sabatini lächelte. »Das dachte ich mir. Ich möchte Ihnen nichts tun und ich bin kein Mörder. Kommen Sie, bitte.«

12

Sie traten durch das Tor und gingen auf das längliche, niedrige Gebäude zu. »Das gehörte einst zur Försterei«, erklärte Sabatini. »Ich wohne seit vielen Jahren hier. Mittlerweile fühle ich mich wohl, so allein.« Er wies auf den Teil des Hauses, der an das Moor grenzte. »Dort ist meine Wohnung, aber ich wollte Ihnen etwas anderes zeigen ... Kommen Sie.«

Er hielt an der Stelle inne, wo das Gebäude eine Art L formte. Erica vermutete, dass es sich um den ältesten Teil des Bauwerkes handelte, denn das Dach war aus Stroh gedeckt, wie es einst in dieser Gegend des Po üblich war.

»Kommen Sie«, wiederholte Sabatini. Sie betraten einen großen und kahlen, unmöblierten Raum. Nur in einer Ecke, wo die Mauer eine Art Nische bildete, befanden sich ein paar Sessel; davor standen auf einer langen Holzbank einige Computer und andere Apparate.

»So«, sagte Sabatini. »Setzen Sie sich bitte. Jetzt verdunkele ich den Raum ... Bitte, fürchten Sie sich nicht«, fügte er leise hinzu.

Was Erica für einen nackten und anonymen Raum gehalten hatte, war ein selbst eingerichteter Projektionssaal. Sabatini ergriff die Fernbedienung und sofort schoben sich mit einem leisen Brummen schwarze Paneele vor die Fenster.

»So. Die Aufnahmen sind dreißig Jahre alt … Es sind die Fotos, die ich von Teodora gemacht habe. Auch die Stimme, die Sie hören werden, ist ihre. Ich hatte sie aufgenommen, als sie zu mir kam, um sich fotografieren zu lassen … Ja, ich würde die Behauptung wagen, dass der Klang daran das Interessanteste ist. Einige Teile wurden natürlich manipuliert; ich hatte viel Mühe, die Bilder mit dem dazugehörigen Ton zu unterlegen, aber mit den richtigen Apparaturen«, er wies auf die Computer, »lässt sich mittlerweile ja alles machen. Man kann sogar Menschen zum Leben erwecken, wenn man will …«

Auf der weißen und glatten Wand taucht in einem schnellen und pulsierenden Zoom die siebzehnjährige Teodora auf. Rosafarbener Glockenrock bis zu den Knien, weißes Hemd, die Haare hält sie mit den Händen zurück.

»Was soll ich machen?«, ertönt von außen ihre Stimme. Sie klingt ein wenig atemlos, vielleicht eine Spur schüchtern.

»Beweg dich so normal wie möglich.« Sabatinis Stimme ist weniger tief, jünger. »Ab und zu schaust du ins Objektiv. Aber alles ganz natürlich … Ja, so ist es gut.«

Im Hintergrund singen die Beatles *Michelle.*

Schnelle Schnittfolge mit Großaufnahmen von Teodora: von vorn, im Profil, wieder von vorn. Detailansicht der Lippen, ein Ohr, um das sich eine widerspenstige Locke kringelt.

»Ist das nicht zu sexy? Ich möchte mich nicht in zehn Jahren anschauen und lachen müssen ...«

»Ganz ruhig ... du machst das sehr gut.«

»So gut wie Verushka vielleicht?«

»Bescheiden, das Mädchen!«

Teodora in der Totalen, die Arme ausgebreitet, den Kopf geneigt ... Teodora, die auf dem Boden sitzt, das Gesicht nach vorne, der Mund in einer provozierenden Miene halb geöffnet.

»Machst du häufig solche Fotos? Porträts, meine ich?«

»Manchmal.«

»Ich finde es großartig, fotografiert zu werden. Stell dir bloß vor ... Ich werde älter, sehe immer mehr aus wie Mama und Alfonsina – die, nebenbei bemerkt, nicht hässlich sind – und von all dem hier bleibt nichts übrig ...«

»Sei jetzt brav und hör auf zu reden ... jetzt leg dich auf den Boden ... Ja, so ist es gut ...«

Totale auf Teodora am Boden, als schlafe sie, schneller Zoom auf ihr Gesicht. Das Bild verblasst, dann im Vordergrund Teodora im gelben Kleid. Es muss ein paar Jahre später sein, ihre Haare sind lang und werden in einem weichen Zopf zusammengehalten ...

»Diese Fotos sind an eben jenem Tag entstanden«, erklärte Sabatini. »Bevor wir zur Lichtung gefahren sind. Es sind alles Großaufnahmen ... im Auto.«

Teodora lächelte Erica zu und überwand damit die Distanz der Jahre. »Ciao«, sagte ihre Stimme. »Da bin ich wieder ...«

Die Studentin sprang unvermittelt auf. Sie zitterte. »Hören Sie auf«, schrie sie mit leicht hysterischer Stimme. »Sie sind ja völlig durchgedreht … Mein Gott, warum?«

»Warum was, Erica? Ertragen Sie die Wahrheit nicht? Schließlich sind Sie zu mir gekommen …«

»Nein!«, schrie Erica. »Nein, nein, nein! Sie haben mich gerufen.«

»Ist das denn so wichtig?«

»Ja!«, schrie sie wieder. »Ich möchte mit Ihren Halluzinationen nichts zu tun haben. Teodora ist tot und diese Maschinen werden sie nicht wieder zum Leben erwecken.« Sie brach in Tränen aus, in ein krampfartiges und befreiendes Weinen. Sie sah Sabatini an, der mit erloschenem Blick auf der Bank saß. Trotz der Tränen, die ihr die Kehle zuschnürten, sagte sie mit klarer Stimme: »Sie haben Teodora umgebracht, nicht Bruno! Vergessen Sie das nie, nie, nie …« Dann rannte sie hinaus. In der Tür stand Maffina. Er musste alles mit angesehen haben, denn auch er schien erschüttert. Erica schaute ihn ernst an. »Bringen Sie mich nach Hause«, sagte sie halblaut.

Hinter Ravenna hielten sie an einer Raststätte, weil Maffina bei dem Nebel nicht weiterfahren wollte. Das Restaurant war gut gefüllt, wahrscheinlich hatten viele Autofahrer den gleichen Gedanken gehabt. Ein dichtes und gleichförmiges Grau wallte gegen die großen Fensterscheiben, durch die nichts zu erkennen war als die pulsierenden Lichter der Tankstelle.

»Was werden Sie jetzt tun? Möchten Sie den Fall wieder aufrollen? Das wäre eine gute Werbung für Sie und Ihre Arbeit.«

Erica schüttelte den Kopf. »Ich will keine Werbung. Sabatini ist schon genug gestraft, ich habe kein Interesse daran, mich auf ihn zu versteifen. Ich wollte nur die Wahrheit aufdecken …« Sie sah Maffina an und lächelte ein wenig. »Und ich wollte mich mit Ihnen messen.«

»Mit mir?«

»Ich will zur Polizei«, versuchte sie sich zu rechtfertigen. »Und ich möchte es richtig anfangen. Wenn ich nicht bis zum Ende gegangen wäre, hätte ich mir ewig Vorwürfe gemacht. Das verstehen Sie doch, oder?«

»Na klar, ja«, doch tief in seinem Herzen war er nicht sicher, ob er alles verstanden hatte, vor allem das »ich möchte es richtig anfangen« hatte irgendwo seinen Stolz getroffen. Dennoch ahnte er, dass Erica Recht hatte und dass dies das einzig Richtige gewesen war, was sie hatte tun können. Daher lächelte er und strich ihr in einer zärtlichen Geste über die Wange, dann bestellte er noch einen Kaffee, und gemeinsam mit ihr, mal redend, mal schweigend, wartete er darauf, dass der Nebel sich lichtete.

Epilog

Erica kam atemlos ins Büro gerannt. »Ich bin spät dran, tut mir Leid. Das war vielleicht ein Verkehr heute Morgen …«

Commissario Bordon erwiderte, dass auch er im Stau gestanden habe. Seit drei Monaten arbeiteten sie nun schon zusammen. Maffina hatte das so gewollt und trotz des anfänglichen Misstrauens waren sie mittlerweile ein eingespieltes Team. Bordon machte ihr noch immer den Hof, aber zurückhaltend, und Erica tat so, als ärgere sie sich darüber, aber eigentlich genoss sie es. Sie war froh, dass Bordon und Daniele sich angefreundet hatten und nicht eifersüchtig aufeinander waren, und sie war auch froh über die Vertrautheit, die zwischen den beiden entstanden war.

»Ist der Chef schon da?«, fragte sie. So nannte sie Maffina mittlerweile wie alle anderen Beamten auch.

Bordon sagte, er habe ihn noch nicht gesehen.

»Wir haben eine Menge Arbeit vor uns«, stellte die junge Frau mit einem Blick in ihren Terminkalender fest. »Wir müssen uns also ein bisschen ranhalten.«

Ihr Kollege musterte sie neugierig. »Hast du schon Zeitung gelesen?«, fragte er schließlich.

Erica schüttelte den Kopf.

»Solltest du aber.«

»Wir sind spät dran ...«

Mit dem gleichen neugierigen Gesichtsausdruck reichte er ihr die Zeitung. Dann lächelte er voll Zuneigung. »Ich warte draußen auf dich ... lass dir Zeit.«

Sie fand den Artikel im Lokalteil, eine kurze Notiz am Kopf einer Spalte.

Serienmörder tödlich verunglückt

Bruno Torresi, der Serienmörder, der zwischen 1965 und 1970 insgesamt vier junge Frauen in Turin und Asti ermordete, ist gestern Abend bei einem Autounfall in der Nähe von Volterra ums Leben gekommen.

Torresi, der seine Strafe in einer forensischen Klinik absaß, hatte zum Zeitpunkt des Unglücks bewachten Freigang.

Den behandelnden Ärzten zufolge sollte er in zwei Tagen wieder in die Anstalt zurückkehren. Wie der Gefängnisdirektor Guido Piovani sagte, befand er sich auf dem Wege der Besserung und hatte schon den Antrag auf eine Verlegung in den offenen Vollzug gestellt.

Verwickelt in den Unfall ist auch der Fotograf Pierfrancesco Sabatini, der am Steuer des Wagens saß und sich im vergangenen Jahr aktiv um die Entlassung Torresis gekümmert hatte.

Der Unfallhergang ist noch weitgehend ungeklärt, doch es scheint, als sei der Wagen mit überhöhter Geschwindigkeit gefahren. Das schlechte Wetter und die gefährliche Straßenführung (die Strecke ist bekannt für die hohe Zahl an tödlichen Unfällen) haben wohl ein Übriges getan.

Schlussbemerkung

Das Theaterstück, das im ersten Kapitel zitiert wird, heißt »Der Teufel und der liebe Gott« von J. P. Sartre, das Gedicht im dritten Kapitel stammt von Nazim Hikmet. Die Liedzitate sind von Patty Pravo, Ivan della Mea und Equipe 84. Die Stadt Turin ist in dem Roman eine Mischung aus Realität und Fiktion gemäß den erzählerischen Notwendigkeiten. Fakten, Ereignisse und Personen sind frei erfunden und eventuelle Ähnlichkeiten mit realen Situationen rein zufällig.

Danksagung

Mein ganz besonderer Dank gilt Dottor Gaetano Cuozzo, dem Oberschulrat von Genua, der mich über Aufbau und Organisation der italienischen Polizei in den siebziger Jahren informierte und einige Episoden beisteuerte, die mit seiner Erlaubnis in den Roman eingeflossen sind. Außerdem danke ich natürlich Giovanni und Jole für ihre Ideen und die Geduld, mit der sie meine Arbeit »ertragen« haben.

»Die größte Erzählerin Italiens seit Elsa Morante« Corriere della Sera

Amalia ist tot. Ist sie ertrunken oder umgebracht worden? Ihre Tochter Delia taucht ein in die eigene Vergangenheit, und was zuerst wie eine alltägliche neapolitanische Familiengeschichte aussieht, entwickelt sich zu einem atemberaubenden literarischen Thriller …

»Grausam und intelligent.«
Dacia Maraini

Elena Ferrante
Lästige Liebe
Roman

L79

List Taschenbuch